7번방의 선물

1판 1쇄 발행 2013년 1월 18일
1판 6쇄 발행 2013년 3월 20일

각본 이환경
소설 박이정

발행인 김성룡
펴낸곳 도서출판 가연
주 소 서울시 금천구 가산동 37-50 에이스하이앤드 3차 1407호
구입문의 02-858-2217
팩 스 02-858-2219

ISBN 978-89-966824-9-3 13810

* 이 책은 도서출판 가연이 저작권자와의 계약에 따라 발행한 것이므로
  본사의 서면 허락 없이는 어떠한 형태나 수단으로도 이 책의 내용을 이용할 수 없습니다.
* 잘못된 책은 구입하신 서점에서 교환해 드립니다.
* 책 정가는 뒷표지에 있습니다.

이환경 각본 | 박이정 소설

가연

 **목차**

프롤로그.	사건 번호 97-0223호	· 6
1.	딸보다 어린 아빠	· 13
2.	지키지 못한 약속	· 36
3.	쓰레기통에서 본 풍경	· 47
4.	S4 수용자의 비밀	· 59
5.	이상한 아저씨들	· 94
6.	7번 방에서의 두 시간	· 105
7.	학부모 면담	· 152
8.	금방 올게요	· 164
9.	제비가 물어다 준 박씨	· 197
10.	전직 범죄자들의 추리	· 216
11.	아빠를 위해 마련한 자리	· 245
12.	느린 듯 빠르게	· 253
13.	12월 23일	· 299
에필로그.	사건 번호 97-0223호	· 319

프롤로그. 사건 번호 97-0223호

경기도 일산, 사법연수원 제42기생 모의법정.

플래카드가 내걸리고 법정이 준비되었다. 나는 두근거리는 심장 위에 손을 얹고 허리를 반듯하게 폈다. 긴장한 탓인지 손바닥이 축축했다. 문 안쪽을 들여다보니 실제 법정과 다름없이 꾸며놓은 모의법정 안에 꽤 많은 이들이 앉아 웅성거리고 있었다.

'침착하자.'

수십 번도 넘게 되새기고 심호흡했다. 하지만 아침부터 거세게 두근거리기 시작한 심장은 아직도 차분해지지 않았다. 나는 결국 화장실로 달려가 찬물로 얼굴을 씻어냈다. 그리고 거울을 보며 주문처럼 입술을 달싹거렸다.

'아빠, 기다려. 내가 힘낼게.'

놀랍게도 가슴이 조금 진정되었다. 나는 두 번째 주문을 속으로 외웠다.

'잊어버리지 말자. 잊어버리지 말자…….'

어느 작은 것 하나도 잊어버릴까 두려워 하루도 빼놓지 않고 되새겼던 나날들을 떠올리며, 지그시 눈을 감고 심호흡을 했다.

조금이나마 마음이 가라앉고 머릿속이 차분해졌다.

그때, 바깥에서 재판이 곧 시작될 거라는 조교의 목소리가 들렸다. 나는 다시 한 번 심호흡을 하고 법정 안으로 들어갔다.

"모두 자리에서 일어나 주십시오."

판사가 들어온다는 소리에 방청객들이 일제히 자리에서 일어났다. 나는 검은 정장 재킷을 여미고 변호석으로 갔다. 판사가 조용히 재판석에 앉자 뒤를 따라 들어온 검사도 자리에 앉았다. 나도 변호인석에 선 채, 방청석 한가운데 모여 있는 증인들과 한 번씩 눈을 맞춘 뒤에 마지막으로 자리에 앉았다.

그리고 드디어 재판이 시작되었다. 내가 자그마치 십오 년을 기다려온 재판이.

"사건 번호 97-0223호. 당시 경찰청장의 딸 최지영 양을 유괴 살해한 혐의로 1997년 3월 1심에서 사형을 선고받은 피고 '이용구'에 대한 항소심 모의 공판입니다."

판사의 목소리가 법정 구석구석을 묵직하게 울렸다. 꿀꺽. 누군가 마른침을 삼키는 소리가 났다. 동기들, 선배들, 교수님, 나를 믿고 여기까지 와준 십오 년 전의 증인들, 그리고 맨 뒤에서 초조한 얼굴로 나를 바라보고 있는 나의 또 다른 아빠까지.
 모두가 시선을 모았다.
 "그럼, 검사 측 변론하세요."
 판사의 말에 검사 역을 맡은 선배가 자리에서 일어났다. 그는 준비해 온 자료를 펼쳐 들고 사뭇 딱딱한 어조로 말하기 시작했다.
 "피고 이용구는 최지영 양을 유괴하여 성추행하고, 반항하는 피해자를 벽돌로 내리쳐 잔인하게 살해했습니다. 그 증거로 피해자 입술에서 피고 이용구의 타액이 검출되었고, 당시 현장을 지나던 목격자의 진술도 일치합니다. 혐의를 부인하는 피고인 측의 주장은, 따라서 일고의 가치도 없다고 주장합니다."
 나는 천천히 두 눈을 깜박였다. 더 이상의 이상적인 변론은 존재하기 힘들 것이라고 해도 무리가 없을 수준의 변론이었다. 내가 검사였다고 해도 저렇게 말했으리라.
 그러나 나는 이용구의 변호인이다. 누가 봐도 범죄를 저질렀음이 분명해 보이는 피고, 이용구의 억울함을 풀어줄 수 있는 유일한 사람이다. 저 완전무결해 보이는 변론에 어떻게든 반론을 해야 하는 것이다.

"변호인 측, 반론하세요."

모두의 시선이 나를 향했다. 나는 방청석에 앉아 잔뜩 숨을 죽이고 있는 몇몇 사람들을 바라보았다. 십오 년을 기다려온 건 나 하나뿐만이 아니었다. 누가 보더라도 잔뜩 긴장한 것이 역력한 몇몇 사람들이, 기대와 불안이 가득한 시선으로 나를 바라보고 있었다.

다시 재판석을 향해 고개를 돌렸다. 어릴 땐 한없이 크고 높아 보이던 성벽이, 지금은 그저 손을 내밀면 닿는 거리에 있었다.

거창한 마음의 준비는 필요 없었다. 입을 열자, 준비했던 말들이 쏟아지듯 흘러나오기 시작했다.

"본 사건에서 법의 보호를 받을 수 없었던 한 지적 장애인의 상세한 정황, 또한 그 지적 장애인과 함께 동고동락한 증인들의 진술을 통해, 정의로운 진실을 밝히고자 본 변호사는 이 자리에 섰습니다."

검사가 재빨리 손을 들며 끼어들었다.

"재판장님 이의 있습니다. 재판은 진실을 밝히는 곳이 아닙니다! 명확한 증거와 확인된 진술로 죄의 유무만 판단하는 장소입니다!"

이의 신청을 해야 한다는 강박관념이라도 들었던 걸까. 무시해도 좋을 쓸데없는 소리였지만, 한 가지 짚고 넘어갈 점이 있었다.

"재판은 숨겨진 진실을 밝혀내는 장소이기도 합니다. 또한, 명확한 증거와 확인된 진술……. 그것만으로 죄의 유무를 판단했다는 부분이 이 사건의 가장 큰 오류입니다."

내가 말해놓고도 얼핏 궤변으로 들리는 반론이었지만, 어쩌겠는가. 그것이 진실인 것을.

역시나, 검사는 그냥 넘어갈 생각이 없어 보였다.

"재판장님, 변호사는……!"

"오류요?"

의외로 말을 끊은 것은 판사였다. 판사가 되물은 말에 나는 고개를 끄덕이며 논거를 덧붙였다.

"그렇습니다. 지금 재판을 담당하고 있는 검사는 이 사건을 배정받은 수사 검사가 아닙니다. 이 사건은 다른 사건과는 달리 당시 증거와 정황을 정확히 되짚어 봐야 함에도 불구하고, 그 당시 형사들의 날조된 사건 기록과 허위 자백만으로 검사는 판결을 유도하고 있습니다."

지적 장애인을 대상으로 진행된 엉터리 수사와 누명. 당시 언론을 의식한 공권력의 횡포.

이것이 바로 내가 이 사건의 재조명과 재검토를 요청한 이유이자, 15년 뒤인 지금에야 비로소 승부를 걸 수 있게 된 배경이었다.

그러나, 검사는 비죽 웃으며 일어나 반문했다.

"그럼, 변호인은 그 당시 사건을 배정받은 담당 변호인이 맞습니까?"

방청석에서 몇몇 사람들이 피식 웃는 소리가 들렸다. 배심원 중심의 재판에서였다면 제법 효과가 있을 질문이었다. 당시 나는 고작 여덟 살이었고, 책을 읽고 구구단을 외우는 것이 고작이었던 아이였으니까 말이다.

"변호인, 검사의 질문에 대답하세요."

판사가 달래듯 말을 이었다. 나는 술렁이는 가슴을 짓누르며 간신히 대답했다.

"……아닙니다."

"이상입니다."

검사는 기다렸다는 듯 고개를 끄덕이며 판사에게 말했다. 그가 한 점 재고할 가치도 없다는 듯 몸을 떨어뜨리며 의자에 앉으려고 할 때, 나는 재빨리 몸을 내밀었다. 두 손을 테이블 위에 올리고, 회심의 한마디를 내뱉기 위해서였다.

"하지만! 제가 그 자리에 있었던 것만은 확실합니다."

검사가 떨어지던 몸을 멈칫 세우고 나를 바라보았다. 고집스럽게 가라앉았던 판사의 눈동자가 의혹을 머금고 확장되었다.

"그곳에 있었다고요?"

판사가 깜짝 놀라 물었다. 나는 당당하게 고개를 들고 똑바로 판사를 올려다보았다.

"네, 그곳에 제가 있었습니다."

순간, 법정 안이 술렁이기 시작했다. 뒤늦게 법정 문이 열리고 서너 명의 학생 기자들과 언론사 기자들이 조용히 들어와 착석했다. 판사와 검사, 교수님들도 깜짝 놀란 얼굴이었다. 사람들 속에는 수첩과 카메라를 꺼내 드는 이들도 몇몇 보였다. 말이 모의법정이지, 오늘의 재판은 결과에 따라 막대한 여파를 끼칠 수도 있으리라.

나는 이 모의법정이 그냥 단순한 시험으로만 끝나지 않길 바랐다. 그래서 몇 달간 그들을 설득하고 계속해서 이메일을 보냈다. 처음엔 믿지 않았던 사람들도 내가 제시한 증거와 증인들의 말을 듣고는 끝내 고개를 끄덕여주었다.

이 재판은 우리나라에 존재하는 모든 법조인들과 경찰들, 그리고 수많은 권력자들을 향한 약자들의 목소리였다. 그리고 당시 나의 아빠에게 누명을 씌웠던 비겁한 사람들을 고발하기 위한 시위이기도 했다.

나는 재판장 가득한 술렁임이 가라앉기를 기다려 입을 열었다.

"존경하는 재판장님, 지금부터 제가 말하는 부분은 모두 진실입니다."

길면 길고 짧다면 짧은, 십오 년 전 이야기의 시작이었다.

1997년 12월 23일 사형당한 피고 이용구.

나 이예승은, 그의 하나밖에 없는 딸이다.

1. 딸보다 어린 아빠

그날, 눈이 왔다.

1997년 2월. 겨울의 끝자락에서 추위가 기승을 부리던 때였다. TV에선 18년 만의 한파가 찾아왔다며 연일 시끄러웠지만, 코가 떨어질 것 같은 추위도 아빠와 나를 막을 순 없었다.

"예승아! 빨리……!"

"잠깐만. 감기 걸리면 안 된단 말이야. 아빠도 얼른 입어."

놀러 나가자는 아빠를 진정시킨 후, 우리는 두꺼운 내복을 껴입고 양말을 두 겹으로 신었다. 겨우내 끼고 다니던 벙어리장갑이 찢어져 그 사이로 찬 기운이 비집고 들어왔지만 그

정도는 참을 수 있었다. 모자까지 완벽하게 무장을 하고 돌아서니, 엉거주춤한 자세로 방문 앞에 서서 나를 향해 손을 내밀고 있는 아빠가 보였다.

"가자!"

아빠의 손은 장갑 낀 내 두 손을 한 번에 덮을 수 있을 만큼 커다랬다. 우리는 손을 잡은 채 누가 먼저랄 것도 없이 달려 나갔다. 하얗게 쏟아지는 한겨울의 눈송이가 도로에, 나뭇가지에, 머리 위에 내려앉았다.

그날의 모든 것들이 어쩌면 그렇게 선명할 수가 있는지는 나조차 쉬이 설명할 수가 없다. 다만 우리가 숨차게 달려가던 좁은 골목길, 멀리 눈이 내리는 회색 하늘 너머로 보이던 빌딩 숲, 가파르게 솟아오른 숨과 함께 퍼지던 하얀 입김까지……, 모든 것들이 아직도 내 머릿속에선 방금 본 풍경처럼 생생하게 펼쳐져 있다.

보슬보슬 쌓이기 시작한 눈길을 따라 한참을 달리던 우리는 새로 지은 아파트 단지 안으로 들어갔다. 나는 알록달록한 보도블록 위를 폴짝폴짝 뛰었다. 놀이터를 발견한 건 아빠였다.

"우와! 예승아!"

아빠의 커다란 손이 놀이터 한쪽에 있는 그네를 가리켰다. 나는 신이 나서 재빨리 달려 나갔다. 날씨가 추웠기 때문인지 놀이터엔 사람이 많지 않았고, 내가 제일 좋아하는 그네가 때마침 비어 있었다.

"아빠, 더 빨리!"

그네가 움직일 때마다 눈이 따가울 정도로 차가운 바람이 얼굴을 두드렸지만, 그래도 즐거웠다. 힘든 줄도 모르고, 지치지도 않고 그네를 밀어주는 아빠와 하늘 위로 날아갈 듯 높이 올라간 나.

그날은 내가 초등학교에 입학하기 바로 이틀 전. 이틀만 지나면 학교에 가야 했는데, 정작 입학하는 나보다 아빠가 훨씬 신이 나 있었다.

축하해주는 엄마는 없었지만, 그건 그다지 신경 쓰이는 일이 아니었다. 어차피 기억에도 없는 엄마라, 어느 날 갑자기 엄마가 생긴다면 그건 그거대로 어색하고 불편하기 짝이 없을 것 같아서다.

가족은 오직 아빠와 나, 단둘뿐. 그거면 족했다. 우리가 다리를 뻗고 누우면 꽉 차는 단칸방에서, 우린 나름대로 즐겁게 지내고 있었으니까.

다만 걱정되는 건, 내가 학교에 가고 나면 아빠는 누가 데리고 놀아주나 하는 거였다.

내가 일곱 살 때쯤부터였을까. 아빠는 더 이상 자라나지- 이렇게 표현하면 좀 이상하지만- 않는다는 것을 이미 깨닫게 된지라, 나는 학교에 가면 아빠와 많이 놀아주지 못할 것에 대비해 그 전에 실컷 놀아주겠다고 다짐한 상태였다.

사명감에 불타며 있는 힘껏 아빠와 놀고 있는데, 웬 아주머니가 다가와 말을 걸었다.

"어머나, 아빠가 참 가정적이시네요!"

나는 흔들리는 그네 위에서, 아주머니와 그녀의 손을 엉성하게 잡고 있는 남자아이를 바라보았다. 약간의 부러움과 또 그만큼의 호기심이 담긴 눈빛이었다.

"허엉!"

아빠는 그저 즐거운 듯 웃기만 했다.

"새로 이사 오셨나봐요? 전 104동 사는데……."

아주머니가 계속해서 말을 걸었다. 할 수 없이 내가 대신 대답하려는데 아빠가 그네를 너무 열심히 밀고 있어서 말을 할 수가 없었다.

"이사 온 게 아니면 놀러오셨구나! 아파트 좋죠? 이게 전부 친환경 소재래요."

"친환경?"

아뿔싸. 그건 아빠가 알아듣기에는 너무 어려운 단어였다. 나는 그네 위에서 큰 소리로 외쳤다.

"몸에 좋다는 거야!"

"아~!"

짝짝짝. 아빠가 신이 나게 손뼉을 치는 소리가 들렸다. 빠르게 움직이는 그네 위에서 나는 간신히 고개를 돌려 뒤를 돌아보았다. 입을 크게 벌린 아빠가 손가락 다섯 개를 쫙 펴고 박수를 치고 있었다.

"놀이터가 몸에 좋아? 허엉~! 친환경! 친환경!"

친환경이 뭔지, 몸에 좋다는 말이 정확히 어떤 의미인지 알아듣긴 한 걸까. 약간 회의감이 들었지만 아빠는 아무튼 좋다는 말이 좋은지 웃고 있었다. 뭐가 됐든 아빠가 행복하면 그걸로 된 거니까 나도 덩달아 활짝 웃었다.

"뭐, 뭐야……."

하지만 아빠를 바라보는 아주머니의 얼굴은 삽시간에 굳어졌다. 호감으로 둥글던 눈동자가 사납게 모이고, 미소 짓던 입가는 단단해졌다.

아, 또 시작이다.

나는 그런 생각을 하며 불현듯 추위를 느꼈다. 그네 줄을 쥐고 있던 손가락, 찢어진 장갑 사이로 찬 기운이 훅 들어왔다. 아빠가 손을 뗀 뒤라, 이미 그네는 조금씩 속도를 줄이고 있었다.

"이리 와! 얼른!"

친근하게 말을 붙이며 웃음 짓던 아주머니는, 그네에 앉아 있던 아들의 손을 잡아끌고 도망치는 사람처럼 재빨리 걸었다. 마치 못 볼 것이라도 마주한 사람 같았다. 영문을 모른 채 끌려가던 남자아이가 고개를 돌려 나를 바라보았다.

그네가 멈췄다.

나는 잡고 있던 그네 줄을 놓고, 여전히 손뼉을 치며 기뻐하는 아빠에게 두 손을 내밀었다. 안아달라고 말하지 않아도 이렇게 손을 내밀기만 하면 큰 손으로 나를 번쩍 들어 안아주는 아빠. 나는 차가워진 아빠의 얼굴에 뺨을 대고 남자아이를 보며 혀를 날름 내밀었다.

너네 아빠는 시도 때도 없이 이렇게 안아주지 않지? 이걸로 내가 이겼다. 약 오르지?

눈으로 그렇게 말해준 뒤, 아빠에게 조용히 속삭였다.

"아빠, 집에 가자."

"집에? 벌써?"

아빠가 눈을 동그랗게 뜨고 물었다.

"응. 집에 가고 싶어."

"안 돼. 예승이…… 그네! 그네 좋아하잖아!"

오늘은 이제 그만, 싫어졌어.

그렇게 얘기하려다가, 나는 금방이라도 눈물을 떨어뜨릴 것처럼 울상을 짓는 아빠를 달래며 말을 이었다.

"아무리 좋아도 하루 종일 탈 수는 없잖아. 다른 놀이 하러 가자."

"그럴까? 예승이, 다른 거로 놀고 싶어?"

"응."

그때였다. 아주머니가 사라진 지 얼마 지나지도 않았는데, 있는지도 몰랐던 아파트 경비 아저씨가 놀이터 안으로 헐레벌떡 뛰어오는 모습이 보였다. 경비 아저씨는 그네 앞으로 달려오자마자 나를 안고 어쩔 줄을 몰라 하는 아빠를 향해 손가락질하며 소리 질렀다.
"그냥 들어오면 어떡해요? 신고 들어왔잖아요!"
한두 번 겪는 일이 아니긴 했지만, 기가 막혔다.
우리는 도둑이 아니었다. 누군가에게 해를 끼치지도 않았고, 쓰레기를 버린 일도 없으며, 놀이기구를 망가뜨리지도 않았다. 하지만 나는 아빠를 바라보는 보통 사람들의 시선이 어떤지를 아주 잘 알았다.
그들은 아무 이유도 없이 아빠를 경멸했다.
절로 퉁한 얼굴이 되어 경비 아저씨를 노려보니, 그쪽도 답답하다는 듯 아빠를 향해 빨리 나가라며 화를 냈다. 하지만 아빠는 머리를 긁적이며 되물을 뿐이었다.
"입장료가 얼만데요?"
나는 한숨을 내쉬었다.
언젠가 자원봉사자들과 함께 갔던 놀이공원을 떠올린 모양이었다. 놀이터엔 놀이기구가 있으니까. 경비 아저씨가 얼빠진 얼굴로 중얼거렸다.
"입장료? 와…… 돌아삐겠네."
나를 단단히 받치고 있는 아빠의 품에서, 나는 입술을 비죽이며 아파트 단지를 돌아보았다. 어느 곳에도 '외부인 출입 금지' 같은 팻말은 보이지 않았다. 나는 일부러 앙칼진 목소리로 물었다.

"입주자만 놀아야 돼요?"

경비 아저씨의 시선이 아빠에게서 내게로 옮겨졌다. 이번에는 주름진 눈가에 늘어진 호기심과 측은함이 보였다.

"이야! 딸내미가 전문 용어를 다 아네. 기가 막힌다! 니 몇 살이고?"

"8살이고요. 들어오면 안 되는 거면 팻말 같은 거 붙여주세요."

그렇게 대답한 나는 아빠의 팔을 툭툭 쳐서 땅에 내려달라고 말했다. 그리고 경비 아저씨를 향해 꾸벅 고개를 숙여 인사했다.

"그럼 실례했습니다. ……가자, 아빠."

내 작은 손에 끌려가면서도 아빠는 아쉬움이 남은 듯 자꾸만 뒤를 돌아보았다. 그러다 '입장료 얼만데? 입주자가 뭐야?' 하고 물으며 허리를 잔뜩 숙여 키 작은 내 귓가에 속삭였다. 커다란 아빠의 목소리는 뒤에 서 있던 경비 아저씨에게도 들렸는지, 쯧쯧 혀 차는 소리가 들려왔다.

"쯔쯔…… 모자란 놈이 애는 왜 낳아가지고……."

울컥 화가 났지만 참아야만 했다.

나는 너무 어렸고, 아빠는 나보다 더 어렸으니까.

* * *

아빠는 2급 지적 장애인이었다. 몸은 삼십대지만 정신 연령은 고작 여섯 살. 하지만 나는 아빠가 장애인이라는 것에 큰 불편을 느끼지 않았다. 아빠를 창피해하거나 움츠러들지도 않았다.

우리는 그냥, 덩치가 조금 차이 나는 친구 같았다.

당시의 나에겐 아빠가 세상의 전부였다. 엄마가 죽은 건 내가 세 살 때였던 것 같다. 집에 불이 나 어떻게 손을 쓸 새도 없었다며 주인집 할머니가 눈물을 글썽일 때마다, 나는 고요히 아빠의 얼굴을 바라보았다.

세상 가장 천진한 그리움이 거기 있었다. 아빠는 엄마 이야기가 나올 때마다 눈물이 가득 고인 눈을 하고 활짝 웃었다. 아무리 지능이 낮아도, 장애가 있는 사람이라고 해도 지울 수 없는 슬픔과 감출 수 없는 그리움이 있기 마련이었다.

열 밤을 자고 나면 온다거나 백 밤을 자고 나면 온다는, 약속조차 없었던 이별.

아빠는 여섯 살 지능으로 엄마의 죽음을 받아들였다. 그리고 남은 것이 그토록 천진한 그리움이었다.

저 어린 것 불쌍해서 어쩌누……. 출근하는 아빠의 손을 잡고 내가 '차 조심, 개 조심!'을 외칠 때마다 주인집 할머니는 쯧쯧 혀를 찼다. 나는 할머니를 좋아했지만, 그런 부분은 솔직히 좀 짜증이 났다.

내가 생각하기에 여덟 살의 이예승은 하나도 불쌍하지 않았다. 세상에서 제일 다정한 아빠, 친구 같은 아빠가 있었기 때문이다.

아빠는 마트에서 가장 성실하게 일하는 직원이었으며 어디에서나 항상 웃는 얼굴을 하고 다녔다. 낙천적인 성격에 엄청나게 착해서, 아빠와 함께 일하는 사람들은 모두 아빠를 좋아했다. 자원봉사자들도 마찬가지였다. 우리 집은 늘 웃음이 끊이지 않았고, 나는 그 안에서 날마다 즐거운 시간을 보내고 있었다.

하지만 집 밖으로만 나오면, 모르는 사람들은 나의 다정한 아빠를 거부와 경계의 대상으로 여기곤 했다.

"저런 아파트는 별로 비싸지도 않아! 우리도 나중에 살 수 있어."

놀이터에서 쫓겨나 집으로 돌아가던 길, 나는 일부러 커다랗게 소리쳤다. 그러자 꼭 잡은 손에서 기분 좋은 흔들림이 느껴졌다. 고개를 들어보니 아빠가 싱글벙글 웃으며 내 손을 흔들고 있었다.

"응! 우리 집이 더 좋아. 저긴 닭장 같아."

그런 뒤엔 두 번, 고개를 크게 끄덕였다. 아빠가 내 말에 맞장구를 칠 때 자주 하던 행동이었다.

"에이, 그건 아니다……."

아무리 그래도 닭장이라니. 우리가 살던 단칸방과는 비교조차 할 수 없을 정도로 좋은 아파트였는데, 아빠는 그저 어떻게든 내 말에 맞장구를 치고 싶었던 것이다. 나는 터지려는 웃음을 참고 아빠보다 더 세게 손을 흔들었다.
"허엉!"
아빠가 큰 소리로 웃었다. 뭐가 그렇게 좋은지 나를 보며 싱글벙글 웃었다. 나는 보도블록 위를 폴짝폴짝 뛰었고, 아빠는 나를 따라 엉성하게 발을 굴렀다. 비록 놀이터에선 쫓겨났지만, 눈앞엔 하얀 눈이 길을 가득 덮고 있었다. 내 작은 발자국과 아빠의 커다란 발자국이 우리를 따라오고 있었다.
그리고 그때, 익숙한 노랫소리가 들려오기 시작했다.

미안해, 솔직하지 못한 내가
지금 이 순간이 꿈이라면……

아빠와 나는 거의 동시에 휙 고개를 돌렸다. 당시 내가 제일 좋아하던 세일러 문 주제가였다. 노래는 팬시점의 쇼윈도 안에서 흘러나오고 있었다. 나는 아빠의 손을 잡고 가게 앞으로 달려가, 차가운 유리에 코끝이 닿도록 가까이 얼굴을 들이밀었다.
"우와……."
세일러 문 CF가 흘러나오는 커다란 TV 앞, 반짝이는 에나멜 소재의 세일러 문 가방이 마치 나를 기다리고 있었던 것처럼 환히 빛나고 있었다. 나는 추위로 붉어진 코가 유리에 닿아 하얀 김이 서리도록 넋을 놓았다. 장갑 낀 두 손을 유리에 찰싹 붙이고 감탄사를 연발했다.

그것은 아빠도 마찬가지였다.

"우와! 예승이 가방이다!"

아빠가 소리쳤다. 나는 기분 좋은 얼굴로 크게 고개를 끄덕였다. 그 가게에 노란 세일러 문 가방이 나타난 건 열흘도 더 전이었다. 그 가방이 얼마나 갖고 싶었던지, 나는 마치 열병에라도 걸린 것처럼 끙끙 앓았다.

하지만 어린 내가 생각하기에도, 우리 집 형편에 그 비싼 새 가방은 사치였다. 그래서 차마 말도 꺼내지 못하고 속으로 끙끙 앓기만 했던 것이다. 그런데 어떻게 알았는지 어느 날 마트 일을 마치고 온 아빠가 자랑스럽게 소리쳤다.

이번에 돈 받으면 예승이 가방 사러 가자!

아빠도 퇴근길에 그 가방을 본 것이다. 매일 똑같은 시간에 똑같은 길을 걸어 집으로 돌아오는 아빠는, 절대 한눈팔지 말라던 나와 주인집 할머니, 자원봉사 삼촌의 당부에도 세일러 문 음악에 빠져 가게 앞으로 걸어가고 말았다. 그리고 가방을 목격한 뒤, 내게 그 가방을 사주고 싶어 한달음에 집으로 달려왔던 것이다.

나는 세상을 다 가진 기분이었다. 아빠는 절대 거짓말을 하는 일이 없었고, 오늘은 아빠가 마트에서 돈을 받는 날이었다. 이제 곧 저 가방은 내 것이 될 터였다.

아빠와 나는 쇼윈도에 찰싹 달라붙어 TV에서 흘러나오는 노래를 따라 부르며 하나 남은 세일러 문 가방을 정신없이 바라보았다. 어느덧 노래가 끝나고 세일러 문이 마지막 포즈를 취하자, 우리는 누가 먼저랄 것도 없이 벌떡 일어나 똑같은 자세를 하고 소리쳤다.

"정의의 이름으로 널 용서하지 않겠다!"

우리는 서로를 바라보며 히죽, 웃음을 터뜨렸다.

그때였다.

쇼윈도 너머에서 웬 양복 입은 남자가 내 가방을 집어 들었다. 나는 세일러 문과 똑같은 자세로 얼어붙었다. 남자는 내 가방을 들고 가게 안으로 들어가, 나와 비슷한 또래의 여자 아이에게 내밀었다.

그제야 사태가 파악이 됐다. 맙소사.

나는 하릴없이 쇼윈도 밖에서 손을 뻗으며, 울상이 된 얼굴로 소리쳤다.

"어…… 어! 아빠, 가방!"

반짝거리는 내 노란색 세일러 문 가방을 메고, 어떤 여자 아이가 활짝 웃었다. 멍하니 가게 안을 들여다보고 있던 아빠도 그제야 화들짝 놀라 우왕좌왕 어쩔 줄을 몰랐다.

"예승이 가방!"

아빠는 허겁지겁 가게 안으로 들어갔다. 엉거주춤한 자세로 발을 동동 구르며 계산대 앞에 서 있던 가족에게 다가갔다. 하지만 그땐 이미 남자가 계산을 마친 뒤였다.

"예승이 겁니다……."

아빠가 어물어물 말했다. 가게를 나서려던 그 가족은 입구 쪽을 막고 서 있는 아빠를 보고 걸음을 멈추었다.

"예?"

아이의 엄마로 보이는 여자가 되물었다. 아빠는 유리 문 밖에서 울상을 짓고 있는 나를 한 번 돌아보더니, 함께 우는 얼굴이 되어 조금 더 큰 소리로 말했다.

"내가 사려고 기다린 겁니다!"

아빠의 목소리엔 울음기마저 묻어나고 있었다. 기가 막히는 듯 서 있는 남자와 가게 주인을 번갈아 바라보며 사정하듯 빌었다.

나는 눈물이 나올 것 같아, 이를 악물고 가게 안으로 들어갔다. 자존심 같은 걸 세우고 있을 때가 아니었다.

"나랑 예승이랑 매일 보고 갔습니다! 그치? 예승아."

"어떤 날은 두 번 본 날도 있어."

"두 번도 있어요!"

아빠의 목소리가 커질수록 가방을 빼앗아 간 남자의 얼굴이 찌푸려졌다. 가게 주인은 측은하다는 얼굴로 나를 바라보고 있었다. 그 얼굴을 마주하니 더더욱 울화가 치밀었다. 얼마나 기다린 가방이었는데, 아빠가 이 추운 날씨에 손발이 다 얼어붙고 허리를 제대로 펴지 못할 정도로 힘들게 일해서 번 돈으로 사주기로 한 가방인데!

하지만 남자는 우리 얘기를 들어주지 않았다.

"이봐, 우리 딸이 먼저 고른 거잖아?"

나는 기가 막혀서 눈물이 찔끔 나왔다.

그 가방은 내가 보자마자 찍어놓고 자나 깨나 계속 갖고 싶어했던 것인데, 뭘 근거로 저 애가 먼저 골랐다는 것인가.

내 눈에 고인 눈물을 보자, 아빠는 정말로 어쩔 줄을 몰랐다. 다른 것을 사준다거나 똑같은 물건을 찾는다는 건 아빠의 머릿속에 없는 이야기였다. 그저 내 앞에서 여자애가 메고 있는 저 가방만이, 아빠가 내게 당장 사주고 싶은 것이었다.

아빠는 주섬주섬 손을 내밀었다. 놀이터에서 그네를 밀어주고 나와 눈싸움을 하느라, 흙이 묻어 축축한 손이었다. 여자애를 향해 손을 내민 아빠는 내가 투정을 부릴 때 하던 행동을 했다. 바로 조심스레 뺨을 쓰다듬는 것이었다.

"오늘이 월급날이라 내가 예승이 사준다고 약속했거든…… 아이, 예쁘다…….'

아빠 딴엔 조심스럽고 다정한 행동이었지만, 아이는 겁을 먹었는지 동그란 눈을 크게 뜨고 아빠를 올려다보았다. 나도 설명할 수는 없었지만 이게 아니다 싶어 긴장했다.

아니나 다를까. 그 순간, 화들짝 놀란 아이의 엄마가 아빠의 손을 쳐냈다.

"어디다 손을 대요!"

찰싹, 살벌한 소리가 들리는 바람에 나는 어깨를 흠칫 떨며 크게 놀랐다. 그리고 말릴 새도 없이 남자가 아빠의 얼굴을 후려쳤다. 퍽! 이번엔 엄청 큰 소리가 났다. 얼굴을 맞은 아빠도, 그 곁의 나도 영문을 몰라 멍하니 서 있었다.

"내 딸에게 무슨 짓이야!"

남자가 버럭 소리를 질렀다. 아빠는 너무 놀란 나머지 한 마디 말도 못한 채 엉거주춤한 자세로 내 앞을 가리고 섰다. 남자는 그 한 대로도 분이 풀리지 않는지, 또다시 손을 들어 올려 아빠의 얼굴을 여러 차례 때렸다.

철썩, 철썩, 퍼억 하는 소리가 좁은 가게 안을 울렸다. 나는 그 소리만으로도 마치 내가 뺨을 맞은 것처럼 가슴이 덜컹거렸다. 너무 화가 나서 눈물이 났지만 두 눈을 부릅뜨고 남자에게 소리를 질렀다.

"아저씨, 우리 아빠 왜 때려요! 아저씨 경찰에 신고할 거예요!"

하지만 내 목소리에는 아무런 힘이 없었다. 남자는 아빠를 향한 폭력을 멈추지 않았다. 그저 멍하니 서서 맞고만 있는 아빠에게 다가오더니, 멱살까지 거머쥐었다.

"손님, 그만하세요!"

주인아저씨가 달려 나왔다. 나는 아빠와 남자 사이에 끼어 들어, 있는 힘껏 남자의 다리를 밀어냈다. 그러고도 모자라

소리를 고래고래 질렀다.

"아저씨가 뭔데 우리 아빠 때려요! 우리가 뭘 잘못했는데! 왜 때려요, 왜!"

소리를 지르던 내가 울음을 터뜨리고, 남자의 딸아이가 함께 울음을 터뜨렸다. 좁은 가게 안은 우리 둘의 울음소리로 시끄러웠다. 가게가 떠나가라 울어대는 나를, 결국 아빠가 번쩍 안아 들었다. 아빠의 얼굴에도 축축한 눈물이 흘러나와 있었다. 나는 손으로 아빠의 얼굴을 닦아주며 서러워서 울었다.

아빠는 그렇게 맞고도 웃었다. 한 손으로 나를 안고 다른 손으로 내 뺨을 조심스레 쓰다듬으며 더듬더듬 말했다.

"우리 예승이 착하지……. 아이, 예쁘다……."

나는 아빠를 꽉 끌어안고 울었다. 남자가 욕설을 중얼거리며 아이와 아줌마를 데리고 가게 밖으로 사라진 후에도, 우리는 한참을 거기 서서 울다 나왔다.

내 노란색 세일러 문 가방은 그렇게 빼앗기고 말았다.

* * *

"다음에 만나면 그 아저씨 가만히 안 둘 거야!"

그날은 내가 태어난 이후로 가장 크게 화가 나 있던 날이었다. 동네 애들이 아빠더러 바보라고 놀리거나, 날더러 바보 딸이라고 놀릴 때 화가 나던 것하곤 비교도 되지 않을 정도의 분노였다.

'절대로 잊어버리지 않을 거야!'

그렇게 몇 번을 되새기며 그 남자, 그리고 내 가방을 빼앗아 간 아이를 향해 분통을 터뜨렸다.

'아빠는 어떻게든 내 기분을 풀어주려는 마음에, 없는 돈을 탈탈 털어 자장면을 시켜주었다. 높은 골목 어귀에 있는 우리 집은 항상 배달이 늦었기 때문에 자장면이 도착했을 땐 꽤 오랜 시간이 지나 있었지만, 그래도 내 화는 풀리지 않았다. 밥상에 자장면 그릇을 내려놓으면서도 나는 투덜거리기를 멈추지 않았다.

"경찰에 신고해서 감옥에 보낼 거라고! 사과해도 안 받아 줄 거야! 무기징역 줄 거야!"

"나빠. 우리 예승이 가방 쏙 뺏어가고……."

아빠도 자장면의 비닐을 벗기며 고개를 끄덕였다. 맞은 것보다도 가방을 빼앗겼다는 사실이 더 속상한 모양이었다. 나는 아직까지 벌건 손자국이 남아 있는 아빠의 얼굴을 보다가, 속이 상해서 입을 열었다.

"가방 때문이 아니고, 아빠 때렸잖아."

"허엉, 괜찮아. 하나도 안 아파."

아빠가 다시 웃었다. 거짓말쟁이다. 분명 엄청 아팠을 텐데, 그렇게 큰 소리가 나도록 몇 번을 맞았는데, 안 아플 리가 없지 않은가.

 내가 걱정할까봐 도리어 크게 고개를 저으며 안 아프다고 몇 번을 우겨대는 것이다.

 나는 한숨을 내쉬며 고개를 내밀었다.

 "나중에 내가 크면 아빠 꼭 지켜줄게. 그러니까 웃어, 알았지?"

 "으허엉! 약속!"

 잔뜩 신이 난 아빠가 새끼손가락을 내밀었다. 나는 아빠의 손가락에 내 새끼손가락을 걸고 크게 흔들었다. 뭐가 그리도 좋은지, 아빠는 입꼬리가 귀에 걸리도록 해맑게 웃었다.

 "으헝! 예승이도 웃어. 약속!"

 "응. 약속!"

 우리는 서로를 바라보며 히죽 웃고는 동시에 자장면을 먹기 시작했다. 내 손엔 아빠가 깔끔하게 잘라서 쥐어준 나무 젓가락이 들려 있었다. 이리저리 휘저어가며 면을 섞고 있는데, 아빠가 불현듯 말을 꺼냈다.

 "우리 동네는 왜 거기만 팔까?"

 아직까지 세일러 문 가방에 미련이 남아 있는 모양이었다. 정작 가방이 필요한 나보다 아빠가 훨씬 서운한 얼굴이었다.

 "세일러 문이 인기가 많아서 그래."

 나는 내 자장면 그릇 안에 있는 완두콩을 골라내며 시큰둥하게 말했다. 다른 건 몰라도 콩만은 절대로 먹기 싫었으므로, 정말로 집중해서 완두콩을 골라 아빠의 자장면 그릇에 옮겨 넣었다. 그러자 아빠도 젓가락을 움직여 내 그릇에 오이를 옮겨놓기 시작했다. 나는 콩이 싫어 꺼내는 것이었지만, 아빠는 내가 오이를 좋아하기 때문에 주는 것이었다.

시간이 지날수록 아빠와 내 자장면 그릇엔 한쪽엔 오이가, 한쪽엔 완두콩이 완벽하게 나뉘고 있었다.

"아빠가 우리 예승이 입학할 때까지 꼭 세일러 문 가방 사올게!"

골라내기 작업이 끝난 뒤, 아빠가 자장면을 크게 한 젓가락 들고 소리쳤다. 아무래도 내게 그 가방을 꼭 사주고 싶은 모양이었다.

하지만 나는 더 이상은 아빠를 고생시키고 싶지 않았다. 그 가게에 다시 가는 것도 싫었고, 남들과는 다른 아빠가 낯선 곳을 돌아다니며 낯선 사람들 틈에 서 있는 것도 싫었다.

그깟 가방이 뭐라고.

"……아니야. 안 사줘도 돼."

나는 일부러 심드렁하게 대답했다. 그 가방만 아니었으면 아빠가 오늘 같은 일을 당하지 않아도 되었을 거란 생각에, 내내 마음이 편치 않았다. 결국 나 때문에 아빠가 맞은 것 아닌가.

하지만 아빠는 나도 모르는 내 마음 속의 미련까지 눈치채곤 재빨리 고개를 저었다. 남들은 바보라며 손가락질하지만,

내가 보기엔 아빠는 결코 바보가 아니었다.

눈치가 얼마나 빠른지, 나와 관련된 일이라면 하나부터 열까지 모르는 게 없는 아빠였다. 이번에도 역시 내 마음속의 작은 미련을 귀신같이 알아맞히곤, 무릎걸음으로 내게 다가오며 소리쳤다.

"에이, 꼭 사 올게. 웃어라!"

"……무리하지는 마."

나는 억지로 웃으려 노력했다. 나를 웃게 만들기 위해 갖은 애를 쓰는 아빠를 보며, 어떻게든 활짝 웃으려 얼굴을 폈다. 하지만 아빠는 그것으로도 만족하지 않고 내게 다가와 옆구리를 간질이기 시작했다.

"웃어라. 예승이…… 웃어, 어헝!"

"알았어, 알았다구!"

나는 결국 나무젓가락을 든 채로 깔깔 웃음을 터뜨렸다. 내가 웃자, 아빠의 얼굴에도 비로소 커다란 웃음이 피어났다. 우리는 자장면을 먹다가 서로를 간질이고, 또 한바탕 웃으며 그날 저녁을 보냈다. 좁은 방 여기저기에 검은 자장 얼룩이 생기고 입가엔 온통 자장소스가 묻어 지저분했지만, 그걸 신경 쓸 사람은 우리 집엔 아무도 없었다.

* * *

다음 날은 내가 다니게 될 초등학교의 예비 소집일이었다.
입학식만 하면 됐지, 무슨 예비 소집이람.

아침 일찍 일어난 나는 졸음이 가득 묻어난 얼굴로 투덜거렸다. 준비 사항을 알려준다는데, 그냥 공책이랑 연필만 있으면 되는 거 아닌가?

아빠는 하필 오늘 오전 타임 아르바이트를 하는 날이었다. 때문에 예비 소집에는 나 혼자 가기로 되어 있었다. 아빠는 나를 혼자 보내는 것이 못내 걱정되고 미안했는지, 지난밤 자기 전에 내내 입학식엔 꼭 갈 거라는 말을 몇 번이나 반복하다가 잠이 들었다.

하지만 정말로 걱정되는 건 내가 아니라 아빠였다. 깨끗하게 빤 마트 유니폼을 입고 나보다 먼저 집을 나서는 아빠에게, 나는 얼른 물통을 건네주었다.

"수돗물 먹으면 안 돼."

그 전에도 목마르다고 아무 데서나 물을 마시다가 배탈이 난 적이 있다. 그 이후부터는 항상 잊지 않고 물통을 챙겨주곤 했다. 아빠는 내게서 물통을 받아 들고 크게 고개를 끄덕였다.

"응! 수돗물 안 먹어. 예승이가 준 끓인 물만 먹어!"

결의에 찬 얼굴로 다짐하는 아빠를 보며 피식 웃었다.

"잘 갔다 와, 아빠."

"예승이도 학교 잘 갔다 와!"

"아빠 점심 꼭 먹어."

"예승이도 점심 꼭 먹어!"

환하게 웃으며 인사한 아빠가 돌아서 달려가기 시작했다. 나는 신이 나게 달려가는 아빠의 뒷모습을 바라보다 습관처럼 정확한 타이밍에 중얼거렸다.

하나, 둘, 셋!

그러자 약속이라도 한 것처럼 아빠가 뒤를 돌아보았다. 그리곤 나를 향해 손을 흔들어주었다. 나는 아빠가 나를 잘 볼 수 있도록 일부러 팔짝팔짝 뛰며 크게 손을 흔들었다.

그날은 다른 날과 다르지 않은 날이었다. 나는 아침부터 내내 웃느라 정신이 없었고, 아빠가 있어 행복했다. 우리는 마치 오래 전부터 누군가가 '두 사람은 영원히 행복하게 살았습니다'라고 정해준 것처럼 그렇게 살아갈 거라고 생각했다.

하지만 그날 아빠와 나의 행복은 산산조각이 나버렸다.

그로부터 오랜 시간이 지난 뒤에 나는 종종 생각하곤 했다.

만약 이날 우리에게 무슨 일이 일어날 거란 사실을 내가 미리 알았더라면…… 뭔가 변했을까? 쓸데없는 짓이란 걸 알면서도 나는 한동안 그 생각을 떨쳐버리지 못하고 있었다.

2. 지키지 못한 약속

 나이는 서른여섯이지만 여섯 살 지능을 가진 이용구가, 여덟 살 난 딸 예승을 키우기 위해 일하는 곳은 큰길 너머에 있는 대형 마트였다. 지적 장애가 있는 그는 아주 단순하고 반복적인 일 외에는 할 수 있는 게 없었는데, 다행히 웃는 얼굴과 성실함을 인정받아 주차 안내원이 될 수 있었다.
 용구는 지치지도 않고 집에서부터 마트 입구까지 달려왔다. 그의 손엔 예승이 건네준 물통이 꼭 쥐어져 있었다. 고개를 드니 '해피 마트'라고 적혀 있는 커다란 간판이 눈에 들어왔다.
 "해피~ 해피~ 해피 마트!"

용구는 매니저가 알려준 손동작을 따라하며 마트를 향해 큰 소리로 인사했다. 그리곤 히죽 웃으며 주차장 입구로 들어갔다.

"이용구 왔어요! 출근했어요!"

그가 하는 일은 마트 문이 열릴 때부터 주차장 앞에 서서 차가 들어오면 90도로 허리를 굽혀 인사하고 발랄한 손동작으로 입구를 가리키는 것이었다. 추운 날씨에 찬바람을 온몸으로 맞으며 해야 하는 고된 일이었지만, 용구는 한 번도 이 일이 힘들다고 생각해본 적이 없었다.

"안녕하세요! 해피~ 해피~ 해피 마트!"

어눌한 말투에 박자도 맞지 않았지만, 용구는 차가 들어올 때마다 최선을 다해 인사했다. 질리지도 않는 듯, 단 한 대의 차도 놓치지 않을 기세로 넙죽넙죽 허리를 굽혔다.

용구는 이 일이 쉽고 간단해서 너무나 좋았다. 인사만 하는데도 돈을 주다니, 해피 마트 사장님이 누군지는 몰라도 참 좋은 사람인가보다 하고 생각할 정도였다.

심지어 용구는 마트를 학교처럼 생각하고 있었다. 직원이 들어오면 으레 하게 되어 있는 안전 교육을 받으면서, 마치 딸인 예승이처럼 학교에 들어온 것 같은 기분을 느꼈다. 그가 잔뜩 신이 나 있는 것도 그런 이유였다.

화재 대처 요령, 인명 구조법 등 용구는 마트에서 가르쳐 주는 것들은 하나도 빠짐없이 외우고 또 외웠다. 얼마나 열심인지 까다로운 매니저가 드물게 칭찬을 해줬을 정도였다.

교대가 없는 고된 오전 근무를 마치고 점심시간, 용구는 평소와 다름없이 빵과 우유를 하나씩 사 들고 마트 밖 벤치에 홀로 앉아 끼니를 해결하고 있었다. 빵은 세 입에 다 먹고, 우유는 한꺼번에 마셨다. 예승이가 있었으면 좀 천천히 먹으라고 혼냈겠지만 지금 용구의 머릿속은 그 노란색 세일러 문 가방에 대한 생각으로 가득 차 있었다.

어떻게 해서든지 사주고 싶었다. 그 가방은 도무지 뭔가를 사달라고 조르지 않는 예승이 처음으로 갖고 싶어 한 물건이었다. 어른스럽고 똑똑하고 착한 예승이. 바보 아빠에게도 항상 웃어주는 내 딸, 천사 같은 예승이. 예승을 떠올리자 용구의 입가에 커다란 미소가 자리 잡았다. 그는 추운 줄도 모르고 벤치에 앉아 동동 발을 굴렀다.

그런 그에게 웬 작은 아이가 다가와 말을 걸었다.

"아저씨, 세일러 문 가방 샀어요?"

누군가 싶어 고개를 들어보니, 어제 팬시점에서 마지막 세일러 문 가방을 빼앗아 간 여자아이였다. 용구는 또 아이의 아버지에게 맞을까봐 얼른 두 팔로 얼굴을 가리고 몸을 수그렸다. 하지만 시간이 지나도 아무런 일이 일어나지 않았다. 슬쩍 팔 밑으로 눈알을 굴려 주위를 둘러보니 아이의 아버지는 보이지 않고, 아이 혼자 동그란 눈으로 용구를 올려다보고 있었다.

"아저씨, 세일러 문 가방 샀어요? 아직 못 샀어요?"

아이가 다시 물었다. 용구는 금세 시무룩해진 얼굴로 대답했다.

"니…… 니가 샀잖아."

"그거 다른 데도 파는데?"

아이가 천진난만한 얼굴로 말했다.

용구는 귀가 번쩍 뜨여 고개를 들었다. 아이를 빤히 바라보니, 진짜라는 듯 고개를 끄덕이는 모습이 보였다. 용구는 자리에서 벌떡 일어났다. 예승이에게 세일러 문 가방을 사줄 수 있다는 생각에, 그는 꼭 하늘을 날아갈 것 같은 기분이 되었다.

"어, 어디! 어딘데!"

"가르쳐줄게요."

아이가 방글거리며 말했다. 그리곤 따라오라는 듯 앞장서서 걷기 시작했다. 아직 점심시간이 조금 남아 있었기에, 용구는 얼른 따라갔다. 가방만 사 가지고 재빨리 돌아올 생각이었다.

절로 콧노래가 흘러나왔다. 예승이 노란색 세일러 문 가방을 메고 학교에 가는 모습을 상상하니 저도 모르게 어헝, 바보 같은 웃음이 새어 나왔다.

아이는 작은 발을 부지런히도 움직이며 용구를 데리고 어디론가 걸어갔다. 큰 길을 건너고, 작은 골목 안으로 들어가서 종종 걸었다.

 매일 똑같은 길로만 다니기로 약속했는데, 용구는 처음 와본 골목이 신기해 고개를 들고 이리저리 두리번거렸다. 엉거주춤 서서 돌아가는 길을 잊지 않기 위해 앞을 보고, 옆을 보고, 또 앞을 보기도 했다. 그러다 아이를 놓치고 말았다.

 "어, 어……."

 용구는 당황했다. 앞으로 걸었다가 다시 돌아섰다가 안절부절못했다. 이 골목 저 골목을 둘러보아도 작은 아이의 모습이 보이질 않았다. 용구는 발을 동동 구르다 마침내 아이가 사라진 방향으로 달려가기 시작했다.

 그리고 그 일은 일어났다.

 용구는 달리던 걸음을 우뚝 멈추고 아이의 앞에 섰다. 그리고 헤 입을 벌리고 두 눈을 끔벅거렸다. 아이가 이상했다. 분명 조금 전에 그를 향해 방긋 웃으며 따라오라 손짓하던 아이가, 꼼짝도 하지 않은 채 바닥에 누워 있었다.

 "자…… 자는 거야? 추워, 감기 걸려. 밖에서 자면 안 돼. 예승이가……."

 아이, 착하다. 용구는 아이를 달래 일으키려 손을 내밀었다. 그런데 아이의 하얀 얼굴에 붉은 피가 흘러내린 자국이 보였다. 피를 보고 화들짝 놀란 용구가 바닥에 주저앉았다. 가슴에 귀를 대어보니 아이가 숨을 쉬지 않았다.

 "어…… 어어?"

용구는 아이가 아픈 거라고 생각했다. 얼른 깨워서 병원에 데려가야 한다고.

그리고 잠시 후.

을씨년스러운 골목 어귀에서 누군가 용구와 아이를 발견하곤 찢어질 듯 날카로운 비명을 질렀다.

"사람 살려!"

용구는 영문을 모른 채 그 자리에 가만히 서 있었다.

정신을 차렸을 때, 용구는 이미 경찰서 책상 앞에 수갑을 찬 채 앉아 있었다.

누군가의 비명이 울려 퍼지고 꽤 시간이 흐른 시점이었다. 벌써 점심시간도 끝나고 오후 근무 교대를 하고도 두 번은 했을 시간이었다. 오늘은 오전만 근무하기로 했던 날이기 때문에 평소라면 집에 돌아가고도 남았을 시간. 용구는 멍하니 경찰서 창밖을 바라보았다. 어두컴컴한 겨울 하늘이 내려앉아 있었다.

예승이가 걱정할 텐데.

용구는 마음이 급했다. 이 사람들이 왜 자신을 붙잡고 놓아주지 않는지 이해할 수가 없었다.

"비켜! 들어가게 해달라고!"

"범인을 현장에서 검거했다는 게 사실입니까?"

"아, 들어오면 안 된다니까!"

경찰서 입구는 아수라장이나 다름이 없었다. 소식을 듣고 몰려온 취재진들이 입구를 점령한 채 물러서지 않았기 때문이다. 안으로 들어가려는 기자들과 연신 플래시를 터뜨리는 카메라맨들이, 그들을 저지하려는 경찰들과 얽혀 엎치락뒤치락 몸싸움을 벌였다. 얼마나 많은 사람이 몰려들었는지, 제법 넓은 편이었던 경찰서 문이 휘청거렸다.

"지금이야! 들어가!"

"밀지 마! 밀지 말라고!"

결국 우지끈 하는 소리와 함께 유리가 깨지고 문이 내려앉았다. 그들은 유리 파편이 쏟아지는 것에도 아랑곳하지 않고 어떻게든 용구를 촬영하기 위해 안간힘을 썼다.

하지만 용구는 기자들이 그토록 야단법석을 떠는 이유가 자신 때문이라는 것을 전혀 모르고 있었다. 어째서 사람들이 자신에게 수갑을 채우고 책상 앞에 앉혀둔 채 보내주지 않는지, 왜 자신을 보고 소리를 지르고 윽박지르는지, 자꾸만 카메라를 보라고 하는지 알 수가 없었다. 그저 불안해하는 시선을 이리저리 돌리며 중얼거릴 뿐이었다.

"내…… 내일…… 우리 예승이 입학식입니다. 가야 합니다……."

"이 새끼가…… 지금 장난하나."

앞에 앉아 있던 형사가 어이가 없다는 듯 으르렁거리며 고개를 들었다. 그는 앉은 채로 발을 들어 용구의 가슴을 세게 걷어찼다.

"으헉!"

용구는 의자째 바닥에 나가떨어졌다. 용구의 비명 소리를 듣고 지나가던 형사 반장이 쯧쯧 혀를 찼다. 용구가 숨을 쉬지 못해 컥컥거리며 바닥에 침을 흘리고 있는데도, 도와주기는커녕 마치 더러운 오물이라도 보는 것처럼 경멸 어린 시선을 쏟아냈다.

"빨리 정리해라!"

그가 손가락을 들어 자신의 목을 슥 긋는 시늉을 하자, 형사가 아예 자리에서 일어나 바닥에 쓰러진 용구를 발로 밟기 시작했다.

"남의 집 딸내미는 작살내놓고, 뭐? 입학식? 이 새끼 이거 완전 또라이네!"

용구는 숨이 막혔다. 형사의 발길질은 실수로 넘어지거나 문지방에 부딪치는 것과는 차원이 다른 폭력이었다. 하지만 쓰러져 허우적거리는 와중에도 용구는 집에 혼자 있을 예승을 떠올렸다. 맞으면서도 마음이 급해졌다. 이곳에 온 지도 오래되었는데 이 사람들은 도무지 그를 보내주지 않았.

뿐만 아니었다. 용구는 아이가 했던 말을 기억하고 있었다. 예승이에게 사주기로 약속했던 노란색 세일러 문 가방. 분명 아이가 다른 데서도 판다고 말했다. 그 애는 아파서 용구를 데려다줄 수 없으니까, 혼자서라도 찾아봐야 했다. 너무 늦으면 가게 문을 닫으니까, 지금 당장…….

"노란색 세일러 문…… 가, 가방을 사야 되는데……."

쓰러졌던 몸을 간신히 일으키며 용구가 어물어물 말하자, 형사가 버럭 소리를 질렀다.

"너 지금 사태 파악이 안 되지? 니가 죽인 애가 누구지 알어? 인마. 경찰청장 딸이야! 경찰청장! 넌 좆된 거야, 새끼야!"

하지만 용구는 형사의 말을 알아들을 수가 없었다. 아니, 아예 들리지가 않았다. 멍하니 들어 올린 용구의 시선은 형사의 뒤쪽 벽에 걸린 시계를 쳐다보고 있었다. 얼마 전에 예승이에게 배운 시계 보는 법을 떠올리곤, 용구의 얼굴이 울 것처럼 일그러졌다.

벌써 저녁 9시 30분이었다.

"아, 안 돼! 안 돼…… 집에 가야 돼! 예승이, 우리 예승이!"

이제는 가방이 문제가 아니었다. 용구는 자신이 조금이라도 늦거나 길을 헤매면 예승이 불안해한다는 사실을 잘 알고 있었다. 절대로 밤에는 집 밖으로 나오지 말라고 신신당부했지만, 안심이 되질 않았다. 9시 30분. 예승이 잘 시간이 다 되어간다. 아직까지 돌아오지 않는 아빠를 기다리며 울고 있을지도 몰랐다.

"집에 보내주세요!"

용구가 벌떡 일어나 소리쳤다. 얼른 집으로 뛰어가 예승이를 안심시켜줘야 했다. 용구의 머릿속엔 오직 그 생각뿐이었다. 여기가 어디고, 자신이 왜 끌려 왔는지는 중요하지 않았다. 맞은 것도 금세 잊어버렸다.

"집에 갔다 오겠습니다. 예승이한테 말해줘야 합니다."

아무도 자신의 말을 들어주지 않자, 용구가 조금 더 큰 목소리로 또박또박 말했다. 사람들이 못 알아들을 때는요, 이렇게 단어를 하나씩 끊어서 또박또박 말해보세요. 자원봉사자가 했던 말대로, 그대로 했다.

"이용구! 집에 가야 합니다! 보내주세요!"

잠깐이면 될 것이었다. 아주 잠깐만 집에 가서 예승이에게 사정을 설명하고 재운 다음에 다시 돌아오면 된다고, 용구는 생각했다. 예승이는 아빠보다 훨씬 똑똑하니까 아침이 되면 용구를 데리러 와줄 거라고. 그런 뒤에 함께 입학식에 가면 된다고.

용구는 무턱대고 입구를 향해 걸었다.

얌전히 맞고만 있던 용구가 갑자기 일어나 움직이자 멍하니 서 있던 형사가 깜짝 놀라 소리를 질렀다.

"야! 야야! 저 새끼 잡아!"

경찰서 안에 또 한바탕 소동이 일어났다. 용구가 달아나려는 줄 착각한 형사들이 달려와 거칠게 그를 잡아 세운 것이다. 하지만 예승이에게 돌아가기 위해 필사적인 용구를 막기엔 역부족이었다. 용구는 자신을 붙잡는 형사들을 힘으로 밀쳐내고 있었다. 그는 잘못한 게 없었고, 집에는 예승이 혼자 울면서 아빠를 기다리고 있을 것이었다.
"집에! 가야! ……합니다!"
"붙들어! 뭐하는 거야! 이 새끼 이거……."
소란이 커지자 입구에 서 있던 다른 형사들까지 달려와 용구를 붙들었다. 용구는 수갑을 찬 채로 마구 몸부림쳐 형사들을 떨어뜨리고 있었다. 어떻게든 앞으로 달려 나가려고 온 힘을 다했지만, 결국 그는 서너 명의 형사에게 붙들려 바닥에 엎드린 채 온몸을 짓눌렸다.
"야! 발에도 수갑 채워! 이 또라이 새끼 힘은 더럽게 세서……."
용구는 바닥에 쓰러져 얼굴을 짓눌린 상태에서도 계속해서 몸부림을 쳤다. 차갑고 단단한 시멘트 바닥에 입술이 쓸려 피가 났지만 아픈 줄도 몰랐다. 그의 머릿속엔 오직 울고 있는 예승이 생각뿐이었다.
"예승이…… 예승이 입학식…… 가야 합니다."
하염없이 예승이 이름만 중얼거리던 용구의 눈동자에 결국 부연 눈물이 맺혔다. 그는 너무 슬펐다. 몸이 아픈 것보다, 억울하게 잡혀 있는 것보다, 예승이에게 돌아가지 못한다는 사실이 너무 슬펐다. 꼭 가방을 사준다고 약속했는데, 입학식에도 꼭 가겠다고 약속했는데.
예승이와의 약속은 더 이상 지킬 수 없을 것만 같았다.

3. 쓰레기통에서 본 풍경

 그날 저녁을 나는 지금도 결코 잊을 수가 없다.
 시작은, 아빠가 오지 않는 것부터였다.
 사실 예비 소집은 별것 아니었다. 그냥 준비물 몇 가지에 주의 사항 몇 가지 정도. 나는 예비 소집이 끝나자마자 바람처럼 달려 집으로 돌아왔다. 오늘은 아빠가 오전 근무만 하는 날이었기 때문에 점심시간만 지나면 퇴근할 수 있었다.
 저녁은 꼭 같이 먹어야지. 그리고 저녁 시간이 되기 전에는 아빠와 함께 큰길 너머까지 가볼 생각이었다. 아무래도 내 가방 때문에 헤매고 다닐 아빠가 걱정이 되어서, 나는 아예 함께 나가는 편이 좋을 거라고 생각했다.

그런데 아빠가 오지 않았다.

아무리 기다려도 아빠는 돌아올 기미가 없었다. 전화기 앞에 앉아 한참을 데굴거리다가, 혹시 화장실에 간 사이에 전화가 올까 싶어서 전화기를 문 앞까지 끌어다놓고 볼일을 봤다.

마트가 늦게 끝날 수도 있어.

애써 그렇게 생각했다. 손님이 너무 많거나 누군가 아파서 갑자기 자리를 비우면 아빠가 그 자리를 대신할 수도 있었다. 난 인내심을 가지고 기다려보기로 했다.

그러다 밤이 왔다.

단칸방에 하나뿐인 작은 창문에 매달려 나는 캄캄한 밤하늘을 올려다보았다. 내 키로는 창문에 닿을 수가 없어서 낡은 상을 받치고 그 위에 까치발을 서야 했다. 창밖엔 벌써 가로등이 켜지고 모두가 집으로 돌아가 사람 그림자도 보이질 않았다.

아빠는 도대체 어디서 뭐 하고 있는 거지.

불안감이 점점 덩치를 불리고 자라났다. 나는 두 손으로 창턱을 붙들고, 좀 더 먼 곳을 내다보기 위해 애썼다. 그토록 무서워하던 캄캄한 골목길에서 시선을 떼지 않았다. 아빠가 지금 당장이라도 품에 세일러 문 가방을 끌어안고 달려올 것만 같았다.

내 잘못이었다. 그 가방을 갖고 싶어하는 게 아니었다.

나는 다시 한 번 뒤늦게 후회했다. 아빠가 나쁜 아저씨에게 맞은 것도, 이 추운 날씨에 밖에서 돌아오지 않는 것도 전부 내 탓인 것만 같았다. 또 어딘가에서 누군가가 빼앗아간 세일러 문 가방을 되찾으려고 동동거리고 있는 게 틀림없으리라.

그렇게 생각하니 자꾸만 눈물이 나고 화가 났다.

창턱에서 손을 떼고 흘러내린 눈물을 닦는데, 낡은 상이 내 몸무게를 견디지 못하고 흔들리기 시작했다. 나는 금세 중심을 잃었다. 우지끈 소리와 함께 상다리가 부러지며 방바닥에 넘어지고 말았다.

"아야……."

넘어져 아픈 것보다는, 눈물이 나 빨개진 눈이 더 따가웠다. 나는 흘러내린 눈물을 내복 소매로 벅벅 닦았다. 아빠는 내가 우는 걸 세상에서 제일 무서워했기 때문에, 나는 아무리 아파도 웬만하면 우는 법이 없었다.

시계를 보니 벌써 10시였다. 평소엔 이 시간이면 벌써 꿈나라로 가 있어야 하지만, 잠도 오지 않았다.

"아빠, 대체 어디 있는 거야……."

이제는 창밖을 내다볼 수도 없었다. 나는 무릎을 모아 벽에 기대앉았다. 이렇게 늦은 밤에 혼자 있어본 적이 없었던 나는, 있는 대로 이불을 끌어 모아 품에 안았다. 당장이라도 밖으로 나가 아빠를 불러보고 싶었지만, 그래봤자 소용 없을 거라는 건 이미 잘 알고 있었다. 할 수 있는 건 계속해서 참고 기다리는 것뿐.

굉장히 추운 밤이었다.

그렇게 한참을 혼자서 웅크리고 있다가 어느 순간, 나는 내가 잠에서 깨어났다는 사실을 깨달았다. 앉은 채로 졸다가 그대로 쓰러져 잠이 들어버린 것이다.

나는 눈을 뜨자마자 방 안을 둘러보았다. 방 안이 환했다.

그래도 아빠는 보이지 않았다.

아침이 되어도, 내가 입학식에 가야 할 시간이 되어도 아빠는 돌아오지 않았다.

입학식인데……. 꼭 온다고 했으면서.

나는 눈물이 나려는 걸 억지로 참고 굳게 일어섰다. 지금 내가 울면서 아빠를 찾아다니면, 분명 주인집 할머니가 혀를 차며 말할 것이다. 모자란 놈이 딸 버리고 도망갔다고. 나는 다른 사람들이 그렇게 말할 경우 내가 어디로 가게 되는지 잘 알고 있었다.

그건 싫다.

나는 절대로 고아가 아니었다. 그리고 아빠는 절대로 나를 버리지 않을 것이었다.

입학식엔 올 거야. 반드시 올 거야. 아빠는 나와의 약속을 정말로 중요하게 생각하니까.

나는 시계가 8시를 가리키는 것을 보고 얼른 화장실로 가 얼굴을 씻었다. 서랍을 뒤져 제일 깨끗한 옷으로 갈아입고, 지난밤 잠들 때까지 미처 벗지 못했던 양말도 갈아 신었다. 일주일 전에 주인집 언니에게 물려받은 실내화 주머니까지 들고 나니, 등이 허전했다.

가방이 없었다.

세일러 문 가방이 아니라, 교과서와 공책을 가져갈 가방 자체가 없었다. 갑자기 울컥 서러움이 밀려왔다. 나는 이를 악물고 다시 방 안으로 들어가 잡동사니 상자를 뒤지기 시작했다. 그 안엔 '해피 마트' 로고가 박힌 미니 배낭이 있었다. 아빠가 아르바이트를 시작할 당시 마트에서 받아 온 사은품이었다. 나는 그 안에 교과서와 필통, 공책을 집어넣고 혼자서 학교에 갔다.

배가 고픈 줄도 몰랐다. 입학식이 정신없이 진행되는 동안, 나는 내내 주위를 두리번거렸다. 혹시 아빠가 어딘가에 숨어 있을지도 모른다고 생각했기 때문이었다. 지난밤에 돌아오지 않은 것 때문에 내가 화를 낼까봐 무서워서 숨어 있는 거라고.

하지만 입학식이 다 끝나도록 아빠는 나타나지 않았다. 다른 아이들은 예쁜 꽃다발을 든 부모님과 함께 사진을 찍고 난리가 났는데, 나만 혼자였다. 인생에 단 한 번뿐인 초등학교 입학식인데 이 중요한 날 사라지고 없다니.

나는 또다시 눈물이 날 것 같아 몇 번이고 눈을 깜박거렸다. 입을 꾹 다물고 참아보려 애썼지만 결국 축축한 눈물이 뺨을 타고 줄줄 흘러내렸다. 다른 아이들이, 선생님이, 낯선 아줌마들이 나를 측은해하는 눈으로 바라보는 게 느껴져 더욱 설움이 밀려왔다.

설상가상으로 때마침 비까지 내렸다.

내가 우는 것과 하늘에서 빗방울이 쏟아지기 시작한 건 거의 동시에 일어난 일이었다. 갑자기 퍼붓는 비에 입학식이 중단되고, 사람들은 서둘러 건물 안으로 뛰기 시작했다.

온몸이 축축해지도록 비를 맞고 나니 입학식이 끝나 있었다. 나는 보슬보슬하게 변한 빗방울을 맞으며 터덜터덜 집을 향해 걸어갔다.

그제야 아빠가 원망스러워지기 시작했다. 화가 났다.

아빠는 어디로 간 걸까. 어제는 왜 안 들어왔을까. 입학식은 꼭 오겠다고 해놓고, 설마 가방을 구할 수가 없어서 안 온 걸까? 바보같이. 진짜 그거 때문이면 아빠는 정말 바보다.

그런 결론을 내리고 나니, 아무래도 아빠를 찾아봐야 할 것만 같았다. 해가 지려면 아직 멀었으니까, 집에 가서 가방을 내려놓고 마트와 동네를 돌아다니며 아빠를 찾을 생각이었다.

그런데 돌아가는 길, 언제나 인적이 드물어 조용하던 시장 골목이 유난히 시끄럽다는 걸 깨달았다.

엄청나게 많은 사람들이 그 길에 모여 있었다. 앞에 찻길이 막혀 있을 정도로 많은 인파였다. 여러 대의 경찰차가 길가에 늘어서 있고, 카메라를 든 사람들이 웅성거리고 있었다. 가까이 다가가자 사람들이 수군거리는 소리가 들려왔다.
"살인이래?"
"애가 죽었다면서?"
한쪽에서는 수십 명의 전경들이 서로 팔짱을 끼고 인간 벽을 만들어 구경나온 사람들을 가로 막고 있고, 다른 쪽에서는 마이크를 든 여자가 황급히 화장을 고치더니 큐 소리와 함께 누군가를 인터뷰했다.
"이번 살인사건은 현 경찰청장을 겨냥한 보복성 살인사건으로, 대한민국 경찰에 대한 도전이며 공권력의……."
뭔가 엄청난 일 같았다. 그뿐만이 아니었다.
"잠시 후 이곳 수진2동에서는, 범인 이모 씨가 현장 검증을 위해 도착할 예정으로……."
주위가 온통 불안한 소음으로 가득 차 있었다. 나는 떠나지도 못하고 그곳에 서서, 나보다 훨씬 커다란 어른들을 올려보았다.
그때 누군가가 "왔다!"라고 크게 소리쳤다. 그러자 사람들이 일제히 움직이기 시작했다. 험한 욕설과 거친 움직임, 누군가를 향해 손가락질을 하며 서로를 밀치느라 모두 귀신처럼 무서운 얼굴이었다.
아무리 까치발을 들어도 주위가 보이지 않았다. 나는 이리 채이고 저리 채이다, 할 수 없이 돌 벽 앞에 세워져 있는 쓰레기통 위로 올라갔다.
 그리고 그곳에서 아빠를 보았다.

  *   *   *

 이상했다. 아빠가 이상한 모습을 하고 있었다.
 평소엔 답답하다고 절대 쓰지 않는 모자를 깊게 눌러쓰고, 얼굴엔 하얀 마스크까지 하고 있었다. 눈조차 드러나지 않을 정도로 꼼꼼하게 가려진 모습이었지만 나는 한눈에 아빠를 알아볼 수 있었다.
 내 아빠였다. 분명, 나 이예승의 하나밖에 없는 아빠 이용구였다.
 그런데 그곳에 모인 모든 사람들이 아빠를 향해 욕을 하고, 손가락질을 하고, 침을 뱉었다.
 아빠는 무섭게 생긴 경찰들의 손에 잡아끌리다시피 걸어오고 있었다. 나는 멍하니 서서 아빠를 향해 시선을 고정하고 있었다. 아빠가 나타나자 카메라를 든 기자들이 그쪽으로 우르르 몰려들었다.
 "통로 확보해. 통로 확보하라고!"
 경찰과 기자들의 몸싸움이 시작되었다. 그 사이에서 아빠는 힘없이 이리저리 흔들리고 있었다.

"에라이, 나쁜 새끼야!"

그때 갑자기 사람들 사이에서 누구나 튀어나와 아빠에게 욕설을 퍼부었다. 경찰들이 재빨리 그 사람을 막아섰지만 마치 그게 신호라도 되는 것처럼 사방에서 욕설이 터져 나왔다.

"짐승만도 못한 놈!"

"죽여라!"

"마이크 놓치지 마!"

"비켜, 이 시발 새끼야!"

그 장면은 비에 젖은 채 쓰레기통 위에 서 있는 내게 아주 큰 충격으로 다가왔다. 나는 완전히 넋이 나가 그저 멍하니 아빠를 바라보았다. 사람들 사이로 언뜻 언뜻 나타났다 사라지는 아빠의 모습이 눈에 박혀 떠나가질 않았다.

둥그렇게 모여 있는 사람들 사이에서 아빠가 작은 마네킹 앞에 쭈그리고 앉았다. 그리고 옆에 있는 남자들이 시키는 대로 엉거주춤, 우물우물 무언가를 하고 있었다. 그리고 그때마다 아빠를 욕하는 사람들의 목소리가 높아졌다. 엉엉 우는 사람도, 비명을 지르는 사람도 있었다. 그들의 입에서 나오는 아빠에 대한 말들은 마치 내 귀를 찢고 들어오는 것처럼 아팠다. 나는 떨리는 손으로 실내화주머니를 잡고 아빠를 향해 고개를 내밀었다.

마네킹 앞에서 느릿느릿 움직이던 아빠가 마네킹에 입혀

진 바지를 벗겼다. 그리고 천천히 일어나 지저분한 아빠의 바지에도 손을 대고 벗는 시늉을 했다.

'지금 뭘 하는 거지? 아빠한테 뭘 시킨 거야?'

당황스러웠다. 그런데 그때, 사람들이 너도나도 몸을 앞으로 내밀고 아빠에게 주먹질을 하기 시작했다. 간신히 막아 놨던 인간의 벽이 무너지고, 경찰들은 서둘러 아빠를 데리고 돌아가려 했다.

"저 짐승만도 못한 새끼! 죽여 버려!"

결국 누군가가 휘두른 팔에 맞아 아빠의 모자가 벗겨졌다. 마스크도 벗겨졌다. 나는 급하게 숨을 들이마셨다. 아빠의 얼굴이 정말로 엉망이었다. 찢어지고 붓고 멍이 들어 있었다. 붉은 핏자국이 얼굴을 가득 메우고, 멍하니 풀린 눈동자엔 혼란만이 가득했다.

나는 결국 큰 소리로 아빠를 부르고 말았다.

"아빠-!"

단 한 번이었지만 아빠는 내 목소리를 알아들었다. 그 수많은 인파 속에서도 나를 향해 고개를 번쩍 들어 올렸다. 멍하니 풀려 있던 눈동자에 빛이 모이더니 곧 눈물이 고였다. 아빠는 경찰들에게 끌려가다 말고 수갑을 찬 손으로 봉고차 문을 잡고 버티며 나를 향해 크게 소리쳤다.

"예승아! 예승아!"

우리는 사실 그리 멀지 않은 거리에 있었다. 하지만 그 순간, 나는 아빠와 내가 마치 지구 반대편에 서 있는 것 같은 기분을 느꼈다. 무슨 수를 써도 아빠에게 갈 수가 없었다. 나는 쓰레기통 위에서 아빠를 목 놓아 부르기 시작했다.

"아빠! 아빠……."

눈이 마주쳤다. 아빠는 어떻게든 내가 있는 곳으로 달려오려고 안간힘을 쓰고 있었다. 하지만 아빠를 가로막고 있는 사람이 너무 많았다. 여기저기서 쏟아지는 욕설과 고함, 그리고 그 사이로 아빠의 간절한 외침이 들려왔다.

"예승아아……!"

나는 쓰레기통에서 뛰어내려 아빠를 향해 달려가기 시작했다. 아빠를 막고 있는 사람들이 너무 많으니까 내 쪽에서 가야 할 것 같았다. 필사적으로 허우적거리며 사람들을 헤치고 나아갔지만 몇 걸음 내딛지 못하고 멈추고 말았다. 어린 나에게는 커다란 어른들의 몸싸움을 이겨낼 힘이 없었다.

나는 찢어질 듯한 목소리로 아빠를 불렀다.

"아빠아—!"

아빠도 나를 발견하고는 형사들의 손을 밀치며 몸을 내밀었다. 아빠가 잡고 있던 봉고차 백미러가 부서지며 퍽 소리를 냈다. 나는 결국 큰 소리로 울음을 터뜨리고 말았다.

아빠가 세상에서 제일 무서워하는 내 울음소리. 아빠는 차 안에 갇혀 어쩔 줄을 몰랐다. 누군가 나를 번쩍 안아들고 움직이지 못하게 막았다. 나는 더 큰 소리로 울었다.

"예승아! 집에서 기다려! 예스응아아-!"
"아빠, 어디 가는데? 아빠!"

차 안에서 대기하고 있던 경찰들이 아빠의 팔과 다리, 목을 붙잡고 버텼다. 몸을 움직일 수 없게 되자 아빠는 몸부림을 치며 괴성을 질렀다. 두 손으로 차창을 두드리고 머리로 유리를 두드렸다. 쾅쾅 하는 소리가 내가 있는 곳까지 들려왔다.

"아빠! 아빠아!"

아빠가 유리에 대고 크게 입을 뻐끔거렸다. 완전히 문이 닫혀 아빠가 하는 말이 들리지 않았다. 나는 나를 안아 들고 있는 남자의 몸을 마구 때리며 소리를 지르고 울었다. 하지만 아무리 발악을 해도, 아빠를 태운 차는 점점 멀어질 뿐이었다.

들고 있던 실내화 가방도 어느새 보이지 않았다. 나는 아빠가 사라진 곳을 바라보며 목 놓아 울었다. 이게 대체 무슨 일인지, 아빠와 나한테 무슨 일이 일어난 건지 도무지 알 수가 없었다.

그때, 여덟 살의 나에겐 아빠가 세상의 전부였다. 그런데 그날, 그 많은 사람들이 내게서 아빠를 빼앗아갔다.

4. S4 수용자의 비밀

"뭔 교도소에 포크송이여."

누군가 투덜거렸다. 하지만 아무도 그 말에 동의하지 않았다. 냄새나고 삭막한 교도소 공장, 낡은 라디오가 노래라도 불러주지 않으면 작업에 능률은 고사하고 험한 말이나 오가지 않으면 다행인 것이다.

담담하면서도 쓸쓸한 가수의 목소리가 작업장에 울려 퍼졌다. 공장 안에선 재소자들의 직업 활동이 한창이었다. 이들이 수감된 교도소에선 주로 축구공, 농구공 등을 만들었다. 정교함을 요구하는 수작업이었지만 다들 경력이 있다 보니 별로 어렵지도 않았다.

교도소 7번 방의 방장도 마찬가지였다.
　그에겐 소양호라는 멋들어진 이름이 있었다. 하지만 아무도 그를 소 씨라던가 양호 형님이라 부르지 않았다. 그는 교도소 안에서 그저 7번 방의 방장일 뿐이었다. 같은 방 식구인 춘호와 함께 신들린 손놀림으로 터진 공을 꿰매는 그의 직업은 조폭이요, 죄명은 살인이었다.
　그는 7번 방에서 서 노인을 제외하면 가장 나이도 많고 형량도 무거웠다. 전직 조폭답게 카리스마 넘치는 눈빛으로 입소하자마자 단번에 재소자들을 휘어잡았다. 뿐만 아니었다. 그에게는 남다른 수완이 있었는데, 어찌나 신통방통한지 교도소 안에서 그를 모르는 이가 없을 정도였다.
　"노래 좋기만 하고만…… 짹짹거리지 말고 일이나 해라, 응? 그러다 공하고 같이 바느질 당한다."
　방장이 묵직한 한마디를 던지자 투덜거리던 놈의 입이 쑥 들어갔다. 옆에 있던 춘호가 피식 짧은 웃음을 흘렸다.
　방장 옆에서 미싱으로 애드벌룬을 꿰매는 최춘호.
　그 역시 교도소 안에서 둘째가라면 서러울 유명 인사였다. 전직 도굴꾼이요, 사기 전과가 얼굴에 찍힌 점보다 많다는 그는 자타가 공인하는 7번 방의 머리라고 불렸는데, 방에서 시간을 죽일 때에도 영어 사전을 펄럭거리는 등 학구적인 모습을 연출하곤 했기 때문이었다. 춘호가 유명한 이유는 방장과 '사업'을 같이 하기 때문이었다.

"애들 겁 좀 주지 마요. 그러다 오줌 싸겠네."

이번에는 방장 소양호가 피식 웃었다.

7번 방에는 그밖에도 비속 살인으로 십여 년 전 사형을 선고받은 서 노인과 부부 소매치기단 출신인 신봉식, 간통으로 잡혀 들어온 막내 강만범이 있었다. 하지만 방장은 오직 춘호하고만 사업을 함께했다. 학벌 있는 놈이라고 특별히 끼워 준 것이다. 춘호가 가끔 던지는 재기발랄한 아이디어가 매우 유용했기 때문이기도 했다.

"옛다."

방장이 대충 꿰매진 공을 춘호에게 던졌다. 춘호는 씨익 웃으며 남들에게 보이지 않도록 작업복 앞섶에서 작은 종이 쪼가리를 하나 꺼내 재빨리 공 안에 밀어 넣었다. 그러더니 애드벌룬을 꿰매던 미싱으로 다다닥 박음질을 하고, 에어 프레셔로 공기를 집어넣었다. 그러자 쭈글쭈글하던 공이 탄탄하게 부풀어 올랐다.

"오케이."

그때, 익숙한 경보음이 들리더니 바깥에 서 있던 교도관이 크게 소리쳤다.

"운동!"

방장은 작업을 중단하고 일어나 느긋하게 뒷짐을 졌다. 그리고 춘호와 함께 공장을 나섰다. 다른 재소자들도 주섬주섬 하던 작업을 마무리하고 교도관의 지시에 따라 움직였다. 운동장엔 벌써 많은 죄수들이 모여 몸을 풀고 있었다.

 방장은 느긋한 자세를 유지한 채 갈지자로 걸어 운동장 구석에 있는 담벼락 아래로 갔다. 그리곤 춘호와 함께 가지고 나온 공을 몇 번 던지고 주고받으며 하릴없이 시간을 보내는 듯 했다. 그러다 어느 순간, 망루를 향해 시선을 들어 올렸다.

 그곳에도 교도관이 있었다. 하지만 그 교도관은 방장이 슬쩍 눈짓을 보내자, 슬그머니 몸을 돌려 다른 쪽으로 가버렸다.

 항상 있는 일이었다. 방장은 천연덕스러운 얼굴로 들고 있던 공을 뻥 차올렸다. 기세 좋게 날아간 공이 교도소 담장을 넘어 바깥에 떨어졌다.

 "어이쿠! 공이 넘어갔네?"

 방장이 넉살 좋게 소리치자, 춘호도 맞장구를 쳤다.

 "그러게요? 형님. 거 밖에 착한 사람 있으면 공 좀 던져줍시다!"

 말이 떨어지기가 무섭게 공 하나가 다시 교도소 담장을 넘어왔다. 방장은 되돌아온 공을 품에 안고 반대편 구석으로 향했다.

 그곳에는 교도관들의 눈에 띄지 않는 장소가 하나 있었다. 방장의 수신호 아래 7번 방 식구들이 모였다. 봉식이 망을 보는 사이에 방장은 그곳에 앉아 조심스럽게 공의 솔기를 풀었다. 벌어진 공의 가죽 틈 사이로 여러 가지 물건이 쏟아져 나왔다. 커피 믹스, 담배 같은 시시껄렁한 기호품이 대부분이었지만 개중에는 립스틱이나 스타킹처럼 도대체 뭐에 쓰려고 하는지 알 수 없는 물건도 있었다.

그것들은 모두 재소자들의 주문을 받고 방장이 밖에 있는 똘마니를 시켜 준비한 것들이었다.

"어이, 모여."

기다리던 물건들이 모습을 드러내자 구매자가 줄을 이었다. 극히 한정된 물품만을 지급받는 교도소에서는 방장이 구해주는 기호 식품들이 엄청난 인기였다. 재소자들은 방장이 구해주는 물건을 받기 위해 운동 시간이 오기만을 손꼽아 기다릴 정도였다.

하지만 방장의 권력을 못마땅하게 여기는 놈들도 있었다. 교도소에는 통칭 빠박이라 불리는 건달이 있었는데, 그를 형님이라 부르며 따르는 애꾸와 늘 함께 다니며 방장에게 시비를 걸었다. 그가 교도소 내 1인자가 되기 위해선 방장을 이겨야 했다. 무슨 수를 써서든.

이날도 마찬가지였다. 그는 애꾸와 함께 운동장 구석에 앉아 방장이 재소자들에게 물건들 나누어주는 모습을 보며 인상을 찌푸리고 있었다.

"형님, 저 새끼 제끼든가 해야지 애들 저쪽으로 다 쏠렸어요."

애꾸가 야쿠르트에 빨대를 꽂아 건네며 묻자 빠박이는 방장에게 시선을 고정한 채 거칠게 야쿠르트를 빨아 마셨다.

"……독방 예약 좀 해놔 봐."

그가 낮은 목소리로 뇌까렸다. 아무래도 이대로 가다간 교도소 내의 모든 권력이 방장에게 넘어갈 것만 같았다. 그간 저지른 짓에 대한 보복이 두려워서라도 그는 권력자로 남아 있어야 했다.

"뭐 하시게요?"

"오늘 저 새끼 엿 먹이고 독방 간다."

한편 재소자들에게 이것저것 물건을 넘겨주던 방장은 뭔가 부드러운 것이 손에 잡히자 인상을 찡그리며 들어 올렸다. 그것은 검은색 망사 스타킹이었다. 뭘 이런 걸 주문한 놈이 다 있나 싶어, 방장은 손에 들린 스타킹을 흔들며 물었다.

"야, 스타킹 누구야?"

멀찌감치 떨어져 있던 만범이 부리나케 달려와 스타킹을 잡아챘다. 그러더니 돌돌 말아 품 안에 넣고 배시시 웃으며 말했다.

"제 꺼라, 행님……."

춘호도 기가 막혀 만범을 향해 혀를 찼다.

"아 새끼! 누가 강간범 아니랄까봐."

"강간이 아니고 간통이라니까요! 엄연히 달라요, 달라!"

만범이 억울해하며 소리쳤지만 그의 말을 들어주는 사람

은 아무도 없었다.

"그거나 그거나. 망사는 따붙이다. 알지?"

"아따, 식구끼리……."

방장의 말에 만범이 서운하다는 투로 중얼거렸다. 하지만 아무리 같은 방 식구라도 방장은 가격을 깎아주는 법이 없었다. 그것이 바로 사업가의 마인드라며 춘호가 엄지손가락을 치켜 올렸다.

만범의 스타킹을 마지막으로 물건 배분이 모두 끝났다. 방장이 눈짓하자 만범이 잽싸게 주머니에서 종이를 꺼내더니 연필에 침을 묻혔다. 이제 주문을 받을 시간이었다.

"시간 없다. 필요한 거 읊어봐!"

모여 있던 재소자들이 번쩍 고개를 들어 올렸다. 한 놈이 재빨리 손을 들어 방장에게 말했다.

"형님, 저 꼬바리 좀 구해주세요. 갑으루다."

꼬바리란 담배를 뜻하는 은어였다.

"꼬바리 제목!"

"말보루 빨갱이. 한 모금 딱 빨자마자 목구멍 턱! 막히는 거."

방장이 고개를 끄덕이자 만범이 받아 적었다. 이번에는 다른 놈이 손을 들었다.

"넌?"

"러, 러미날 좀……."

눈은 풀리고 목소리는 꼬부라진 약쟁이 놈이었다. 방장은 혀를 차며 고개를 저었다. 담배는 걸려도 뒤탈이 엄청나진 않지만, 약쟁이한테 약 주고 걸렸다간 한순간에 사업을 말아먹는 수가 있었다.

"왜, 약 처먹고 쇼하게? 안 돼, 그건. 다음!"

"할아버지는요?"

만범이 바로 앞에 앉아 있던 늙은 재소자에게 물었다.

"난 산수유 진액! 정력엔 그게 완빵이야!"

"노친네가 정력을 어따 쓰시게?"

방장이 어이가 없어 고개를 들어보니 산수유 진액을 주문한 할아버지 옆에서 또 다른 재소자가 부끄럽게 웃고 있었다. 어딘지 저팔계를 닮은 그 얼굴과 할아버지를 번갈아 보고, 방장은 고개를 설레설레 저으며 일어났다. 더 이상 생각을 펼쳐 나갔다가는 정신적으로 위기를 맞이하게 될 것 같았다.

"자, 이제 운동하자······."

그때 운동장으로 돌아가려던 방장의 눈에, 줄곧 이쪽을 노려보고 있는 빠박이와 애꾸가 들어왔다.

가소로운 것들.

방장은 느긋하게 그쪽으로 걸었다. 나이를 보나 힘을 보나, 경력을 보나 빠박이는 방장보다 한참이나 아래였다. 하지만 도대체 무슨 객기인지, 늘 방장을 못 잡아먹어 안달인 모습을 보니 우습기 짝이 없었다.

"왜, 필요한 거 있냐?"

방장이 자못 너그러운 투로 묻자, 뒤에 모여 있던 7번 방 식구들이 일제히 키득거렸다. 애꾸는 똥 씹은 얼굴이었지만 빠박이는 방장을 노려보는 얼굴 그대로 표정이 없었다.

그는 지금 이 자리에서 방장을 쓰러뜨리고 1인자가 될 생각이었다. 어차피 이곳은 교도관들의 눈에 띄지 않는 자리이고, 여기서 형량이 1, 2년 늘어봤자 그 같은 장기 재소자에겐 큰 차이가 없었다.

빠박이는 죄수복 소매 안에서 그동안 갈고 닦아온 쇠꼬챙이를 미끄러뜨려 한 손으로 움켜쥐었다. 그리고 짧게 심호흡하며 자리에서 일어나 방장에게 다가갔다. 한 방에, 모든 것은 한 방에 끝내야 했다. 자칫 반격을 당할 수 있으므로 싸움을 길게 끌어선 안 됐다.

그러나 빠박이의 살벌한 계획은 난데없이 들려온 경고음에 물거품이 되어버렸다.

삐이- 삐이- 삐이-!

모두가 고개를 들고 한 곳을 쳐다보았다. 철컹, 두꺼운 교도소 정문이 열리며 한 대의 호송 버스가 들어오고 있었다. 빠박이는 시끄러운 경고음을 들으며 재빨리 쇠꼬챙이를 소매 속에 도로 감추었다.

"신삥 왔다아!"

누군가 휘파람을 불며 소리쳤다.
 방장과 7번 방 식구들을 포함해 운동장에 있던 모든 재소자들이 보안과 마당이 보이는 철망에 매달려 구경을 하기 시작했다.
 정문을 지나 천천히 들어온 호송 버스가 보안과 앞에 멈췄다. 한 교도관이 문을 열자 신입 재소자들이 하나둘, 굴비처럼 포승에 엮인 채 버스에서 내렸다. 또 다른 교도관이 그들의 숫자를 세는 가운데 맨 마지막, 한 남자가 비틀거리며 끌려나왔다.
 용구였다.
 그는 그 사이에 거의 폐인이 다 되어 있었다. 모질게 맞아 멍이 들고 찢어진 상처가 온몸에 가득했다. 떡이 지고 헝클어진 머리에 눈동자는 완전히 풀려 있었다. 교도관이 똑바로 서라며 어깨를 흔들 때마다 벌겋게 충혈된 흰자위가 드러나, 보는 사람을 오싹하게 만들었다. 흉악범으로서의 모습을 완벽하게 갖추게 된 것이다.
 간신히 정신을 차린 용구가 주위를 둘러보았다. 그러자 그와 눈을 마주친 재소자들이 모두 고개를 돌리며 서로 눈치를 보았다. 시선을 마주치기가 껄끄러웠던 탓이다.
 미친놈은 미친놈을 알아보는 법.
 범죄자들도 인간은 인간인지라 저보다 흉악한 놈에게는 설설 기며 납작 엎드리곤 했는데, 지금 용구 앞의 그들이 그랬다.

봉식도 잔뜩 겁을 먹고 방장에게 속삭였다.

"형님, 눈빛이 예사 놈이 아닌데요?"

"크음……."

방장이 날카로운 눈으로 용구를 훑어보았다. 과연 교도소를 제 집 안방 바라보듯 졸린 눈으로 보다니, 정말이지 굉장한 놈이었다. 조금도 긴장하거나 경직된 것 같지 않았다. 용구가 입가에 흘러내린 침을 스윽 닦으며 눈깔을 희게 치뜨는데, 방장은 순간 등줄기에 소름이 돋았다.

조폭 인생 사십오 년 만에 처음 있는 일이었다.

* * *

낮이었는데도 보안과의 복도는 어두웠다. 열린 문을 통해 포승줄에 엮인 예비 재소자들이 복도로 들어섰다. 용구는 줄의 맨 마지막에 서 있었다.

인원 체크를 마친 인솔 교도관이 날카로운 목소리로 외쳤다.

"제자리에 서. 좌향좌!"

다른 죄수들은 척하니 잘 움직이는데 유독 용구의 동작이 굼떴다. 포승줄을 풀어주던 교도관들의 따가운 시선이 용구를 향했다. 용구는 어물쩍거리며 옆 사람을 따라 몸을 돌리고 섰다.

　멍하니 풀린 눈에 비틀거리던 걸음걸이, 입가에 흐르던 침은 모두 용구가 호송 버스 안에서 정신없이 졸았기 때문이었다. 유치장에서 밤낮으로 시달리느라 제대로 잠을 잘 시간이 없었던 그는 버스에 오르자마자 코를 골아가며 잠이 들었다. 그리고 눈을 떠보니 교도소 안이었다.

　사실상 용구는 잔뜩 겁에 질려 있었다. 어깨를 움츠리고 산만한 시선으로 주위를 두리번거렸다. 하지만 그런 행동조차 교도관들의 눈에는 곱게 보이질 않았다.

　보안과장 민환 역시 마찬가지였다. 그는 죄수들을 이끌고 온 김 교도관의 보고를 받으며 가뜩이나 차가운 인상을 더욱 딱딱하게 굳히고 서 있었다.

　"인계 수용자 4명?"

　"예, 그중에 S4 수용자가 하나 있습니다.

　김 교도관의 말에 민환은 다시 서류를 넘겨보았다.

　이용구.

　그의 눈썹이 꿈틀, 움직였다.

　"5482……?"

　"네. 유아유괴, 강간……."

　김 교도관의 말이 길어질수록 민환의 얼굴이 시멘트처럼 서늘하게 굳어졌다. 김 교도관은 민환의 눈치를 슬쩍 살피더니 얼른 보고를 할 말을 끝내버렸다.

"사형수입니다."

민환의 서늘한 눈빛이 잠시 용구의 얼굴에 머물렀다. 하지만 그뿐, 그는 언제 그랬냐는 듯 무관심한 얼굴로 수용자들에게 다가갔다. 그리고 그들의 얼굴을 하나씩 훑어보았다. 그가 지나갈 때마다 수용자들이 긴장으로 어깨를 굳혔다.

민환은 마지막으로 용구의 앞에 섰다. '5482' 사형수 이용구. 그는 용구의 가슴에 달린 빨간 번호표를 지그시 노려보았다.

하지만 지적 장애가 있는 용구는 자신을 둘러싼 냉랭한 분위기를 전혀 파악하지 못했다.

"안녕하세요!"

민환이 앞에 서자, 용구는 반사적으로 두 손을 배꼽에 갖다 대고 넙죽 허리를 굽혔다. 눈치를 보며 입술을 실룩거리는 다른 재소자들과는 달리, 공손하고 순박한 인사였다. 하지만 이미 흉악범 같은 몰골이 된 상태에서 그런 인사를 하니, 보는 사람들은 오히려 해괴하고 섬뜩한 느낌을 받을 뿐이었다. 역시, 민환의 딱딱한 얼굴 또한 조금도 풀리지 않았다.

"보안과장 장민환이다. 죄를 지었으면 지은 죄만큼……."

그가 죄수들에게 교도소 내 주의 사항에 대해 말하려는 찰나였다. 주위를 두리번거리던 용구가 책상 위에 놓여 있는 전화기를 발견했다. 그는 입을 헤 벌리고 눈을 크게 떴다.

전화기였다. 저것만 있으면 예승이에게 전화를 할 수 있었다. 집에 못 간 지가 몇 밤이나 됐는지, 용구는 세는 것조차 잊어버린 상태였다. 그의 머릿속엔 그저 예승이에게 전화를 해야 한다는 생각밖에 없었다.

용구가 움직였다. 그는 재빨리 앞으로 달려가 책상 위에 있는 전화기를 집어 들었다. 하지만 깜짝 놀란 교도관들이 금세 그를 붙들었다.

"뭐야! 그거 놓지 못해!"

"전화해야 되거든요! 예승이가 기다립니다! 경기도 공삼일 칠사오 팔칠빵빵! 공삼일 칠사오 팔칠빵빵!"

목이 터져라 외치는 용구를 민환은 가만히 노려보았다. 그리곤 천천히 다가서더니 수화기를 들어 용구에게 내밀었다. 용구는 환한 표정으로 수갑을 찬 두 손을 뻗어 수화기를 받으려 했다. 하지만 그 순간, 민환이 수화기로 용구의 머리를 거세게 내리쳤다.

"악!"

퍼억, 세찬 소리가 났다. 용구가 놀라 비명을 질렀지만 민환은 그 한 번으로 그치지 않고 수화기가 박살날 때까지 용구의 머리를 연거푸 내려쳤다. 용구는 머리를 움켜쥐고 몸을 웅크린 채 바닥에 쓰러졌다.

퍼억, 퍼억. 민환은 바닥에 쓰러진 용구를 몇 차례나 더 때리곤 망가진 수화기를 던져버렸다. 그리곤 흐트러진 옷매무

새를 가다듬고 거친 숨을 고르며 말했다.
"이곳에서는 규칙이 곧 법이다."

      *   *   *

덜컹!
갑자기 화장실 문이 열렸다. 쭈그리고 앉아 볼일을 보던 춘호가 화들짝 놀라 고개를 들어 올렸다. 예고도 없이 그의 신성한 용변 시간을 방해한 건 만범이었다. 춘호는 볼일도 다 보지 못하고 엉거주춤 일어나 소리쳤다.
"너 이 새끼, 뭐야!"
"거 남자끼리⋯⋯ 빨래하려고 그래요."
만범이 대수롭지 않은 듯 중얼거리더니 망사 스타킹 안에 빨래 비누를 집어넣었다. 춘호는 볼일을 마치지 못해 찝찝한 마음에 완전히 일어서지도 못하고, 그렇다고 다시 앉지도 못한 채 만범을 발로 걷어찼다.
"뭐? 빨래? 이 파렴치한 새끼가 때와 장소를 안 가리고⋯⋯."
그리곤 얼른 바지를 추슬러 올렸다.
"너 어젯밤에도 나 더듬었지! 더듬었지, 새끼야!"
"내가 왜 남잘 더듬어요!"
만범이 화장실 바닥에서 설설 기며 소리쳤다. 하지만 춘호는 만범을 향한 발길질을 멈추지 않았다. 좁아터진 7번 방 화장실 안에서 아이고, 아이고 만범의 곡소리가 울렸다. 밖에 있던 다른 식구들은 모두 늘 있는 일이라는 듯 관심을 두지 않았다.

그때 철컹, 소리와 함께 방문이 열렸다. 모두의 시선이 문을 향했다.

"아······."

"좆 됐네······."

서 노인이 탄식을 흘리고, 봉식이 중얼거렸다. 방장은 느긋하게 누워 있다가 벌떡 일어났다.

그들의 평화롭던 7번 방에 무시무시한 신입이 들어온 것이다.

정 교도관의 손에 이끌려 문을 열고 들어온 건 죄수번호 5482, 이용구였다. 호송 버스에서 내리는 모습까지 범상치 않았던.

7번 방 식구들은 하나같이 어색하게 굳은 얼굴로 서로의 눈치를 살폈다. 화장실에서 나온 춘호와 만범도 얼른 자기 자리에 착석하더니 방장과 용구의 얼굴을 번갈아 바라보았다.

정 교도관이 그들을 향해 소리쳤다.

"엄한 짓들 해서 소란피우지 마시고 조용히 인사합시다!"

그런데 다들 대답은 하지 않고 멀거니 앉아 정 교도관과 용구를 바라보고 있었다. 정 교도관은 다시 소리 질렀다.
"알았냐고!"
그제야 정신을 차린 봉식이 슬그머니 웃으며 일어섰다.
"아이 참, 형님두! 우리가 언제 따 시키는 거 봤어요?"
용구는 소지품 가방을 품에 안은 채 눈알을 굴리고 있었다. 그가 들어온 곳은 좁은 방이었다. 그런데 예승이와 둘이 살던 곳보다는 조금 큰 것 같기도 했다. 용구는 그 방 안에 있는 사람들을 힐긋거리다 문득, 자신이 인사를 하지 않았다는 사실을 떠올렸다. 인사가 제일 중요한 거라고 침을 튀겨 가며 설명하던 해피 마트 매니저가 떠올랐다.
용구는 얼른 허리를 굽혔다.
"안녕하세요!"
웅성거리던 방 안의 소리가 한꺼번에 멎었다. 모두가 용구를 바라보고 있었다. 뭔가 의심스러운 눈빛. 용구는 넙죽 절하던 허리를 펴고 활짝 웃었다. 민환에게 맞아 엉망이 된 얼굴이 아프고 욱신거렸지만 그래도 웃었다.
"이용구! 1961년 1월 18일 태어났어요. 제왕절개. 엄마 아 팠어요. 허엉! 내 머리 커서!"
모두 입을 열지 않았다. 할 말이 없기도 했지만, 무슨 말을 해야 할지 몰랐기 때문이기도 했다.
간신히 정신을 차린 방장이 애써 태연한 얼굴로 물었다.
"그래…… 넌 뭐 하다 왔냐?"

용구가 다시 활짝 웃었다. 그는 품에 안고 있던 소지품 가방을 바닥에 내려놓고 두 손바닥을 쫙 펴서 발랄하게 흔들었다. 그리고 소리쳤다.

"주차하다 왔어요. 해피 해피 해피~ 마트!"

춘호가 푸, 하고 먹던 사과를 뿜었다. 서 노인은 주름진 입을 헤 벌리고 용구를 바라보았다. 빨랫줄에 팬티를 널던 만범도, 그 옆의 봉식도, 모두 얼빠진 얼굴이었다.

그리고 방장 양호가 모두의 심정을 대변하는 한마디를 했다.

"야…… 상태 왜 이래, 이거?"

용구는 그저 반가운 얼굴로 웃고 있을 뿐이었다. 어색한 공기가 흐르고, 용구가 오기 전까진 방의 막내였던 만범이 잽싸게 일어나 용구를 자리로 안내했다.

"주차! 어…… 그렇지! 대포차 했는갑소, 형님. 자, 이쪽이 막내자링께. 룰이여 룰! 인자부터 그쪽 자리는 여그."

용구는 만범이 가리키는 대로 들고 온 가방과 종이를 움켜잡고 자리로 가 앉았다. 그러자 가자미 같은 눈으로 용구를 노려보던 방장이 냅다 소리쳤다.

"야, 책 줘봐!"

만범이 즉시 일어나 용구가 들고 있던 형 집행서를 빼앗아 방장에게 건넸다. 방장은 벽에 기대앉은 채 춘호에게 종이를 건넸다. 춘호는 방장을 대신해서 용구의 형 집행서를 읽기 시작했다.

"자, 보자……. 형법 287조 미성년자 약취 유인죄……."

"와……."

모두의 입에서 탄식이 터져 나왔다. 미성년자 약취 유인죄. 교도소 안에서조차 사람 취급 받기 힘든 죄수가 바로 미성년자를 상대로 한 범죄자들이었다. 방장이 소리쳤다.

"죄질이 아주 나쁜 새끼네! 야, 덮어!"

방장의 말이 떨어지기가 무섭게 만범이 용구에게 푸른 담요를 덮었다. 7방 사람들은 기다렸다는 듯 일제히 일어나 용구를 밟기 시작했다.

"유아! 약취! 유괴! 까지! 이 새끼가!"

"으아아악!"

용구의 비명 소리가 담요에 파묻히고, 7번 방은 둔탁한 구타 소리로 가득 찼다. 그렇게 한참을 밟힌 용구는 바가지 머리가 산발이 되고 눈이 풀리는 등, 형편없는 몰골로 방바닥에 엎드려 있었다.

잠시 구타가 소강상태에 접어들자 추호가 형 집행서의 다음 항목을 읽어 내렸다.

"형법 32조 강제추행, 형법 250조 살인……."

"아, 정말! 이 새끼가!"

용구의 죄목이 하나씩 추가될수록 모두의 얼굴이 일그러졌다. 자리에 도로 누우려던 방장도 벌떡 일어나 용구를 노려보았다. 아무래도 이 정도로는 안 될 것 같아 다시 밟으려는데, 갑자기 진지해진 춘호가 무거운 목소리로 형 집행서의 마지막 부분을 읽어 내렸다.

"1심…… 사형."

모두의 머리에서 핏기가 가셨다. 춘호는 아예 사색이 되어 있었다.

그들은 침을 꼴깍 삼키며 조용히 용구를 바라보았다. 용구는 눈이 풀린 채 엎드려 있을 뿐, 별 반응이 없었다. 사형수라는 말에 완전히 겁에 질린 만범이 춘호의 손에서 용구의 형 집행서를 빼앗아들었다. 그리고 최대한 공손하게 다시 용구의 손에 쥐어주었다.

"아이고…… 이거."

만범은 용구를 자리에 앉히더니 헝클어진 머리까지 대충 정리해주곤 슬쩍 눈치를 보았다.

"저기, 불편하시면 자리를 다시……."

사형수한테 제일 좁은 막내 자리를 준 게 마음에 걸려 물었는데, 용구는 아직까지 정신을 차리지 못했는지 만범의 말을 알아듣지 못하고 있었다. 답답해진 봉식이 펄쩍 뛰더니 창살에 매달려 소리 질렀다.

"아, 진짜…… 방 분위기 어쩔 거야! 정 교위 형님!"

물론 그런다고 정 교도관이 다시 돌아올 리 만무했다.

용구는 앉은 채로 끙끙거리다 다시 조심스레 7번 방 사람들의 얼굴을 훔쳐보았다. 용구의 눈에 비친 그들은 그저 화가 난 사람들이었다. 용구는 사람들이 자신에게 화를 낼 때 어떻게 해야 하는지를 떠올렸다.

용구는 아픈 몸을 이끌고 다시 자리에서 벌떡 일어났다. 식겁한 방장이 용구를 바라보았다.

"미안합니다! 미안합니다! 잘못했어요!"

두 손은 가지런히 배꼽 위에 놓고, 넙죽넙죽 절하며 사과하는 죄수 번호 5482 이용구.

방장은 그제야 그들이 뭔가 큰 착각을 하고 있었다는 사실을 어렴풋이 깨달았다. 상처로 가득한 얼굴에 아플 것이 분명한 몸으로도 넙죽 절을 하고, 들어왔을 때도 벙긋 웃으며 인사까지 하지 않았는가. 이제 보니 정말로 바가지를 씌워놓고 대충 자른 것 같은 더벅머리에, 한 곳에 집중하지 못하고 산만하게 흔들리는 눈동자가 딱 그거였다.

바보.

"아이고야……."

방장은 한 손으로 머리를 짚고 드러누웠다.

아무래도 들어오면 안 될 놈이 들어온 것 같았다.

*　　　*　　　*

슥삭! 슥삭!

용구는 현란한 손놀림으로 방바닥을 닦고 있었다. 방장이 바닥을 닦으라고 시켰기 때문이었다. 구슬땀을 흘려가며 여기저기 깨끗이 힘주어 닦았지만, 방장은 그래도 성에 안 차는지 벌써 두 번째 바닥을 닦게 하고 있었다.

"다했어요!"

방바닥을 다 닦은 용구가 마치 선생님께 숙제 검사를 받는 초등학생처럼 양손을 공손히 모은 채 방장 앞에 섰다. 비스듬히 누워 있던 방장은 얼굴을 찡그리며 헛기침을 하더니 성의 없이 고개를 흔들었다.

"내가 먼지 알레르기가 있거든? 한 번 더 닦아."

"네!"

용구가 활짝 웃으며 고개를 끄덕였다. 지능이 모자라니, 그저 방장이 시키는 대로 일을 하면 밥도 주고 간식도 주는 줄로 알고 있었던 것이다. 바보처럼 착한, 아니, 바보답게 착한 용구 때문에 방장을 제외한 7번 방 식구들은 모두 가시방석에 앉은 것처럼 불편한 얼굴이었다. 그들에게도 일말의 양심은 있어서, 아무것도 모르는 어린애를 부려먹는 기분이었기 때문이다.

"맘이 복작복작할 텐데······. 애도 못 보고······."

용구에게 여덟 살 난 딸이 하나 있다는 사실을 알게 된 후, 그를 측은하게 여기기 시작한 서 노인이 방장을 보며 슬쩍 운을 뗐다. 하지만 방장은 버럭 화를 내며 소리 지를 뿐이었다.

"이 방에 사연 없는 인간이 어딨어? 딸내미 죽이고 온 할배도 밥 넘기고 살잖아?"

방장의 말에 기가 죽은 서 노인이 고개를 푹 수그렸다. 다른 사람들도 괜히 헛기침을 하며 시선을 돌렸다.

눈치 없는 용구만이 잔뜩 신이 난 얼굴로 다시 방을 닦았다. 괜히 마음이 더 불편해졌는지, 방장이 더 큰 목소리로 용구를 윽박질렀다.

"빨아서 닦아야지!"

"아, 맞다!"

용구는 벌떡 일어나더니 주섬주섬 화장실로 들어가 걸레를 빨았다. 한참 콧노래를 불러가며 걸레를 빠는데, 때마침 바깥에서 정 교도관의 목소리가 들려왔다.

"B조 운동!"

하루 한 번 있는 운동 시간은 재소자들의 몇 안 되는 즐거움이었다.

몇몇은 느긋하게 산책을 하듯 걷고, 몇몇은 죽기 살기로 좁은 운동장을 뺑뺑이 도는 가운데 7번 방 사람들도 제각기 나름의 할 일을 찾아 즐기고 있었다.

봉식과 춘호는 땅바닥에 금을 긋고 밥주걱처럼 생긴 물건으로 땅 탁구를 쳤고, 방장은 웃통을 벗고 모래가 담긴 비닐 포대 앞에서 역도 자세를 잡았다. 그는 무거워 보이는 비닐 포대를 별 어려움 없이 번쩍 들어 올렸다. 만범이 옆에서 하나, 둘 숫자를 세었다. 비닐 포대가 올라갈 때마다 울퉁불퉁한 방장의 근육이 꿈틀거렸다. 그 위에 그려진 호랑이 문신도 함께 꿈틀거렸다.

갓 들어온 용구만이 아무와도 어울리지 못하는 상황이었다. 용구는 담벼락 구석에 쭈그리고 앉아 낙서를 했다. 작은 자갈돌로 세일러 문을 만들고, 작은 나뭇가지를 주워 글씨를 썼다.

본인 외에는 아무도 알아볼 수 없는 그림 옆에 용구가 쓴 글씨는 바로 이예승, 세 글자였다.

"이용구 딸 이예승…… 보고 싶어요."

그는 혼자서 중얼거리며 눈물을 글썽였다. 예승을 떠올리자 용구의 어깨가 축 처졌다. 교도소에서조차 늘 해맑은 웃음이 걸려 있던 얼굴이지만, 울음기가 묻어나는 것을 어쩔 수는 없었다. 그는 예승의 이름에 동그라미를 치며, 계속해서 보고 싶다는 말을 중얼거렸다.

그때였다. 어디선가 귀에 거슬리는 소리가 들렸다. 의아해진 용구가 고개를 돌려 소리 나는 쪽을 바라보았다.

용구가 있는 담벼락 구석 쪽에서 빠박이가 콘크리트 벽에 대고 쇠꼬챙이를 갈고 있었다. 이상한 소리는 그 때문에 나는 것이었다. 용구가 그쪽을 빤히 바라보자 빠박이 옆에 서 있던 애꾸가 한쪽 눈을 감아 보이며 손가락을 입술에 가져다 대었다.

"쉿!"

"쉿?"

이상한 일이었다. 빠박이는 날카로운 쇠꼬챙이를 소매 춤에 숨겼다. 그리고는 교도관의 위치를 확인하더니 그대로 전속력으로 뛰기 시작했다. 용구는 깜짝 놀라 빠박이가 움직이는 방향을 바라보았다. 거기엔 웃통을 벗고 비닐 포대를 역기 삼아 운동을 하고 있는 방장이 있었다.

용구는 그 자리에서 벌떡 일어났다. 그리곤 빠박이보다 더 빠르게 방장 쪽으로 달리면서 소리를 질렀다.

"어……! 어!"

"……바보 저거, 왜 저래?"

방장은 용구가 손가락을 치켜들고 소리를 지르며 달려오자 고개를 갸웃거렸다. 저놈이 또 뭔가 잘못 먹었나 하고 생각하던 찰나, 빠박이가 등 뒤에서 달려들었다. 용구가 뛰어든 것은 바로 그 순간이었다.

"뭐야!"

"억!"

용구는 외마디 비명을 지르며 방장을 붙잡고 쓰러졌다. 방장이 황급히 뒤를 돌아보자 빠박이가 용구와 함께 바닥에 넘어져 있었다.

그런데, 용구가 고통스러운 표정으로 옆구리를 움켜쥐고

있었다. 용구의 손가락 사이로 벌건 핏물이 번져 나왔다.
"이…… 씨발!"

넘어졌던 빠박이가 욕을 내뱉으며 다시 쇠꼬챙이를 방장에게 뻗었다. 그제야 정신을 차린 방장은 상황을 알아채고, 쇠꼬챙이를 든 빠박이의 손을 발로 세게 차버린 뒤 목을 밟았다.

"필요한 게 있으면 부탁을 해야지, 어?"

"켁, 켁……."

뒤늦게 사태를 파악한 교도관들이 멀리서 호루라기를 불며 달려왔다. 싸움을 구경하기 위해 몰려든 재소자들도 일이 일단락되자 뿔뿔이 흩어지기 시작했다. 달려온 교도관들이 빠박이에게 달려들어 수갑을 채웠다. 피 흘리며 쓰러진 용구를 몇몇 교도관이 살피더니 들것을 가져오라고 고래고래 소리를 질렀다.

방장은 복잡해 보이는 표정으로 용구를 바라보았다. 아파, 아파를 연발하며 인상을 찡그리던 용구가 고통을 이겨내지 못하고 스르륵 눈을 감았다. 기절한 것 같았다.

그 모습을 바라보는 방장의 얼굴은 전에 없이 딱딱하게 굳어 있었다.

*   *   *

시간이 지나, 치료를 마친 용구가 찔린 옆구리에 붕대를 감은 채 방 안에 앉아 있었다. 상처가 깊지 않아 다행이었다. 하얀 붕대에 핏물이 배어 나와 벌건 자국이 생겨났다. 용구를 살피던 서 노인이 주섬주섬 일어나 바닥에 이불을 깔았다.

"그렇게 앉아 있지 말구 이리 좀 누워. 얼굴이 허옇네……."
"고맙습니다. 고맙습니다아."

용구가 비칠비칠 몸을 움직여 이불 위로 올라갔다. 안쓰러움에 혀를 차던 서 노인과 다른 식구들은 조금씩 자리를 만들어 용구가 편히 누울 수 있게 도와주었다.

그 모습을 바라보는 방장의 마음도 편하지만은 않았다. 그렇게나 구박을 했는데 용구는 자신을 구하려다 부상을 입은 것이다. 그는 민망함과 미안함, 그리고 고마운 마음이 어지럽게 뒤엉켜 어찌할 바를 모르고 있었다.

결국 어색한 얼굴로 먼 산을 바라보던 방장이 뒤늦게 입을 열었다.

"향 냄새 끊어줬으니 보답은 해야지. 거, 뭐 필요한 거 있음 말해. 구해다 줄 테니까."

방장 입장에서는 엄청난 호의였다. 공짜는 물론이거니와 가격조차 절대 깎아주는 일이 없는 비즈니스 맨이 바로 그였다. 7번 방 식구들이 모두 두 눈을 크게 뜨고 방장을 바라보았다.

누워 있던 용구도 마찬가지였다. 필요한 게 있으면 구해다 준다는 방장의 말은, 꼭 뭐든지 다 선물해줄 수 있다는 산타클로스가 하는 말 같았다. 용구의 눈이 반짝반짝 빛났다.

"정말 필요한 거 구해주나요?"

용구가 묻자, 옆에 앉아 있던 만범이 호들갑을 떨며 말했다.

"에헤이, 아작 우리 형님을 모르시네. 요 입, 요 입으루다가 뱉어놓고 책임 못 지면 그것은 양아치!"

그건 평소에 방장이 늘 강조하고 다니는 말이었다. 만범의 말에 맞장구라도 치듯, 방장은 두 번 헛기침을 했다.

"흠흠!"

"또! 우리 형님처럼, 뱉은 말씀 무조건 책임지면 그분은 건달!"

"허허헛, 그렇지."

건달이 뭐 좋은 말이라도 되는 것처럼 방장은 짐짓 무게를 잡고 웃었다. 만범은 용구에게 무릎걸음으로 다가가 속삭였다.

"아저씬 땡잡은 거요. 자, 무엇이 필요하실까……?"

필요한 거. 용구는 누워서 가만히 생각했다. 물론 떠오르는 건 딱 하나밖에 없었다. 용구의 얼굴에 환한 미소가 떠올랐다.

"예승이요."

"뭐? 예수?"

용구의 말을 잘 알아듣지 못한 방장이 되물었다. 용구는 얼른 고개를 저었다.

"예승이요. 5482 딸 예승이."

"뭐…… 뭐?"

방장의 얼굴에서 핏기가 가셨다. 하고 많은 것 중에서 사람이라니. 아무리 방장의 수완이 뛰어나다고 해도, 될 일이 있고 안 될 일이 있는 법이었다. 하지만 이제 와서 안 된다고 말하기엔 자존심이 상했다.

용구는 방장을 마치 산타클로스라도 되는 것처럼 강렬한 눈빛으로 바라보고 있었다.

"어…… 그러니까, 그게."

난감한 상황이었다. 방장이 아무 대답을 못 하고 있으려니 다른 사람들도 어이가 없다는 듯 헛웃음을 지었다. 특히나 방장을 추켜세웠던 만범이 난처한 표정으로 용구의 등을 살짝 쳤다.

"농담도 참……!"

"농담 아닌데……."

모두가 먼 산을 바라보며 웃었다. 그리고 어색하게 일어나 각자의 취미 활동을 하기 시작했다.

그들은 시간이 지나면 용구가 알아서 포기하거나, 혹은 잊어버릴 거라고 생각했던 것이다. 하지만 용구가 얼마나 예승이를 그리워하고 있는지를 깨닫기까지는 오랜 시간이 걸리지 않았다.

용구는 그날부터 하루 24시간을 방장과 함께 살았다. 그리고 방장에게 예승이에 대한 이야기를 들려주기 시작했다. 예승이가 얼마나 귀엽고 예쁘고 똑똑한지를 알려주면, 그도 예승이가 보고 싶어서 데려와줄 거라고 생각했기 때문이었다.

방장이 땀을 뻘뻘 흘리며 운동장을 뛰고 있노라면 용구가 그 바로 뒤를 쫓아 달리고 있었다. 용구는 거친 숨을 몰아쉬면서도 기어이 다른 재소자들을 제치고 방장 옆에 나란히 붙어 같이 뛰었다.

"우리 예승이는, 헉헉……! 1990년 12월 24일 헉헉! 14시 28분에 태어났습니다."

방장은 용구의 말을 무시하는 듯 앞만 보고 달리다 확 속력을 내어 저만치 달아나버렸다.

'바보 놈이 숫자 하나는 기가 막히게 잘 외우네.'

속으로는 내심 그렇게 욕을 퍼부으면서.

샤워장에서도 마찬가지였다. 방장이 눈을 감고 머리를 감을 때, 용구가 슬쩍 다가와 방장의 등을 박박 밀었다.

"우리 예승이는 저랑 목욕할 때도 제 등을 빡빡 잘 밀어줍니다."

"아이, 씨……."

비누 거품이 가득한 방장 얼굴에 짜증이 가득했다. 이게 벌써 며칠째인가. 방장은 샤워기를 들어 용구에게 뜨거운 물을 확 틀었다.
"아뜨뜨!"
용구가 달아났다. 하지만 그것도 그때뿐이었다.
식사 시간이 왔다. 방장은 식판을 들고 조심스레 주위를 두리번거렸다. 다행히 용구의 모습이 보이지 않았다. 안심한 그가 자리에 앉아 밥 한 술을 뜨는데, 식탁 밑에서 용구의 바가지 머리가 불쑥 튀어나왔다.
"우리 예승이는 혼자서도 밥 잘 먹고……."
"푸웁!"
방장의 입에서 밥풀이 튀어나왔다. 어느새 용구는 방장의 앞자리에 앉아 있었다.
이제는 아예 노이로제가 될 지경이었다. 용구가 보이면 보이는 대로, 보이지 않으면 보이지 않는 대로 신경이 쓰이고 불안해지기 시작했다. 방장은 자신이 미치기 일보 직전의 상태라고 생각했다.
그러던 어느 날이었다. 소등 시간이 가까워 모두가 잠자리를 준비하고 있을 때였다.
조용히 누워 눈을 감고 있던 방장은 슬쩍 고개를 들어 용구가 있는 쪽을 바라보았다. 용구는 저만치서 이불을 까느라 분주한 모습이었다. 오늘은 더 이상 시달리지 않겠구나 싶은 생각에 절로 한숨이 새어 나왔다.

"휴우……."

방장이 편안한 마음으로 다시 눈을 감았을 때였다.

"우리 예승이는요. 잠잘 때……."

언제 또 이쪽으로 왔는지, 용구가 방장의 귓가에 속삭이고 있었다. 방장은 인상을 쓰며 이불을 덮어썼다. 그 꼴을 보고, 옆에 있던 만범의 장난기가 발동했다. 만범은 용구를 따라서 방장의 귓가에 속삭였다.

"우리 예승이는요. 일어날 때……."

"으아아아-!"

도저히 참을 수가 없었다. 방장이 괴성을 지르며 이불을 박차고 자리에서 일어났다. 그러더니 만범에게 달려들어 그를 발로 밟기 시작했다.

"그만해, 새꺄! 그만해! 알았으니까 그만하라고!"

"에구, 행님! 만범이 죽어요, 행님!"

사람들이 일어나 성의 없이 말로만 말리기 시작했다. 얼굴은 다들 히죽대는 것이, 최근 방장이 시달리는 꼴을 모두가 은근히 즐기고 있었던 모양이다.

"아, 씨! 예승인지 예순지 구해줄 테니까 그만하라고! 그만해!"

방장이 버럭 소리를 질렀다. 그러자 만범이 구타당하는 모습을 멀뚱하니 바라보던 용구가 벌떡 일어나 넙죽 허리를 굽혔다.

"고맙습니다! 고맙습니다, 방장 아저씨!"
"아이고야……."
그렇게 방장은 용구에게 두 손 두 발 다 들고 항복했다.

*   *   *

그날은 교정사목이 있는 날이었다. 교도소 인근 교회에서 자원 봉사자들이 재소자들에게 기독교 교리를 전도하는 날이기도 했다. 교정사목 팀은 재소자들의 취향에 맞게 신나는 찬송가를 따로 골라오곤 했는데, 오늘도 마찬가지였다.

강당 안이 온통 시끌벅적했다. 스피커에서 터져 나오는 흥겨운 반주에 맞춰, 교정사목 팀은 발랄한 율동과 함께 노래를 불렀다. 특히 클라이맥스 부분에서 예쁘장한 여자들 셋이 대열에서 나와 귀여운 율동을 하자, 재소자들은 신이 나서 괴성을 지르며 손을 흔들었다.

율동을 하는 교정사목 팀의 뒤쪽엔 성가대가 함께 춤을 추고 있었는데, 그 속에는 어린아이도 섞여 있었다. 남자아이 하나와 여자아이 둘. 그런데 그중 여자아이 한 명이 유난히 서툰 몸짓으로 춤을 추고 있었다.

예승이었다.

객석 끝에 앉아 성가대를 훑어보던 보안과장 민환은 지금까지 한 번도 본 적 없었던 아이들의 모습에, 곁에 있던 김 교도관을 불러 물었다.

"성가대에 아이도 있었나?"

"이번에 새로 뽑았답니다. 세 명."

김 교도관이 손가락을 세 개 들어 보였다. 그리곤 카메라를 들고 앞으로 튀어나가 성가대가 노래 부르는 장면을 꼼꼼하게 촬영했다.

한참을 앉아 차갑게 굳은 얼굴로 성가대를 살펴보던 민환이 사무실로 돌아가기 위해 자리에서 일어났을 때였다. 하필 그때 노래가 끝나 목사가 걸어 나왔다. 홀로 서 있던 민환과 목사의 시선이 정면으로 마주쳤다.

"거기, 앉으세요."

목사가 자상하게 말했다. 민환은 할 수 없이 다시 자리에 앉았다.

"자, 이제 우리 함께 눈을 감고 주님께 통성으로 기도드립시다. 죄 지은 자들을 사랑하시는 공의로우신 하나님 아버지, 감사합니다."

목사의 기도가 시작되었다. 민환도 두 손을 모으고 천천히 눈을 감았다. 그 순간이었다.

성가대 구석 자리, 예승의 옆에 서 있던 덩치 큰 청년이 슬쩍 앞으로 나와 예승을 온몸으로 가렸다. 예승은 자신을 끌어당기는 누군가의 손에 이끌려 무대 뒤로 사라져버렸다.

"아멘!"

길고 긴 목사의 기도가 끝나고, 눈을 뜬 민환이 고개를 들고 무대를 바라보았다. 할 일을 마친 성가대가 줄줄이 퇴장하고 있었다. 그는 날카로운 눈으로 무대 위를 훑었다. 뭔가를 놓친 것 같은 기분이 잠깐 들었지만 이내 착각이라 생각하고 고개를 저었다.

 이번 종교 활동도 별일 없이 지나가는군. 민환은 그렇게 생각하며 무대에서 시선을 거두었다.

5. 이상한 아저씨들

"전 고아가 아니에요!"

아빠가 교도소에 가게 되었기 때문에, 나는 당연히 보육원에 보내졌다. 난 고아가 아니라고, 집에 보내달라고 몇 번이나 소리치며 애원했지만 아무도 내 말을 들어주지 않았다.

당연했다. 내게 가족은 아빠 하나뿐이었는데, 그 아빠가 사형을 선고받고 교도소에 보내졌으니 내겐 보호자가 없는 것이었다.

어쩔 수 없는 일이라는 걸 알면서도 내 마음속엔 언젠가 아빠가 멀쩡하게 나를 데리러 올 거라는 근거 없는 믿음이 있었다. 그때까지만, 아주 잠깐만 있으면 되겠지. 나는 낡은 건물을 개조해 만든 보육원을 올려다보며 입술을 깨물었다.
 삭막한 시멘트벽에서 찬 기운이 물씬 올라왔다. 최소한 내게는, 아빠와 함께 살던 반지하 단칸방보다 더 추운 곳이었다. 나는 몸을 떨며 천천히 걸었다.
 마중을 나온 여자 선생님도 어쩐지 차갑고 심술궂어 보였다. 선생님은 우물거리는 나를 본체만체하며 앞장서서 걸었다.
 나는 좁은 복도를 지나, 놀이방이라고 적혀 있는 낡은 문 안으로 들어가게 되었다.
 "오늘부터 같이 있게 될 이예승이야."
 옹기종기 모여 있던 아이들이 모두 고개를 들고 나를 빤히 바라보았다. 꾀죄죄한 몰골에 비쩍 마른 팔다리, 우울한 얼굴들을 보니 자꾸만 아빠 생각이 났다. 집에 가고 싶었다. 아빠와 함께 작은 방 창문을 바라보며 잠들고 싶었다.
 어느새 고인 눈물이 볼을 타고 흐르는데, 선생님은 내 눈물 따위는 아랑곳하지 않고 아이들에게 인사를 시켰다.
 "인사."
 "예승아, 안녕."
 아이들이 일제히 인사했지만 나는 아무 말도 하지 않고 멀뚱하게 서 있었다. 그러자 선생님이 내 머리를 잡아 누르며 인사를 시켰다.
 "너도 인사해야지."

눌린 머리가 기분 나빴지만, 인사를 하긴 해야 할 것 같았다.
"……안녕."
울음이 섞여 혼잣말에 가까운 인사였다. 선생님의 손에 떠밀려 구석으로 가는데, 또 아빠 생각이 났다.
아빠가 마트에 첫 출근하던 날, 우리는 서로를 바라보며 수십 번이나 인사 연습을 했다. 아빠는 내가 인사할 때마다 좋아서 어쩔 줄을 몰랐고, 나는 아빠가 하는 인사를 몇 번이나 고쳐주었다.
인사는 웃으면서, 최대한 공손하게!
나는 마치 아빠의 목소리를 들은 것 같은 착각에 빠졌다.
아빠는 도대체 어디로 간 걸까. 많이 맞은 것 같았는데, 괜찮긴 한 걸까.
머릿속엔 그런 걱정만이 가득했다.
보육원 창문은 우리 집 창문보다 훨씬 컸다. 나는 일부러 창가로 다가가 창밖을 바라보며 무릎을 꿇고 앉았다. 바깥엔 이른 봄이 다가와 있었지만, 내가 기다리는 아빠의 모습은 오래도록 보이질 않았다.

*　　　*　　　*

아빠를 만나게 해주겠다는 이상한 아저씨가 나타난 것은,

그로부터 며칠 뒤의 일이었다. 그 아저씨는 팔뚝에 이상한 그림을 잔뜩 그려놓고 있었다.

보육원 아이들은 아무것도 안 하고 창밖만 주구장창 바라보는 나를 괴롭히고 싶어 안달이 나 있었다. 유치해서 상대도 해주지 않았지만 귀찮은 건 사실이었다. 그러던 어느 날 웬 덩치 큰 아저씨가 나를 찾아온 것이다. 학교에서 보육원으로 돌아가던 길, 정문 앞이었다.

"아빠 보고 싶지?"

아저씨가 망설이며 물었다. 나는 앞뒤 잴 것 없이 고개를 끄덕였다. 처음 보는 사람을 무작정 따라갈 수는 없는 노릇이었기에, 이것저것 꼬치꼬치 캐묻기도 했다. 우리 아빠를 어떻게 아느냐고, 아저씨 이름은 뭐냐고, 아저씨가 나쁜 사람 아닌지 어떻게 아냐고.

식은땀까지 흘려가며 열심히 대답해주던 아저씨는, 내가 앞으로 뭘 어떻게 해야 하는지 알기 쉽게 설명하려 애썼다.

"그러니까 교회 사람들이랑 교도소에 가서 노래하는 척하다가, 몰래 빠져나와서 아빠를 만나면 되는 거예요?"

팔뚝에 그림이 있는 아저씨가 그제야 안심한 얼굴로 고개를 끄덕였다. 나는 활짝 웃으며 아저씨의 손을 잡았다. 멀리서 나를 훔쳐보던 보육원 아이들이 잔뜩 겁을 집어먹고 웅성거리고 있었다.

교회 사람들은 그다지 나를 신경 쓰지 않았다. 새로 왔나고 묻고 머리를 쓰다듬는 게 전부였다. 이번에는 조금 젊은 아저씨가 나를 데리고 이것저것 설명하느라 애를 썼다. 나는 아주 대충이었지만 찬송가와 춤을 배웠다.

그리고 아빠가 있다는 교도소로 갔다.

교도소는 나쁜 사람들이 착해지기 위해 가는 곳이라고 했다. 하지만 우리 아빠는 너무 착해서 탈인 사람이었다. 나는 사람들이 아빠를 나쁘게, 잘못 보고 있다는 사실을 잘 알았다. 때문에 교도소 안에서도, 나와 함께 있을 때처럼 착하게 지내면 금방 나올 수 있을 거라고 생각했다.

어설프게 배운 찬송가는 그냥 입모양만 뻐끔거리는 것으로 대신했다. 춤은 옆의 남자애가 하는 것을 대충 흉내 냈다. 무대는 시끄러웠고, 객석은 더 시끄러웠다. 나는 똑같은 옷을 입은 아저씨들이 그렇게 잔뜩 모여 있는 광경을 그날 처음 보았다.

나를 데려온 젊은 아저씨가 신호를 보냈다. 시야를 가리는 커다란 등을 보며, 나는 무대 뒤 창고에 재빨리 숨었다. 수십 개의 우유 박스가 당시의 내 키보다도 훨씬 높게 쌓여 있었다. 나는 그 사이 좁은 틈으로 들어가 쪼그리고 앉았다. 심장이 쿵쾅거렸다. 아빠가 너무 보고 싶어서 온 것뿐인데, 마치 나쁜 짓을 하는 사람처럼 겁이 났다.

그때 누군가 조심스럽게 창고 안으로 들어왔다. 그리고 나를 향해 속삭였다.

"이예승…… 예승아. 조금만 기다려. 쉿!"

나는 나도 모르게 대답하려던 입을 틀어막고 고개를 끄덕였다. 어두컴컴한 창고 안, 객석에 앉아 있던 아저씨들과 똑같은 옷을 입은 아저씨가, 땀을 뻘뻘 흘리며 우유 상자 하나를 비우기 시작했다. 나는 한참을 쪼그리고 앉아 기다렸다.

"아빠가 예승이 많이 보고 싶어하셨거든. 웃차! 아이고…… 허리야. 그러니까 조금만 기다리면…… 흐엇차!"

내가 더 보고 싶었는데.

나는 우물거리던 입을 꼭 다물고 벌떡 일어났다. 이제는 내 키보다 작아진 우유 상자 너머로 힘들게 박스를 옮기고 있는 아저씨가 보였다. 아무래도 함께 하는 편이 좋을 것 같아 손을 내밀어 우유 하나를 집었는데, 하필이면 그때 굳게 닫혀 있던 창고 문이 벌컥 열렸다.

나와 아저씨는 숨이 멎을 것처럼 놀라 서로를 바라보았다. 들어온 사람은 경찰 아저씨들하고 비슷한 옷을 입은 교도관이었다.

"아직 멀었냐? 우유가 다 똑같지 뭘 그렇게 오래 골라?"

우리는 아무 말도 하지 않고 침을 꼴깍 삼켰다. 교도관 아저씨가 나를 가리키며 다시 물었다.

"얘는 뭐야?"

"아, 고것이……."

아저씨가 우물쭈물하며 대답을 하지 못하자, 교도관 아저씨의 시선이 나를 향했다. 나는 순간적으로 내 손에 있던 우유를 들어 올렸다. 그리고 방긋 웃으며 말했다.
"배고파서 우유 먹으려고요. 이거, 하나만 먹으면 안 될까요?"
내가 웃자 교도관 아저씨의 얼굴에도 흐뭇한 미소가 걸렸다.
"응, 그래? 먹어, 먹어. 넌 빨리 가지고 나오고!"
"네! 네!"
아저씨가 세차게 고개를 끄덕였다. 교도관 아저씨는 내 머리를 한 번 쓰다듬더니 문 밖으로 나갔다.
"아이고, 두 번은 못 해먹겠네……."
아저씨가 중얼거리며 나를 번쩍 안아 들었다. 그리고는 다 비운 우유 상자 속에 앉혔다. 나는 최대한 몸을 둥글게 말고 고개를 숙였다. 아저씨는 내가 들어간 박스 위에 다른 박스를 얹어 내 몸이 보이지 않도록 했다. 그리고 조심스럽게 밀차 위에 올려놓았다. 그때였다.
벌컥 소리와 함께 조금 전의 그 교도관 아저씨가 다시 들어왔다.
"안 나오냐?"
"……가, 가야죠."
"근데 애는 어디 갔어?"
창고 안에 다시 긴장이 감돌았다. 아저씨는 나를 숨겨놓은 박스를 꽉 잡고 어색하게 웃으며 무대를 가리켰다.

"저기…… 들어가던데요."

"배고프다고 해서 빵 가져 왔더니……. 너나 먹어라."

빵이 날아왔다. 아저씨는 두 손으로 빵을 받더니 또다시 세차게 고개를 끄덕였다. 그리곤 밀차를 밀고 창고 밖으로 나갔다. 교도관 아저씨가 대신해서 문을 닫았다.

나는 박스 안에서 아주 작은 틈새로 바깥을 살피고 있었다. 회색 복도 위, 드르륵 하는 소리와 함께 밀차가 나아갔다. 비록 발과 다리밖에 보이지 않았지만 많은 수의 경찰들이 복도를 감시하고 있었다. 아저씨는 밀차를 밀면서도 몇 번이나 움찔거려서 나를 불안하게 했다.

긴 복도를 가로지르는 그 시간은, 보육원에서 하는 감사의 기도 시간보다 훨씬 길게 느껴졌다. 나는 아저씨가 실수로 빵을 떨어뜨린다거나 밀차를 덜컹거릴 때마다 손으로 입을 틀어막고 숨을 죽여야 했다. 짓눌린 박스 안에서 우유가 터졌는지, 바닥엔 흰 우유 자국이 긴 꼬리를 그리고 있었다.

"야, 잠깐! 정지!"

아니나 다를까, 누군가 다가와 검은 봉으로 박스를 툭툭 쳤다. 그러더니 아저씨에게 말했다.

"까봐."

"……예."

아저씨가 덜덜 떨리는 손으로 할 수 없이 박스를 열기 시작했다. 나는 바로 그 아래 박스 안에 있었다. 얼마나 손을 떠는지, 내가 있는 박스까지 떨림이 전해질 정도였다. 그런데 우리의 걱정을 한 방에 날려주는 목소리가 들려왔다.

"인마. 터진 건 좀 빼라. 다 새잖아!"

바닥에 흘러나온 우유 자국을 본 모양이었다. 아저씨는 어색하게 웃으며 대답했다.

"이…… 이따 닦아야죠. 깨끗이!"

"으이그, 흰 우유 먹는다고 니들이 하얘지냐?"

"하하…… 그, 그러네요잉. 우린 쪼, 쪼꼬 우유를 마셔야 되는디……."

"가봐."

밀차가 다시 움직이기 시작했다. 이번엔 아까보다 훨씬 속도가 빨랐다. 우유의 무게로 인해 조금씩 내려앉기 시작한 박스 안에서, 나는 숨소리까지 참아가며 최대한 얌전하게 앉아 있었다.

그리고 얼마 뒤, 덜컹 소리와 함께 어느 방 안으로 들어가게 되었다. 주위가 조용했다. 꼭 아무도 없는 장소 같았다. 나는 좀이 쑤시고 답답해져서 상자 안에서 조금 몸을 움직여 보았다.

"……으헉!"

그런데 바깥에서 이상한 소리가 들렸다. 가만히 귀를 기울이자 다시 조용해졌다.

보육원 앞에 찾아왔던 아저씨도, 교회에서 만난 젊은 아저씨도, 밀차를 밀어준 아저씨도, 전부 아빠를 만나게 해준다고 했는데……. 그게 도대체 언제쯤인지 알 수가 없었다. 나는 상자 안에서 긴 한숨을 쉬었다.

그런데 그때, 누군가가 버석거리는 소리를 내며 상자를 열었다. 갑자기 밝아진 머리 위에서 급하게 숨을 삼키는 소리가 들렸다. 나는 쭈그려 앉아 있던 몸을 엉거주춤 일으켰다. 그리고 번쩍 고개를 들었다.

아빠가 거기 있었다.

"예승아!"

"아빠아-!"

지금까지는 괜찮았는데 갑자기 눈물이 치솟았다. 낯선 보육원에서 혼자 잠들 때도, 학교에서 아이들이 고아라고 놀릴 때도 괜찮았는데. 생전 처음 보는 아저씨들을 따라 교도소에 들어왔어도 괜찮았는데. 하나도 무섭지 않았는데. 그런데 내 눈앞에서 환하게 웃고 있는 아빠를 보자마자, 뜨거운 게 가슴속에서 올라오면서 눈물이 펑펑 쏟아지고 말았다.

"어어어엉……."

나는 아빠의 품에 안겨 서럽게 울었다. 주먹으로 가슴을 때리고 발로 배를 차다가, 결국엔 아빠의 목을 끌어안고 계속 울었다.

"왜 여기 있어. ……아빠가 왜! 말도 안 하고 뭐야! 흐어어엉!"

내가 무슨 말을 하는 건지는 나 자신도 모를 지경이었다.

그저 아빠를 잃어버리고 난데없이 보육원에 끌려가야 했던 지난 시간의 설움이 한꺼번에 북받치고, 그렇게나 슬플 수가 없었다.

아빠는 내가 울기 시작하자 어쩔 줄을 모르며 나를 달래기 위해 애썼다. 나를 안고 등을 두드리고, 조심스럽게 눈물을 닦아주었다.

"예승이, 아이 착하지……."

나는 눈물에 젖은 얼굴로 고개를 들었다. 아빠의 품에 안겨 그제야 주위를 둘러보았다.

작은 방 안에는 아빠를 제외하고도 다섯 명이나 되는 아저씨들이 모여 있었다. 모두가 나를 보며 말로는 설명할 수 없는 이상한 표정을 짓고 있었다.

이유는 모르겠지만 나는 그 순간, 본능적으로 울어야 한다고 생각했다.

그래서 계속 울었다.

"흐어어엉, 아빠아……."

그때는 알지 못했지만, 그날이 바로 내 생애 가장 유쾌한 삼촌들을 만났던 날이었다.

6. 7번 방에서의 두 시간

 만범이 들고 온 상자를 아주 조심스럽게 바닥에 내려놓았다. 우유가 그렇게 소중하냐며 정 교도관이 우스갯소리를 남기고 멀어졌다. 문이 닫히고 교도관의 발소리가 멀어질수록 7번 방은 더한 침묵에 휩싸였다.
 그때 상자가 움찔, 작은 움직임을 보였다.
 "……으헉!"
 봉식이 괴성을 지르려다 입을 틀어막았다. 그를 비롯한 모두가 믿을 수 없다는 얼굴로 상자를 향해 두 눈을 부릅뜨고 있었다. 만범은 너무 긴장해서 탈진한 나머지 아예 바닥에 드러누워 버렸다.

방장이 잽싸게 플라스틱 거울을 문으로 가져가 복도를 비추었다. 정 교도관이 멀리 발걸음을 옮기고 있는 것이 보였다. 이 정도 거리라면 괜찮았다. 그는 춘호에게 눈짓을 보냈다. 신호를 받은 춘호가 침을 꿀꺽 삼키며 천천히 박스를 열기 시작했다.

그러자 기적처럼, 작은 여자아이가 불쑥 튀어 올라왔다.

"예승아!"

"아빠아—!"

그때까지 내내 손가락을 꼼지락거리며 가만히 서 있던 용구는 예승을 보자마자 눈물이 핑 돌아 더는 견디지 못하고 두 팔을 벌렸다.

나름대로는 감동적인 부녀 상봉이었다.

하지만 예승이의 서러운 울음소리가 생각보다 커서 방장은 잔뜩 당황하고 있었다. 조용히 하라고 손가락으로 신호를 보내고 이리저리 애를 썼지만, 예승이는 쉽게 울음을 그치지 못했다. 용구의 품에 안겨서도 훌쩍거리며 계속해서 눈물을 흘렸다.

"쉿! 조용!"

방장이 결국 무서운 얼굴로 주의를 주자, 예승이 큰 눈을 동그랗게 뜨며 그를 올려다보았다.

그런데 그때, 내내 황당해하는 얼굴로 멍하니 서 있던 봉식이 버럭 화를 내기 시작했다.

"이게 뭔 지랄이여! 이러다 걸리면 광복절 특사고 뭐고, 추가 2년은 더 뜰 텐데!"

감옥에 애를 들여오다니!

봉식은 머리를 쥐어뜯으며 방문 앞으로 달려가 창문을 두드렸다.

"정 교위님! 형님!"

용구와 예승 겁먹은 얼굴로 봉식과 방장을 번갈아 바라보았다.

"이 새끼가 미쳤나! 야! 조용히……."

방장이 잽싸게 봉식의 바지를 끌어내렸지만 봉식은 물러서지 않고 더더욱 큰 소리로 악을 썼다.

"정 교위 형님!"

"봉식아, 쫌!"

모두가 봉식을 말리기 위해 애를 썼지만 소용이 없었다. 봉식은 막무가내였다. 하지만 봉식은 곧 움찔 몸을 떨며 시선을 내렸다. 예승이가 다가가, 창문을 두드리던 봉식의 손을 꼭 잡았던 것이다.

예승이의 커다랗고 맑은 눈에 눈물이 가득 담겨 있었다. 한 번 깜박일 때마다 굵은 눈물방울이 볼을 타고 흘러내렸다.

"아저씨……, 저 숨바꼭질 잘해요."

예승이는 울음기가 묻어나는 목소리로 봉식에게 애원했

다. 함께 울먹이던 용구도 한마디를 거들었다.

"한 번 숨으면 머리카락도 안 보입니다!"

하지만 봉식의 마음을 돌릴 수는 없었다. 그는 이를 악물고는 매정하게 예승의 손을 뿌리치더니 다시 교도관을 불렀다.

"교도관님!"

봉식의 목소리가 닿았는지 밖에서 묵직한 발자국 소리가 다가왔다. 방장은 심장이 터질 것만 같았다. 이대로 들키는 건가? 모두의 속이 새카맣게 타들어 갈 때, 예승이 얼른 문 앞으로 달려가더니 창문에서는 보이지 않는 사각지대에 몸을 바짝 붙이고 섰다. 때문에 교도관의 시야에서는 벗어났지만 창문을 두드리던 봉식과 그대로 눈이 마주치고 말았다.

"뭐야?"

정 교도관이 문 밖에서 안을 둘러보며 물었다. 다들 안절부절못하며 봉식과 정 교도관을 번갈아 바라보았다.

"저기…… 우리 방에……."

봉식이 마른 입술을 핥으며 입을 열었다. 하지만 눈물이 가득 고인 예승의 얼굴 때문에 차마 입이 떨어지질 않았다. 자꾸만 말을 하려다 말고, 말을 하려다 마는 봉식 때문에 짜증이 난 정 교도관이 귀를 들이대며 물었다.

"어, 우리 방에 뭐?"

이제 용구는 금방이라도 울음을 터뜨릴 것처럼 울상을 하고서 가만히 방바닥만 바라보았다. 예승은 문가에 딱 달라붙은 채 숨을 죽이고 눈물만 뚝뚝 떨어뜨리고 있었다. 봉식은 시선을 아래로 내렸다가 다시 예승의 간절해 보이는 눈과 마주쳤다.

그리곤 체념한 듯이 한숨을 쉬며 말했다.

"빠…… 빵 하나만 더 주세요! 으흐흐흑!"

모두가 동시에 가슴을 쓸어내렸다. 서 노인의 한숨 소리가 방 안에 가득 찼다. 아무것도 모르는 정 교도관은 봉식의 뜬금없는 빵 타령에 얼굴을 찌푸리며 버럭 소리 질렀다.

"니가 장발장이냐? 빵 때문에 울고 지랄이야!"

그러자 서 노인이 자신의 몫으로 받아놓았던 빵을 봉식에게 내밀었다.

"내 빵 먹어! 난 빵에 하도 오래 있었더니 빵만 봐도 신물이 나서……."

정 교도관도 들고 있던 빵을 창살 틈으로 밀어 넣으며 투덜거렸다.

"에이, 바빠 죽겠고만……."

그리곤 서둘러 돌아가기 시작했다. 그의 발걸음 소리가 멀어지고 열쇠 잠그는 소리가 들리자, 십 년 감수한 7번 방 식구 모두가 바닥에 털썩 주저앉았다.

"내 빵도 처먹어라! 아유, 저 새끼……."

방장이 봉식에게 빵을 던지며 면박을 줬다. 하지만 그러거나 말거나, 봉식은 여전히 뚱한 표정으로 구석으로 가더니 벌러덩 드러누워 버렸다. 그가 자신을 위해 거짓말해주었다는 것을 알기에, 용구는 얼른 봉식에게 달려가 넙죽 허리를 굽혔다.

"고맙습니다. 고맙습니다."

이제는 대답조차 하기 싫다는 듯 봉식이 등을 보이며 돌아누웠다.

"아빠!"

긴장이 풀리자 예승이 용구에게 달려와 와락 안겼다. 부녀는 서로를 끌어안고 너무 좋아서 아무 말도 하지 않고 울거나 웃거나 했다. 보는 이의 마음까지 울컥하게 만드는 광경에 7방 사람들은 괜히 헛기침을 하며 고개를 돌렸다.

"딸내미 하나는 똑똑하게 낳았네. 당신 딸 맞아?"

춘호의 질문에 용구가 고개를 끄덕였다.

"이예승……. 이용구 딸 맞습니다. 예쁜 빛 산부인과 12월 24일 14시 28분."

"2.1 킬로그램."

용구의 말을 예승이 받아쳤다. 부녀는 마주 보고 활짝 웃었다. 아빠가 감옥에 갇히는 바람에 졸지에 고아나 다름없는 신세가 됐는데도, 예승이의 웃는 얼굴은 천진하고 해맑기 그지없었다. 적어도 지금 이 순간만큼은 두 사람은 세상에서 가장 행복한 부녀였다.

아무래도 이번 일에 자신의 공이 가장 컸던 만큼, 만범이 제일 뿌듯한 얼굴로 예승의 머리를 쓰다듬었다.

"워메…… 우째 요로코롬 이쁠까잉. 예승이라고?"

하지만 춘호가 만범의 손을 찰싹 쳐내 버렸다.

"손 좀 대지 마, 인마! 이젠 애들까지!"

"너무하네 진짜……, 일본 같은 성진국에선 나 같은 놈은 죄인도 아녀라 형님!"

만범이 억울하다는 듯 콧구멍까지 벌렁거리며 대답했지만 방장의 비웃음만 불러왔을 뿐이었다.

"저걸 콱! 성진국 좋아하네……. 이용구! 두 시간이다?"

허락된 시간은 단 두 시간뿐이었다. 들어왔을 때와 마찬가지로 우유 박스에 예승을 넣어 성가대 아이들이 있는 곳으로 데려다 놓아야 하는데, 그 시간이 고작 두 시간 남짓이었다. 용구와 예승이는 애타는 얼굴로 서로를 바라보았다. 이제야 겨우 만났는데 두 시간 후면 또다시 헤어져야 한다니.

용구는 예승이에게 뭔가 해줄 게 없나 싶어 주위를 두리번거렸다. 하지만 교도소 감방 안에 예승이가 좋아할 만한 게 있을 리가 없었다. 용구는 할 수 없이 종교 행사 특식으로 배급된 빵을 꺼내 예승이에게 내밀었다.

"이거 먹어."

"아빠 먹어."

예승이가 고개를 저으며 용구에게 빵을 도로 내밀었다. 그런데 용구도 고개를 저었다.

"예승이 먹어. 허엉!"

서로에게 먹으라고 옥신각신이었다. 그러다 용구가 도저히 받아줄 것 같지 않자, 예승이는 환하게 웃으며 빵을 반으로 잘라 내밀었다.

"그럼 같이 먹어."

예승이 한 조각, 아빠 한 조각.

두 사람은 사이좋게 빵을 나눠서 입에 물었다. 용구의 무릎에 앉아 오물오물 빵을 먹던 예승이는 문득, 초라한 감옥을 둘러보았다. 그리고 내내 궁금했던 것을 물었다.

"근데 아빠 여기 왜 있어? 아빠 나쁜 사람 아니잖아."

용구가 얼른 고개를 끄덕였다.

"나 나쁜 짓 안 했어. 허엉!"

그건 7번 방 사람들의 의문점이기도 했다. 그들이 보기에 용구는 그냥 착한 바보일 뿐이었다. 예승이가 고개를 갸웃거리며 모두를 바라보자, 서 노인이 얼른 우유팩을 하나 따서 예승이에게 내밀며 말했다.

"여긴 학교야, 학교. 나쁜 데가 아니고……."

"학교요? 그럼 우리 아빠는 여기서 공부하는 거겠네요?"

"으, 으응! 그렇지!"

없는 줄 알았던 양심에 격렬한 가책이 밀려와, 모두가 예승과 눈을 맞추지 못했다. 그저 예승이가 눈앞에 있어 신이 난 용구만이 헤벌쭉 웃는 얼굴로 빵을 먹고 있을 뿐이었다. 입가에 크림이 덕지덕지 묻은 줄도 모르고 우적우적 빵을 먹던 용구는, 예승이의 작은 입에 묻은 크림을 조심스레 닦아 주기도 했다.

두 사람은 다시 서로를 마주 보고 웃었다. 이 작은 일이 얼마나 커지게 될지 상상조차 하지 못한 채.

* * *

예승과 용구가 7번 방에서 행복한 시간을 보내는 동안, 만범은 복도의 우유 자국을 닦느라 사용했던 대걸레를 빨고 있었다. 흰 우유와 교도소 복도 먼지를 흠뻑 먹은 걸레는 만범이 퍽퍽 소리를 내며 누를 때마다 회색빛 구정물을 토해내고 있었다.

"이제 대충 됐는가……."

대충 몇 번 물기를 짜낸 뒤 화장실을 나서려는데, 열어놓은 화장실 문 밖에서 재소자들이 우르르 움직이는 모습이 보였다.

종교 활동이 끝나려면 멀었는데?

만범은 의아한 얼굴로 강당 쪽을 살펴보았다. 안을 가득 메우고 있던 죄수들이 전부 강당을 빠져나오고 있었다.

만범은 불현듯 오줌보를 내리누르는 불안감에 얼른 문밖

으로 나가 죄수 하나를 붙잡고 물었다.

"야! 왜 벌써 나와?"

"목사님이 쓰러졌어요! 고혈압이라던데? 아이고, 아멘!"

만범의 얼굴이 허옇게 질렸다. 그는 뒤통수를 한 대 거하게 맞은 기분이었다.

"뭐, 뭣이?"

큰일이었다. 목사님이 쓰러졌다는 건, 지금 당장 성가대가 떠난다는 뜻이었다. 만범은 들고 있던 대걸레 자루를 바닥에 집어 던지고 들어오는 재소자들을 밀치며 후다닥 밖으로 뛰쳐나갔다. 창밖으로 멀리 목사를 실은 119 대원들이 들것을 들고 뛰쳐나가는 광경이 보였다. 만범은 자신도 모르게 소리쳤다.

"이런 쌍!"

7번 방은 당연히 발칵 뒤집혔다. 만범이 달려와 소식을 전하자마자, 누워 있던 방장이 벌떡 일어나 예승이에게 성가대복을 내밀었다.

지금 당장 밖으로 나가야 한다는 말에 예승이는 입을 꾹 다물고 눈물이 그렁그렁해서는 성가대복을 입지 않으려 버텼다. 용구는 그저 어쩔 줄을 몰라서 당황한 상태였고, 그 광경을 바라보는 만범의 얼굴엔 조금씩 핏기가 가시고 있었다.

"이러고 있을 시간이 없다니까!"

만범이 발을 동동 굴렀다. 하지만 예승이는 울먹이며 소리쳤다.

"두 시간이라고 그랬잖아요. 지금 30분밖에 안 지났어요!"
"살다보면 이런 일 많아. 빨리빨리 인사하고 가자, 어?"
"싫어요!"

예승이가 고집을 부리며 세차게 고개를 저었다. 봉식은 창문에 매달려 바깥을 살피느라 정신이 없었고, 서 노인은 앉지도 서지도 못한 채 우왕좌왕하고 있었다. 결국 방장이 난처한 표정으로 말했다.

"남의 집에 와서 이러면 못 써."

예승이가 결국 울음을 터뜨렸다. 겨우 30분이었다. 어린 예승이에겐 너무나 가혹한 시간이었다. 용구가 예승이를 안고 달래며 울지 말라 속삭였지만 소용이 없었다.

"예승아, 또 놀러와. 응? 또 오면 되잖아."
"여기가 놀이방이냐! 또 놀러오게?"

용구의 말을 듣고 있던 봉식이 버럭 화를 냈다.

"너, 지금 안 나가면 계속 술래 해야 돼! 그럼 다신 니 아빠도 못 본다고. 알아?"

봉식의 말이 옳았다. 하지만 예승이는 이미 알고 있었다. 지금 나가도, 혹은 지금 나가지 않아도 아빠를 다시 보는 일이 결코 쉽지 않을 거라는 걸.

예승이의 눈에서 닭똥 같은 눈물이 뚝뚝 떨어졌다. 예승이는 용구에게 매달려 애원하기 시작했다.

"아빠, 나 여기 있으면 안 돼? 아무도 모르잖아!"

용구는 항상 예승이의 편이었다. 특히 울거나 매달리면 무슨 일에든 져주는 아빠였다. 하지만 오늘만은 그렇지 않았다.

"여기에선 학교 못 다닌다, 예승이. 방장 삼촌이 다시 예승이 데려올 거야."

그렇게 말하곤 동의를 구하려는 듯 천진한 눈으로 방장을 바라보았다. 예승도 울먹이는 얼굴로 방장을 바라보았다.

"어? ……어?"

방장이 화들짝 놀라 찢어진 두 눈을 크게 떴다. 예승이는 작은 걸음으로 방장에게 달려가 자신의 새끼손가락을 내밀었다. 결연한 얼굴이었다.

"약속!"

방장은 미치고 환장할 노릇이었다. 약속을 할 수도 없고, 안 할 수도 없는 상황이었던 것이다. 그가 고뇌에 빠진 얼굴로 예승이가 내민 손가락을 바라보는데, 만범이 똥 마려운 강아지인 양 발을 구르며 재촉하기 시작했다.

"시간 없어요! 빨리요, 빨리!"

결국 방장은 얼떨결에 예승의 손가락에 자신의 새끼손가락을 걸었다.

"응, 약속……."

"약속했어요!"

그러고는 일사천리였다. 예승이는 언제 안 가겠다고 버텼냐는 듯, 빠릿빠릿하게 움직이기 시작했다.

예승이가 숨은 박스를 밀차에 올리자마자 만범은 미친 듯이 복도를 내달렸다. 조금이라도 늦으면 모든 것이 끝장이다. 어떤 처벌을 받게 될지 몰랐다. 형량이 늘어날 수도, 독방에 갇히게 될지도 모르는 일인 것이다.

똥줄 빠지게 달리던 만범의 눈에, 민환과 교도관들의 인사를 받으며 하나둘 버스에 오르는 교정사역 팀원들이 복도 창문을 통해 보였다. 어떻게든 저 버스에 예승을 태워야 했다.

당장이라도 출발할 것처럼 시동을 거는 버스를 보며 만범은 사색이 되어 밀차를 밀고 달렸다. 덜컹덜컹 밀차 바퀴 소리가 복도에 시끄럽게 울렸지만 만범의 귀엔 하나도 들리지 않았다.

조금만 더 가면, 조금만 더 빨리 달리면 버스가 있는 건물에 닿을 수 있을 거라고 생각했던 찰나!

정 교도관이 관구실에서 튀어 나와 삑- 호루라기를 불었다.

"야!"

만범은 순간적으로 멈추며 뒤를 돌아보았다.

"네?"

만범이 잔뜩 긴장한 얼굴로 정 교도관을 바라보니, 그가 진압봉을 들어 올려 복도에 쓰여 있는 '독보 금지', '구보 금지' 표지판을 가리켰다. 만범은 어색하게 웃으며 고개를 끄덕였다. 그리고 고개를 돌리는데 그 순간, 교회 버스가 교도소 정문을 유유히 빠져나가는 모습이 보였다.
 이미 늦은 것이다.
 만범은 밀차 손잡이를 잡은 채 망연자실한 표정으로 긴 신음을 흘렸다.

*　　　*　　　*

 "내 이럴 줄 알았어! 어쩔 거예요, 이제!"
 애꿎은 이불을 발로 걷어차던 봉식이 버럭 소리를 질렀다. 봉식뿐만 아니었다. 평소엔 걸신들린 듯 게걸스럽게 먹던 밥이건만, 7번 방 식구들은 식사 시간임에도 불구하고 모두 망연자실한 표정으로 앉아서 앞에 놓인 식판을 바라보고만 있을 뿐이었다.
 오직 용구만이 잔뜩 신이 나서 자신의 식판에 놓인 밥을 예승이에게 숟가락으로 떠먹이고 있었다.
 "예승이, 아~!"
 "아~!"
 "아오, 저것들 남의 속도 모르고!"
 "인생이란 게 원래 그래. 들이긴 쉬워도 내치긴 어려운거야……."

봉식의 성화에 서 노인이 혀를 차며 말했다. 그는 용구와 예승이가 있는 곳으로 다가가 자신의 식판에서 조금씩 반찬을 집어 예승이의 밥 위에 올려주고 있었다. 마치 자신의 손녀를 대하는 것처럼 화기애애한 얼굴이었다.

"지금이라도 자수하죠."

봉식이 답답하다는 듯 가슴을 치며 말했다. 들키는 것보다는 자수하는 편이 나을 거라는 판단이었다. 하지만 아무도 그의 의견에 동의해주지 않았다.

"자수한다고 광명 찾아주냐?"

"에이 쌍!"

춘호의 비아냥거림에 봉식이 참았던 화를 터뜨렸다. 그는 여전히 화기애애하게 밥을 먹는 용구와 예승이를 곱지 않은 시선으로 노려보았다.

"IMF라고 밥도 많이 안 주는데 처먹긴 엄청 처먹네."

예승이가 먹는 건 용구의 밥이었지만, 봉식은 아랑곳하지 않고 투덜거리기를 멈추지 않았다. 그는 지금 이 상황이 못마땅하기 그지없었다. 아까 정 교도관에게 그냥 사실대로 말해버릴 걸 하는 후회가 물밀듯이 밀려들어 왔다.

7번 방 재소자들에게는 심각하기 짝이 없는 상황이었지만, 예승이와 용구에겐 그렇지 않았다. 입을 오물거리며 아기 새처럼 밥을 받아먹던 예승이가, 갑자기 한쪽 엉덩이를 들더니 뽀옹 하고 방귀를 뀌었다. 그러자 용구가 숟가락을 내려놓고 진지하게 물었다.
"예승이, 똥 마려?"
"응."
민망해졌는지 예승이가 발그레한 얼굴로 고개를 끄덕이자, 억지로나마 밥을 먹던 다른 사람들이 모두 숟가락을 식판에 집어 던졌다.
"아이, 씨……."
예승이가 화장실에 가 있는 동안, 용구는 휴지를 돌돌 말아 들고 화장실 앞에 쭈그리고 앉아 있었다. 그사이 7번 방 식구들은 이 사태를 어찌 해결하면 좋을지 머리를 맞대고 상의하기 시작했다. 물론 춘호 혼자 말하고 모두가 그저 듣는 모양새이긴 했지만.
춘호가 심오해 보이는 표정으로 안경을 쓱 올리며 말했다.
"내일 모레 내보내죠."
"모레?"
방장의 물음에 춘호는 크게 한 번 고개를 끄덕였다.
"음력 4월 5일!"
"그게 뭔데?"
"초파일……."
서 노인의 중얼거림이 채 끝나기도 전에 만범이 무릎을 딱 때렸다.
"종교 행사?"

춘호가 씨익 웃었다.
"빙고!"
"야……, 역시 사기 치던 놈이라 대가리 좋아! 하하! 좋다! 탈출은 다음번 종교 행사! 오케이?"
그제야 안심이 되는 듯 소리 내어 웃던 방장이 용구를 향해 손가락을 동글게 말아 보이자, 용구는 인상을 찌푸리며 손가락을 입술에 갖다 대고 속삭였다.
"쉿! 예승이 시끄러우면 똥 못 쌉니다."
어이가 없었던 나머지 모두가 한마음으로 용구를 노려보았다.
지금 우리가 누구 때문에 이 고생을 하는데.
특히 봉식이 버럭 짜증을 냈다.
"우리가 왜 당신 딸 변비까지 신경을 써야 되는데! 정말 어이가 없다, 나는!"
"음마……. 째깐한 것이 뭘 먹었으까……잉? 냄새가 아주 대범해부네!"
만범도 코를 막으며 고개를 돌리고 말았다.

부처님 오신 날에 예승을 내보내기로 결정한 뒤, 7번 방 사람들은 바쁘게 움직였다. 당장 이틀 밤 동안 교도관들의 밤 순찰에 걸리지 않는 것이 우선 과제였다.
그들은 돌아가면서 문 앞에서 보초를 서기로 했다. 제일 먼저 보초를 서게 된 건 제비뽑기 운이 나쁜 만범이었다.

만범은 교도관이 오면 금방 알 수 있도록 철문에 기대어 앉았다. 하지만 늘 자던 시간이라 그런지 금세 졸음이 왔다. 문에 기댄 채 꾸벅꾸벅 졸다가 고개가 떨어지자 만범은 화들짝 놀라 본능적으로 플라스틱 거울을 바깥으로 비추었다.

복도엔 아무도 없었다. 안심한 만범의 고개가 다시 떨어졌다.

하지만 다른 사람들은 모두 잠을 이루지 못하고 이불 속에서 몸을 뒤척였다. 걸릴지도 모른다는 불안감 때문이었다. 설상가상으로 예승이도 잠들지 않고 재잘거리며 용구에게 말을 걸고 있었다.

"그래서 선생님이…… 받아쓰기를 했는데……."

예승이는 용구에게 매달려 목마를 타고 있었다. 용구의 머리를 끌어안고 감방에 하나밖에 없는 조그만 철창 밖을 내다보았다. 그렇게 한참을 재잘거리던 예승이가 불현듯 시무룩한 목소리로 말했다.

"아빠 미안해……. 내가 세일러 문 가방 사달라고 해서……."

하지만 용구는 그저 고개를 흔들 뿐이었다.

"아니야. 예승이는 착한 딸이야……, 아빠 딸."

두 사람의 대화 때문에 도저히 잠들 수가 없었던 방장이 돌아누운 채 중얼거렸다.

"얼른 자라."

하지만 예승이는 아직 못 다한 이야기가 많았다. 어떻게든 아빠에게 전해야겠다는 생각에, 이번에는 용구의 귓가에 입을 대고 속삭이기 시작했다.

"판사 아저씨한데 또박또박 얘기 잘해, 아빠. 아빠 나쁜 사람 아니라구. 알았지? 아빠 잘못한 거 없잖아."

"알았어, 이쁜이. 우리 예승이. 허엉!"

용구가 얼른 고개를 끄덕였다. 두 사람은 동시에 활짝 웃으며 창밖을 바라보았다. 교도소 철창 밖으로 새카만 밤하늘에 수많은 별이 떠 있었다. 목마를 타고 있던 예승이가 갑자기 탄성을 질렀다.

"와! 예쁘다."

"뭐가?"

"저기, 저거…… 별님, 달님!"

그런데 그때 복도에서 갑작스러운 발소리가 들리기 시작했다. 화들짝 놀란 만범이 손거울을 식구 통에 들이밀었다. 복도 저편에서 정 교도관이 부리나케 뛰어오고 있었다. 당황한 만범이 예승을 쳐다보자, 예승은 용구의 목에서 내려와 재빨리 문 앞 사각지대에 바짝 붙어 섰다.

"무슨 소리야?"

정 교도관이 창살 너머로 얼굴을 들이밀며 물었다. 모두가 긴장으로 굳어진 가운데, 방장이 모르는 척 뒤를 돌아보며 말했다.

"네? 무…… 뭐. 무슨 소리요?"

"방금 여자애 목소리 났잖아! 뭐야?"

아뿔싸. 모두의 얼굴이 딱딱하게 굳었다. 예승이는 숨소리도 내지 않으려고 입까지 틀어막은 채 문에 기대어 있었다.

용구가 불안해하는 얼굴로 정 교도관을 바라보았다. 방장이 어떻게든 해보라는 뜻을 담아 만범을 향해 눈짓을 보내자, 만범이 갑자기 자리에서 벌떡 일어나더니 창살을 향해 다가갔다.

그리고 작은 창문을 향해 얼굴을 들이밀었다. 그의 두 손은 예쁘게 포개져 얼굴을 감싸고 있었다.

"저기, 저거…… 별니임, 달니임~!"

한껏 귀여움을 담은 목소리였다. 정 교도관이 어처구니가 없다는 얼굴로 만범을 노려보다가 버럭 화를 냈다.

"미친 변태 새끼! 이제 하다하다 별짓을 다 하네……. 자빠져 자!"

정 교도관이 못 볼 걸 봤다며 진저리를 치고 사라지자, 모두가 긴 안도의 한숨을 내쉬었다. 졸지에 여자 흉내 내는 변태가 된 만범만이 풀썩 주저앉아 울상을 짓고 있을 뿐이었다.

다음 날, 재소자들이 직업 활동을 하는 공장 안에는 축구공, 배구공, 럭비공, 애드벌룬 등이 여기저기 늘어져 있었다.

그 가운데에 봉식과 춘호가 나란히 앉아 공을 바늘로 꿰매고 있었다.

그런데 평소와는 달리, 두 사람 다 교도관과 시계를 번갈아 보며 안절부절못하는 상태였다. 그들은 방 안에 두고 온 예승이 들킬까봐 불안해 미칠 지경이었다. 용구도 마찬가지였다. 용구는 서 노인을 따라 조그마한 손수레를 밀며 재소자들이 주문한 책과 가족들에게 온 편지를 나누어주고 있었다.

"왜? 걱정 돼?"

서 노인이 달달 떨고 있는 용구의 손을 보고 물었다. 용구가 심각한 얼굴로 대답했다.

"아이는 보호자가 없으면 보호를 받을 수 없습니다."

"어디서 주워들은 건 있어서, 허허……. 대한민국에서 치안은 여기가 제일루 좋아. 걱정 마……."

서 노인은 소리 내어 웃었다.

그 시각, 예승은 7번 방 안에서 방장과 함께 방을 지키고 있었다. 얌전히 있으라는 방장의 말에 예승이는 벽에 기대어 앉은 채 방장을 빤히 쳐다보고 있었고, 방장은 그 시선이 거북했던 나머지 누가 오는 기척도 없는데 하릴없이 손거울로 창밖만 번갈아 보고 있었다.

그런데 방장이 고개를 돌릴 때마다 목 언저리에서 죄수복 밖으로 삐져나온 문신이 보였다.

예승이가 천진한 얼굴로 물었다.
"아저씨, 살에 그림 그렸어요?"
"응."
방장은 거울로 복도를 흘끗 보며 건성으로 대답했다.
"뭐 그렸어요?"
"동물."
"강아지요?"
어이가 없었던 나머지, 방장이 예승이를 돌아보며 낮은 목소리로 말했다.
"……무서운 거."
잔뜩 위엄을 내세운 목소리였다.
무서운 게 뭐지. 예승이는 잠시 고민하더니 다시 물었다.
"쥐?"
"뭐? 야, 하고 많은 동물 중에 쥐라니?"
"쥐 무섭잖아요."
그야 세상에는 쥐를 무서워하는 사람도 있겠지만 건달 체면이 있지, 쥐가 뭐냐고 방장이 투덜거렸다. 그러더니 갑자기 잔뜩 기합이 들어간 자세로 거울을 내려놓고 웃통을 벗었다. 방장의 등엔 포효하는 호랑이 한 마리가 섬세하게 그려져 있었다.
"와! 호랑이다!"
"무섭지?"

방장이 우쭐대며 물었다. 방구석에 앉아 있던 예승이는 방장의 바로 뒤까지 달려와 문신을 요리조리 살펴보더니, 의아해하는 얼굴로 물었다.

"근데 눈은 왜 없어요?"

호랑이의 얼굴엔 눈이 있어야 할 자리가 텅 비어 있었다. 예승이 궁금해하며 묻자, 방장은 잔뜩 무게를 잡고 설명을 해주기 시작했다.

"니가 아직 어려가지고 이 세계를 잘 몰라서 그러는데, 호랑이 눈을 안 그렸다는 건 뭐냐? 내 눈이 호랑이 눈이라는 거지. ……어흥!"

"히히!"

무서우라고 한 이야기였는데, 예승이는 깔깔 웃음을 터뜨렸다. 무안해진 방장이 헛기침을 하는데, 갑자기 예승이 반짝반짝 빛나는 눈을 가까이 들이밀면서 말했다.

"나 그림 잘 그리는데……."

* * *

잠시 뒤, 방장은 운동장에서 7번 방 사람들과 함께 볕을 쬐며 한숨을 쉬고 앉아 있었다.

웃통을 벗고 앉은 그의 등판에는 무시무시했던 수컷 호랑이가 긴 속눈썹과 커다란 눈망울을 가진 예쁜 여자 호랑이로 재탄생해 있었다. 건달의 무게와 카리스마는 다 어디로 갔는지, 방장은 그저 계속해서 한숨만 쉬어댔다.
그걸 보고 만범은 배를 쥐고 웃었다.
"그래서 가만 대고 계셨소?"
"……그림 잘 그린다니까 믿었지."
방장은 우거지상을 하고 있는데, 용구는 뭐가 그리도 좋은지 계속 헤벌쭉 웃는 얼굴이었다.
그러다 용구는 저 멀리서 교도소 보안과장인 민환이 소장과 함께 걸어가는 모습을 발견했다. 그는 얼른 자리에서 일어났다. 마트에서 매니저가 말하길, 자신보다 먼저 들어온 선배들한테는 깍듯하게 인사를 해야 한다고 했다. 용구가 생각하기에 그들은 다들 교도소에 먼저 들어온 선배였다. 그래서 얼른 허리를 굽혀 큰 소리로 인사했다.
"안녕하세요!"
용구의 목소리가 워낙에 컸던 탓에 모두의 시선이 집중되었다. 민환은 가늘게 뜬 눈을 꿈틀거리며 용구를 향해 씹어뱉듯 한마디를 던졌다.
"파렴치한 새끼……."
그의 눈동자엔 감출 수 없는 경멸의 빛이 가득 차 있었다. 영문을 모르는 용구가 파렴치하다는 말의 뜻을 몰라 허둥대고 있을 때, 민환은 차갑게 고개를 돌려 저 멀리 걸어가 버렸다.

민환과 교도소장이 건물 안으로 들어간 뒤, 서 노인이 입을 열었다.
"쯧쯧……, 저 사람 예전엔 저런 사람이 아니었는데……."
"다 그 새끼 때문이죠."
봉식이 무거운 얼굴로 서 노인의 말을 받았다.
"그 새끼, 빵에 있을 때부터 사이코였어요! 과장이 모르고 잘해준 거지."
"아들내미 유괴한 것까진 좋다 이거야. 돈 안 주면 풀어줘야지, 왜 죽여?"
"은혜를 원수로 갚은 거죠!"
춘호까지 합세해서 한마디를 하자, 이번에도 만범이 큰 소리로 맞장구를 쳤다. 그러자 가만히 앉아 듣고만 있던 방장이 용구에게 말했다.
"모르긴 몰라도 과장이 너만 보면 피가 거꾸로 솟을 것이다."
그건 용구의 죄목 때문이었다. '유아 약취 및 유인, 유괴, 살해'.
유명한 이야기였다. 적어도 이 교도소에서 2년을 보낸 죄수들은 모두가 아는 이야기이기도 했다.
교도과장 장민환의 어린 아들은 유괴 후 살해당했다. 그것도 민환이 보살펴주던 재소자의 손에 의한 범행이었다.
놈은 강도 상해로 교도소에 들어온 이십대 후반의 젊은 녀석이었다. 교도소에 있을 때는 줄곧 성실하고 모범적인 태도를 보여, 당시만 해도 인간적인 교도과장이었던 민환의 호감을 샀다.

하지만 놈은 출소하자마자 민환의 아들을 납치했다. 그리고 거액의 돈을 요구한 후, 일이 마음대로 풀리지 않자 아이를 살해하고 유기한 뒤 달아나 버렸다. 놈이 도주 과정에서 자살하는 바람에 경찰은 그를 검거할 수조차 없었다. 민환은 그때부터, 전과는 전혀 다른 사람이 되어버렸다.

"좋은 사람이었어. 우리 같은 죄수들한테 곧잘 농담도 하고……. 젊은 놈들한테는 어떻게든 기술이라도 배우게 하려고 애쓰고 그랬지. 그러니까…… 저 사람이 야박하게 굴어도 그러려니 해."

서 노인이 무거운 목소리를 흘리더니 쯧 혀를 차고 자리에서 일어났다. 가만히 듣고 있던 춘호가 괜히 용구에게 버럭 화를 냈다.

"참나, 하고 많은 것 중에 유아 유괴 살인이 뭐야? 건전하게 사기! 좋잖아?"

그때였다. 멍하니 이야기를 듣고 있던 용구가 불현듯 입을 열었다.

"전 지영이 안 죽였습니다."

이상할 정도로 또렷한 목소리였다. 늘 웃던 얼굴도 어둡게 굳어 있었다. 하지만 7번 방 사람들은 말도 안 되는 소리라는 듯 짧은 웃음을 흘렸다.

"만범이 알지. 걔가 말이야. 강간으로 들어온 놈인데, 지는 죽어도 아니라는 거야. 강간이 아니라 간통이라는 거지. 야! 만범아?"

춘호가 낄낄 웃으며 만범을 불렀다. 직접 말해보라는 의미였다. 그런데 조금 전까지만 해도 옆에 붙어 있던 만범이 사라지고 없었다. 의아해진 춘호가 두리번거리면서 만범을 찾는데, 운동장 어디에도 그의 모습을 보이질 않았다.

"그러고 보니까 아까부터 만범이가 안 보인다?"

봉식이 허벅지를 탁 때리며 말했다. 서로가 서로의 얼굴을 바라보았다. 만범이 운동장에 없으면 감방 안에 있을 것이 분명했다. 그런데 그곳엔 용구의 딸 예승이가 있었다.

용구가 벌떡 일어나 소리쳤다.

"예승이! 우리 예승이요!"

모두 정신이 번쩍 들어 주위를 바라보았다. 방장, 춘호, 용구, 봉식에 서 노인까지 모두 있는데 만범이만 없었다. 순간 모두의 얼굴이 사색이 되었다.

"에이! 강만범이한텐 예승이 맡기지 말라구 그랬잖아!"

방장이 일어서는 것보다 용구가 튀어나가는 속도가 빨랐다. 용구는 우아아, 괴성을 지르며 운동장을 가로지르더니 이내 감방으로 달려 들어갔다.

6. 7번 방에서의 두 시간

　　　　　＊　　　＊　　　＊

"우리 예승이, 옷 벗자."

만범은 코맹맹이 소리를 내면서 화장실 앞에 앉아 예승이의 윗옷을 벗기고 있었다. 윗옷을 벗기고 나자 이번엔 천천히 바지로 손을 뻗었다. 만범은 느끼하게 웃고 있었다. 그런데 그때, 갑자기 방문이 벌컥 열렸다.

들어온 것은 용구였다.

만범은 예승이의 바지춤을 잡고 깜짝 놀란 표정으로 용구를 올려다보았다. 급히 달려온 탓에 용구의 얼굴은 벌겋게 달아올라 있었다. 도대체 무슨 일인가 싶어, 만범은 예승이와 용구를 번갈아 쳐다보았다.

"어…… 어?"

"으아아아!"

그 순간, 용구가 날아올랐다. 앞뒤 가릴 것 없이 내뻗은 용구의 주먹 한 방에 만범이 나가떨어졌다. 용구가 재빨리 예승이를 감싸 안자, 뒤따라 들어온 방장이 만범을 잡아먹을 듯 발길질을 하기 시작했다.

"이 새끼, 결국 애까지!"

그제야 상황을 알아챈 만범이 억울한 듯 외쳤다.

"형님! 고런 것이 아니여요!"

"아니긴 뭐가 아니야, 인마!"

만범은 두 손을 허우적거리며 아니라고 외쳤다. 하지만 봉식까지 합세해서 발길질을 퍼붓자 비명을 지르며 바닥을 기었다.

"지 버릇 개줘? 형님! 짜를까요?"

춘호의 말에 봉식이 만범에게 달려들어 바지를 벗겼다. 기절할 듯 놀란 만범이 두 손으로 바지 앞춤을 가렸다.

"워메, 형님들! 그것은 오해여라!"

그때였다. 예승이의 낭랑한 목소리가 모두의 귓가를 파고들었다.

"아빠, 나 옷에다 우유 쏟았어."

주위가 순식간에 조용해졌다. 한창 만범을 향해 발길질을 날리던 춘호가 멈칫하며 뒤를 돌아보았다.

"우유?"

그러고 보니, 바닥이 온통 쏟아진 우유로 흥건했다. 예승이가 떨어뜨린 우유팩에서 흘러나온 것이었다. 모두가 침을 꿀꺽 삼키며 만범과 예승이를 바라보는데, 예승이가 태연하게 두 눈을 깜박거리며 말했다.

"응. 그래서 만범이 삼촌이 우유 닦아주고 옷 갈아입혀 주는 건데?"

"응? 그……, 그래?"

민망해진 방장이 만범을 밟고 있던 발을 슬쩍 치웠다. 만범은 억울함과 서러움이 북받친 나머지 울상을 짓다가 발버

둥을 쳤다.

"아따! 참말로……."

"그러게 인마, 누가 강간으로 들어오래?"

"에이씨! 간통이라니까! 것두 나가 꽃뱀한테 겁탈당한 거랑게요. 흑흑……."

춘범의 말에 버럭 화를 내던 만범은 급기야 울기 시작했다. 주먹을 날렸던 용구가 재빨리 그에게 고개를 숙였다.

"미안합……. 아니 고맙습……. 아니 아니, 미안하고 어……, 고맙습니다."

"삼촌, 울지 마."

보고 있던 예승이가 얼른 만범에게 다가가 그를 안아주었다. 만범은 예승이를 끌어안고 엉엉 소리 내어 울었다.

"아이고 엄니…… 요로코롬 서러울 때가 있소! 으어엉!"

예승이는 어른스러운 얼굴로 고개를 끄덕이며 만범을 달랬다.

"아저씨, 울지 마요. 아저씨들이 잘못 알고 그랬나봐요."

다 큰 어른은 엉엉 울고, 어린 아이는 우는 어른을 도닥이느라 정신이 없었다. 조금 전까지 만범을 잡아 죽일 듯 화를 내던 봉식은 할 말이 없어 슬쩍 제 자리에 가서 앉았다. 방장도, 춘호도 마찬가지였다. 눈을 마주치지 못하고 헛기침을 하는 가운데 갑자기 봉식의 시야에 무언가가 들어왔다.

춘호의 자리 뒷벽에 붙어 있는 비키니 화보였다.

"크흡! 크흐흐……."

갑자기 입을 막고 웃음을 터뜨린 봉식에게 춘호의 시선이 닿았다. 춘호가 자신을 미친놈 보듯 바라보자, 봉식이 손가락을 들어 춘호의 뒷벽을 가리켰다.

"춘호야. 만범이보다 더한 일이 생겼다?"

춘호가 봉식의 시선을 쫓아 벽에 붙여놓은 비키니 화보 쪽으로 고개를 돌렸다. 그런데 화보 속의 모델은 더 이상 비키니를 입고 있지 않았다. 그 위에 흰색과 파란색으로 옷이 덧입혀져 있었다. 그 옆 빈 공간에는 예쁜 소녀의 낙서까지 덧붙여진 채.

예승이의 작품이었다.

춘호가 눈이 휘둥그레져서 소리쳤다.

"에이! 내가 저걸 어떻게 구한 건데! 야, 예승아!"

"저렇게 입고 있으면 언니 추워요. 날씨에도 안 어울리잖아요."

예승이가 짐짓 진지한 얼굴로 타이르듯 말했다. 지금은 날씨가 추우니까 옷을 입혀줘야 한다는 주장이었다.

춘호가 기가 막혀 할 말을 잃고 있으려니, 방장이 벌러덩 드러누우며 중얼거렸다.

"야…… 예승이가 그림을 잘 그리긴 잘 그리는구나? 근데 저 옆에 아가씨는 누구신고?"

"세일러 문이요."

예승이가 문득 환히 웃으며 대답했다.
"세일러 문?"
봉식이 그게 뭐냐는 얼굴로 묻자, 예승이는 그 자리에서 빙그르르 한 바퀴를 돌더니 만화 영화에서 본 것과 똑같은 포즈를 취하고 소리쳤다.
"정의의 이름으로 널 용서하지 않겠다!"
"아이고, 무서워라! 그건 판사들이나 쓰는 단어인데?"
방장이 킥킥 웃었다.
"그럼 세일러 문이 판사네! 문 판사! 허허!"
모두가 웃음을 터뜨렸다. 만화 세일러 문을 모르는 어른들이기 때문에, 그들의 눈엔 예승이의 대사가 우습기 짝이 없었다. 용구가 답답한 듯 가슴을 치며 더듬더듬 말했다.
"아니, 그게 아니라요. 예승아…… 노, 노래해봐!"
"응!"
예승이는 공연 요청에 부응하듯 노련한 포즈로 자세를 잡더니, 박자에 맞춰 세일러 문 주제가를 부르기 시작했다.
"미안해! 솔직하지 못한 내가! 지금 이 순간이 꿈이라면! 살며시 너에게로 다가가, 모든 걸 고백할 텐데!"
"야야, 그만! 알았으니까, 쉿!"
예승이의 커다란 노랫소리에 방장이 화들짝 놀라 거울로 슬쩍 복도를 보았다. 교도관이 알아차리고 올까봐 걱정했던 것이다. 하지만 흥에 겨운 예승이는 노래를 멈추지 않았다.

"전화도 할 수 없는 밤이 오면! 자꾸만 설레는 내 마음!"
똘똘해 보이긴 해도 역시 아직 애는 애인 모양이었다.
"알았으니까 쉿! 쉿! 조용히 하라구!"
방장은 필사적으로 입술에 손가락을 가져다댔다.

     ＊   ＊   ＊

별일 없이 이틀이 지나갔다. 이날은 춘호가 말한 종교 행사가 있는 날이었다. 7번 방 사람들은 며칠 전에 계획한 대로 아침부터 재빨리 움직였다.

이번에는 춘호가 우유 박스에 예승이를 집어넣고 밀차에 실었다. 조심스레 카트를 밀고 방 밖으로 나온 그는, 행여 교도관이라도 마주칠까 잔뜩 경계하고 있었다. 하늘이 도운 건지, 다행히 아무와도 마주치지 않고 사동 밖으로 나올 수 있었다.

하지만 아직 안심할 수는 없는 일이었다. 춘호는 오색 연등이 늘어선 화잔 길에서도 세심하게 주위를 살피며 예승이가 숨어 있는 우유 박스 밀차를 재빠르게 밀었다. 예승이는 박스 안에 쪼그리고 앉아 뚫려 있는 구멍으로 바깥을 내다보았다. 그러다 저도 모르게 불쑥 고개를 내밀고 말았다.

"시장 왔냐, 구경하게?"
춘호가 예승이의 머리를 꾸욱 눌렀다.

화단 길에서 다시 건물로 들어와 복도 삼거리에 다다르자, 춘호처럼 우유 박스를 실은 밀차 무리가 저만치 앞에 서 있었다. 앞쪽에선 경비 교도대가 일일이 카트를 검사하는 가운데, 미리 대기하고 있던 방장과 만범이 춘호에게 눈짓을 보냈다.

춘호는 교도관들이 다른 밀차를 검사하는 틈을 타서, 만범이 가지고 있던 똑같이 생긴 밀차와 자신이 끌고 온 밀차를 재빨리 바꿔치기 했다.

만범이 가지고 있던 카트는 경비 교도대가 이미 검사를 끝낸 것이었다. 똑같이 생긴 우유 박스이기 때문에 뚜껑을 열지 않는 한 바꿔치기 했다는 것을 알아보긴 힘들 터였다.

방장이 재빨리 밀차를 밀고 가려 하자, 춘호가 품에서 성경책을 꺼내 쥐어주었다.

방장이 기특하다는 얼굴로 춘호를 보며 웃었다. 춘호가 슥 엄지를 치켜들었다.

"완벽합니다, 형님!"

경비 교도대의 검문이 끝나자 모든 재소자들이 일제히 재활용 처리장 쪽으로 밀차를 밀었다. 방장과 만범은 다른 재소자들 틈에 섞여 있다가 인솔 교도관의 눈을 피해 왼쪽으로 최대한 밀착하더니, 갈림길이 나오자마자 강당 쪽으로 날렵하게 방향을 틀었다.

신속한 움직임이었다. 두 사람은 숨소리까지 참아가며 재빨리 달렸다. 저만치 멀리 떨어져 있던 강당이 가까워지자 두 사람의 호흡도 거칠어지기 시작했다.

"……어?"

그런데 잘 달리던 만범이 뭔가 이상한 것이라도 본 듯 갑자기 고개를 갸웃거렸다. 강당으로 향하는 길에는 연등이 주렁주렁 매달려 있었다. 만범은 도대체 기독교 행사에 왜 연등이 매달려 있는지 묻고 싶었지만, 방장이 급하게 밀차를 밀어 붙이는 통에 타이밍을 놓치고 말았다.

그리고 얼마 후, 두 사람은 간신히 강당 뒤편 대기실 쪽으로 들어갈 수 있었다.

강당 안에 들어선 방장은 무대 입구의 문 앞에 밀차를 멈춰 세웠다. 그리곤 긴장을 떨쳐버리기 위해 깊이 심호흡을 했다. 그러더니 옆구리에 끼고 있던 성경책을 가슴에 품고 중얼거렸다.

"아멘!"

주위에 사람이 아무도 없다는 것을 확인한 방장이 조심스레 박스를 열자, 그 안에서 성가대 옷을 입은 예승이 두 눈을 동그랗게 뜨고 일어섰다. 방장이 다시 한 번 심호흡을 하더니 무대 문을 열었다. 공연하는 틈 절묘한 순간에 예승을 무대 위로 집어넣을 생각이었다. 하지만 그는 더 이상 움직일 수가 없었다.

생각지도 못한 광경이 무대 위에 펼쳐져 있었다. 예수님을 부르짖는 사람들은 다 어디로 가고, 머리를 빡빡 밀어버린 스님들이 목탁 소리에 맞춰 절을 하고 있었던 것이다.

주지 스님도, 그냥 스님도, 동자승까지 모두 말끔한 민머리 부대였다.

방장과 예승, 만범이 돌처럼 딱딱하게 굳어진 채 서로를 바라보았다. 동자승 하나가 예승이를 발견하고 활짝 웃더니 삼배를 했다.

방장은 어이가 없어 입을 다물지 못했다. 동자승이라니! 성가대와 동자승이라니! 너무 놀라 정신이 없는 방장의 손에서 성경책이 툭 바닥으로 떨어져 내렸다.

"마하반야 바라밀다……."

똑 똑 똑 똑…….

넋을 놓아버린 방장의 귓가에 목탁 소리만이 꿈인 듯 경쾌하게 울릴 따름이었다.

* * *

어찌어찌해서 간신히 7번 방으로 돌아온 방장은 춘호를 보자마자 잔뜩 흥분해서는 미친놈처럼 날뛰기 시작했다.

"야! 이, 무식한 사기꾼 새끼야. 뭐? 완벽해? 동자승이랑 성가대원이랑 손잡고 나가면 그림 좋겠다! 아주 세계 평화가 오겠다. 이 시끼야!"

춘호가 두 손으로 방장의 발길질을 막으며 소리쳤다.
"아, 왜 나한테만 그래요! 다들 몰랐잖아요!"
"난 알았지……. 초파일, 부처님 오신 날."
서 노인이 옆에서 득도한 고승처럼 중얼거렸다.
"내가 미쳐, 내가 미쳐! 머리를 빡빡 깎아서라도 내보냈어야지!"
봉식이 발을 구르며 말하자 용구가 분노한 듯 대들었다.
"예승이 머리를 왜 깎아요! 예승이 머리 긴 게 이뻐요!"
예승이는 의외의 사태에 옆에서 눈만 껌뻑이고 있을 뿐이었다. 봉식은 울컥해서 반박했다.
"지금 이런 거 저런 거 따질 때냐! 이러다 걸리면 어쩔 건데?"
"뭐, 안 걸리면 되지."
서 노인의 한마디였다.
"뭐? 하루에도 열두 번씩 검방하는데 무슨 수로 안 걸려?"
지난 이틀 동안만도 피가 마르는 기분이었는데 그런 생활을 앞으로도 당분간 계속해야 한다는 생각에 봉식은 미칠 것만 같았다. 방장의 발길질이 멈추길 기다리던 춘호가 코피를 닦으며 일어났다. 그리고 아직까지 씨근대는 방장의 눈치를 슬슬 보며 말했다.
"열두 번 다 숨기면 되지……. 만범아!"
춘호가 손가락을 까딱이자 늘 그래왔듯 만범이 벌떡 일어나 웃통을 벗었다. 춘호는 수성 펜을 들고 만범의 등짝 앞에 다가가 뭔가를 골똘히 생각했다. 그러더니 비뚤어진 안경을 한번 슥 끌어올리고 만범의 넓적한 등판에 그림을 그리기 시작했다. 자세히 보니, 만범의 등엔 사동 복도와 7번 방의 위치가 그려져 있었다.

 밤이 깊어 소등 시간이 거의 가까웠다. 졸음이 쏟아지기 시작한 예승이 하품을 하는 걸 곁눈으로 보면서, 춘호는 만범의 등짝을 가리켰다.

 "자! 검방 뜨고 교도관 오는데 시간이……."

 방장을 지목하려던 춘호는 또 맞을까봐 겁이 났는지 얼른 방향을 틀어 봉식을 수성 펜으로 가리켰다.

 "얼마?"

 "어……? 1분?"

 얼떨결에 봉식이 대답하자 춘호가 소리쳤다.

 "병신! 30초!"

 병신이라 불리자 봉식이 발끈 화를 냈다.

 "이게 증말!"

 "조용해라! 빨리 읊어."

 방장이 버럭 소리치자 봉식은 춘호를 한 대 치려던 손을 거두고 자리에 앉았다.

 "형님은 문 소리가 나면 무조건 거울로 보고 신호를 하시고!"

방장에게 그렇게 말한 후, 춘호가 만범을 뒤돌려 세웠다.

"만범이 넌 이불 빼서 공간을 만들어. 봉식이는 수건으로 포스터를 가리고, 용구! 당신은 예승이를 이불 뒤 벽 쪽으로 세우는 거야."

"너는 뭐 할 건데?"

봉식이 묻자 춘호가 그것도 모르냐는 듯 소리쳤다.

"병신! 난 매트리스로 예승이를 가릴 꺼다. 왜!"

"우와……."

춘호의 기막힌 작전에 모두 넋을 잃고 그를 바라보았다.

"나두 뭘 해야 될 것 같은데?"

서 노인이 슬쩍 나서자 춘호는 잠시 생각하다가 고개를 저었다.

"어……, 그냥 앉아 계세요! 경로 우대!"

"매트리스로 가리면 나 숨 막혀요!"

가만히 듣고 있던 예승이가 그렇게 소리쳤을 때였다.

"거기 뭐야!"

밖에서 다급한 구둣발 소리가 들려왔다. 방장이 재빨리 식구 통에 거울을 가져가기가 무섭게 철창 사이로 정 교도관이 얼굴을 들이밀었다. 모두가 깜짝 놀라 예승을 눈으로 쫓는데, 도대체 언제 그쪽으로 간 건지 눈치 빠른 예승은 이미 문 앞에 쪼그리고 앉아 있었다.

모두가 속으로만 가슴을 쓸어내리며 태연한 척 정 교도관을 올려다보았다. 정 교도관은 이상하다는 듯 고개를 갸웃거리더니, 순식간에 문 아래에 뚫린 식구 통을 열었다. 창살 너머로는 보이지 않는 아래쪽을 확인하려는 것이다.

그러자 예승이 잽싸게 다리를 벌렸다. 정 교도관은 식구통 앞에서 다리를 벌리고 서 있는 예승을 발견하지 못하고 방 안만 슥 둘러보았다.

꿀꺽. 누군가 침을 삼켰다. 방 안 가득한 긴장이 터지기 직전, 갑자기 만범이 손을 들어 스스로의 목을 졸랐다. 저놈이 또 뭐 하나 싶어 정 교도관이 노려보자, 만범은 이번에도 귀여운 아이 목소리를 내며 소리쳤다.

"숨 막혀요! 숨 막혀요!"

다 장난이라는 듯 봉식이 어깨를 으쓱하며 히죽 웃자, 정 교도관은 이번에도 못 볼 걸 봤다는 얼굴로 돌아서며 중얼거렸다.

"애기 귀신이 씌었나······."

* * *

그날 밤, 보안과 사무실엔 지난 번 교정사목 때 찍은 사진들이 잘 현상된 채 책상에 놓여 있었다.

"장 과장님, 화보 사진 좀 골라주세요."

"내가 본다고 아나? 전문가가 더 잘 알지······."

그렇게 말하면서도 민환은 김 교도관이 건넨 사진뭉텅이를 받아 하나하나 넘겨보았다. 성가대에 열광하는 빠박이와 애꾸, 그리고 다른 재소자들을 배경으로 교정사목 팀과 성가대의 모습이 희극처럼 다양하게 찍혀 있었다. 민환은 자신도 모르는 새 슬쩍 입가에 미소를 지으며 사진을 넘겼다.

  그러다 어느 사진에서 민환의 손이 우뚝 멈추었다. 성가대에 포함되어 있던 세 아이가 찍힌 사진이었다. 사진을 한참 들여다보던 민환은 갑자기 뭔가 떠오른 듯 굳은 표정으로 서랍을 열었다. 서랍 안에서 '주간 출입 인원 현황표' 파일을 꺼낸 그는 황급히 안을 뒤적거렸다.

  파라락 종이를 넘기며 바쁘게 움직이던 민환의 손가락이 교정사목이 있었던 날짜를 찾아 아래로 훑었다.

  '아동 입(入) 3명, 출(出) 2명.'

  숫자가 맞지 않았다. 왜 여태껏 이걸 확인하지 않았는지 모를 노릇이었다.

  민환은 같이 스크랩되어 있던 교정사역 팀의 인적 사항 서류를 넘겨보았다. 거기엔 성가대에 소속되어 있는 아이들의 이름과 연락처가 적혀 있었다. 민환의 시선이 그중 한 아이의 번호에 머물렀다.

  '이예승, 연락처 031 - 745 - 8700.'

  그리고 자연스럽게, 재소자 이용구가 첫날 이 방에서 외쳤던 말이 떠올랐다.

이예승! 경기도 공삼일 칠사오 팔칠빵빵!

같은 이름, 같은 번호였다. 민환은 그 즉시 자리를 박차고 일어났다. 김 교도관이 의아해하는 눈으로 민환을 바라보았다. 민환이 내려놓은 사진 속엔 강당 무대 끝에서 노래를 부르던 아이, 예승이 찍혀 있었다.

* * *

그 시각 7번 방 사람들의 시선은 모두 벽시계를 향해 있었다. 시계 바늘이 자정을 향해 달리고 있었다. 이제 한 차례 검방이 있을 시간이었다.

벽시계 초침이 12에 가까워지자 춘호가 손을 들었다.

"자, 준비……."

모두가 단거리 달리기라도 하는 사람들처럼 엉덩이를 들썩거리며 춘호의 손을 바라보았다. 이윽고 초침이 12를 통과하자 춘호가 세차게 손을 내렸다.

"시……작!"

후다닥! 모두가 미리 약속했던 대로 일사분란하게 움직였다.

그러나 그들은 민환이 모든 것을 눈치채고는 예상보다 빠르게 다가오고 있다는 사실을 모르고 있었다. 용구와 봉식, 만범은 춘호가 지정해준 일을 하고 재빨리 자리에 앉았다.

그때, 민환은 막 7번 방이 있는 복도로 접어든 상황이었다.

마지막으로 춘호가 예승을 가리기위해 매트리스를 세우고 손을 놓으려는 순간!

철컹, 철문이 열렸다. 갑작스레 들이닥친 교도과장 민환의 얼굴을 보고, 춘호는 너무 놀란 나머지 들고 있던 매트를 놓치고 말았다.

"아, 안 돼……."

툭 소리와 함께 예승을 가렸던 매트가 바닥에 굴러 떨어졌다.

* * *

장대비가 쏟아졌다. 거대한 교도소 건물을 잘게 울릴 정도로 굵은 빗줄기였다. 민환은 서늘하게 굳은 얼굴로 사동 입구를 나서고 있었다. 정 교도관, 그리고 두 손에 수갑을 찬 용구가 그 뒤를 따랐다.

용구는 예승에게 말 한 마디 건넬 시간도 없이 끌려나왔다. 빗물이 밀려와 철벅거리는 바닥을, 비틀거리면서 걸었다. 예승이 울고 있을 것만 같아 자꾸만 뒤를 돌아보는데 갑자기 민환이 혼잣말을 중얼거렸다.

"애가 이틀이나 안에 있었는데 한 놈도 몰랐다 이거지."

무겁게 날이 선 목소리였다. 분위기 파악 못 한 정 교도관이 눈치도 없이 입을 열었다.

"전 알았거든요. 숨 막혀, 숨 막혀 하는 소리도 들었고……."

"그런데?"

민환이 정 교도관을 노려보자 그가 찔끔해서 입을 다물었다. 용구는 축축하게 젖은 몸을 계속해서 7번 방 쪽으로 틀고 있었다.

"전 사동 비상 걸고 전체 검방 실시해."

"네!"

민환의 명령에 정 교도관이 크게 대답하고는 어둠 속으로 사라졌다. 그가 돌아가자마자 바로 사동 쪽에서 김 교도관이 우산을 들고 합류했다. 그는 재빨리 민환에게 우산을 받치며 속삭였다.

"아이는 일단 관구실에 숨겼습니다."

민환이 그 자리에 우뚝 섰다.

"지금 제정신이야? 당장 내보내!"

"네, 비 좀 그치면 그때……."

하지만 민환은 그마저도 허락해주지 않았다. 김 교도관을 서슬 퍼런 눈으로 노려보며 윽박질렀다.

"옷 벗고 싶어?"

"……네, 알겠습니다."

결국 김 교도관도 할 수 없이 우산을 다른 교도관에게 맡기고 재빨리 정 교도관이 향한 쪽으로 달려갔다. 예승을 내

보내기 위해서였다.

 그때, 수갑을 덜그럭거리며 끌려가던 용구가 깜짝 놀라 걸음을 멈췄다. 그리고 겁도 없이 민환의 팔을 잡았다.

 "예승이……, 가요? 예승이 비 맞으면 감기 걸리는데……."
 "뭐, 감기?"

 비는 여전히 억수같이 쏟아지고 있었다. 민환은 용구와 함께 온몸에 비를 맞으며 돌아섰다. 그는 무섭게 분노한 상태였다. 사납게 일그러진 얼굴을 바짝 들이밀고, 용구의 멱살을 잡고 으르렁거리며 말했다.

 "그 입에서 감기라는 말이 나와?"

 그리곤 벌벌 떠는 용구를 진창이 된 바닥에 내팽개쳤다. 온몸이 흙탕물에 젖고 얼굴엔 생채기가 생겼지만, 용구는 오뚝이처럼 벌떡 일어났다. 그리고 겁도 없이 민환에게 다시 매달렸다.

 "예승이한테 인사해야 하는데……. 예승아……, 예승아……!"
 "뭐? 인사? 남의 딸은 죽여놓고, 인사?"

 민환이 다시 용구의 멱살을 잡았다. 용구가 떨리는 얼굴을 거세게 가로저었다.

 "아니…… 그게 아니구!"
 "네 딸은 보고 싶다 이거야!"

 용구의 커다란 몸이 다시 교도소 바닥에 내팽개쳐졌다. 다른 교도관들은 민환을 말릴 생각조차 하지 못한 채 멀리서 얼어붙어 있었다. 민환의 주먹이 떨렸다. 그는 지금 당장 용구를 죽이기라도 할 기세였다.

하지만 바닥에 널브러진 용구는 그래도 잘못했다고 빌거나 하지 않았다. 팔다리를 잔뜩 웅크리고 엎드려서는 젖 먹던 힘을 다해서 소리를 질렀다.

"나는! 5482는! 주주주…… 주……."

흥분한 탓인지, 아니면 차가운 비를 맞았기 때문인지 덜덜 떨리는 입술이 마음대로 움직여지지 않았다. 용구는 두 눈을 꼭 감고 몇 번이나 숨을 모은 뒤에 크게 외쳤다.

"죽이지 않았습니다!"

그의 눈에서 빗물을 따라 뜨거운 눈물이 흘러내렸다. 용구의 눈동자는 새빨갛게 달아올라 있었다. 울먹이는 얼굴도 붉었다. 하지만 빗물과 빗소리에 가려, 그가 서럽게 울고 있다는 사실을 아는 사람은 아무도 없었다.

"지영이도 예, 예승이처럼…… 이, 이…….."

이번에는 울음이 목에 걸려 목소리가 제대로 나오지 않았다. 용구는 더러워진 소매를 들어 거세게 얼굴을 문질렀다. 그리곤 다시 소리 질렀다.

"이쁩니다!"

아무리 닦아도 소용이 없었다. 용구의 눈에서 눈물이 후드득 떨어졌다. 그는 바닥에 웅크려 엎드린 채 엉엉 울기 시작했다. 그리고 가슴을 치며 계속해서 소리를 질렀다.

"5482는! 죽이지…… 아, 아, 않았습니다! 경찰 아저씨들이…… 손도장 찍으면 집에 보내준다고, ……세일러문 가방 사준다고 했습니다! 주주주…… 죽이지 않았습니다. 죽이지……."

그러나 하염없이 눈물을 흘리며 중얼거리는 용구의 모습도 민환에겐 그저 거짓으로 느껴질 뿐이었다.

차가운 눈으로 용구를 노려보던 민환이 먼저 걸음을 돌렸다. 빗물에 저벅거리는 그의 발소리가 멀어져갔다.

7. 학부모 면담

 모두에게 힘든 밤이었다.
 그날의 기억도 다른 날과 마찬가지로 마치 사진을 찍어 머릿속에 걸어놓은 것처럼 선명하기 그지없다.
 나는 우악스럽게 생긴 아저씨들의 손에 이끌려 7번 방에서 끄집어내졌다. 방장 삼촌과 만범 삼촌이 잔뜩 일그러진 얼굴로 나를 바라보고 있었다. 서씨 할아버지가 어떻게든 나를 따듯하게 해주려고 이불이며 옷가지를 내밀었지만 소용없었다.
 나는 교도관 아저씨들 중 하나의 품에 안겨 차가운 복도를 지났다. 그리고 어두컴컴한 방에 갇혔다. 나를 데려간 사람은 소파 위에 나를 앉혀놓고 계속해서 혀를 찼다.

비가 그치면 나가게 될 거라더니, 그마저도 거짓말이었다. 나는 우르르 비가 쏟아지는 바깥으로 곧장 쫓겨나야 했다.

"아빠······."

나는 그제야 울기 시작했다. 엉엉 울면서 부탁하면 아빠와 작별 인사라도 하게 해줄 거라고 생각했는데, 빗소리가 너무 커서 그 사람들은 내 울음소리 같은 건 듣지도 못하는 것 같았다.

보육원에 돌아온 뒤, 그리움은 전보다 더욱 커졌다.

아빠뿐이 아니라 이제는 그 안에 있던 삼촌들 생각도 함께 났다. 우리 아빠 말고는 세상에서 나한테 가장 잘해줬던 사람들인데······.

낮에는 멍하니 창밖만 바라보고, 밤에는 우두커니 앉아 밤하늘을 바라보았다. 나는 그때쯤 서서히 깨닫고 있었다. 아, 어쩌면 아빠는 나를 데리러 오지 못할 수도 있겠구나.

그런 생각이 들 때마다 눈물이 쏟아질 것만 같았다.

내겐 밤하늘을 바라보는 것만이 유일한 낙이었다. 아빠와 함께 바라보던 작은 창문 밖의 밤하늘. 그러다 어느 순간 잠이 들면, 꿈에서 방장 삼촌이 등에 기르는 호랑이가 나와 나를 업고 아빠가 있는 곳으로 데려다주곤 했다. 지금 생각하면 말도 안 되는 꿈이지만, 그때엔 그 꿈이 진짜로 이루어지기를 바라고 또 바랐다.

꿈속에선 만범이 삼촌도, 봉식이 삼촌도, 춘호 삼촌도 모두 싸우지 않고 사이가 좋았다.
멋대로 교도소에 들어갔던 일 때문에 나는 보육원에서도 문제아가 되어 있었다.
'교도소 갔다 온 애.'
그게 내 새로운 별명이었다. 나를 향해 쏟아지는 보육 교사들의 뾰족한 시선 때문에 나는 어딜 가나 가시방석이었다. 아이들이 모두 잠든 밤이면, 이불을 뒤집어쓰고 매일 혼자 울었다.
그러던 어느 날이었다.
나는 오랜만에 학교에 갔다. 아빠를 만나기 위해 여러 날이나 학교를 빠졌기 때문에 보육원으로 계속 연락이 왔다고 했다. 나는 신경질을 내는 보육 교사를 물끄러미 바라보다가 학교 안으로 들어갔다.
내가 도착했을 땐 음악 시간이었는지, 아이들이 선생님의 오르간 반주에 맞춰 노래를 하고 있었다. 나는 뒷문을 열고 쭈뼛거리며 교실 안으로 들어갔다. 조용히 한다고 한 건데 문 소리가 너무 컸는지, 모두가 나를 바라보았다. 선생님은 오르간 반주도 잊어버리고 한참 동안 나를 바라보았다.
나는 애써 아무렇지도 않은 얼굴로 내 자리로 가서 앉았다. 곧 다시 수업이 시작되었다.
그리고 하교 시간, 선생님이 내 자리로 왔다.

"선생님이 얼마나 많이 걱정 많이 했는데……. 예승이 집 주소엔 아무도 안 살던데, ……그동안 어디 있었니?"

나는 대답할 수 없었다. 아빠를 보기 위해 교도소에 갔다고 하면, 다른 사람들처럼 선생님도 나를 뾰족한 시선으로 볼 것 같았기 때문이다. 고개를 수그린 채 힘없이 애꿎은 손가락만 쥐어뜯고 있는데, 선생님이 따뜻한 손으로 내 손을 감싸 쥐며 말했다.

"아팠어? 선생님한테 말해주면 좋겠는데……."

"아픈 게 아니라……."

"선생님은 예승이한테 궁금한 것도 많고, 하고 싶은 얘기도 많은데. ……어디서 사는지, 가족은 누군지, 뭘 좋아하는지. 어때, 예승아? 선생님하고…… 얘기하기 싫어?"

다정하게 나를 달래는 선생님의 목소리를 듣고 있는데, 갑자기 내 머릿속에 무언가 떠오르는 게 있었다. 나는 나도 모르게 번쩍 고개를 들었다. 그리고 나를 향해 상냥하게 웃고 있는 선생님의 얼굴을 빤히 바라보며 물었다.

"저기…… 우리 아빠한테 물어보시면 안 돼요?"

"어?"

"학부모 상담! 그거요."

선생님이 의아한 듯 고개를 기울였다. 하지만 나는 기회는 지금뿐이라고 생각했다. 내가 어디서 사는지, 가족은 누군지, 뭘 좋아하는지 선생님한테 알려줄 사람은 세상에 우리 아빠밖에 없었다.

"학부모…… 상담?"

"선생님, 신분증 있죠?"

나는 자리에서 벌떡 일어났다. 그리고 재빨리 가방을 챙긴 뒤 선생님의 손을 잡아끌었다.

우리는 곧장 교도소로 갔다.

'교도소에 가야 해요. 우리 아빠 거기 있어요.'라는 말에도 선생님은 그저 내가 하자는 대로 해주었다. 그러다 교도소의 높은 담장을 마주하고는 무슨 말을 꺼내야 할지 모르겠는지 계속해서 입만 뻐끔거렸다.

"예승이…… 아버님이 여기 계셨구나."

"네. 그러니까 꼭 만나야 돼요. ……꼭이요."

나는 두 손을 꼼지락거리며 애원하는 눈으로 선생님을 바라보았다. 내 눈엔 어느새 눈물이 가득 고여 있었다.

아빠가 너무 보고 싶어요.

입술만 움직여서 그렇게 중얼거리고 있자니, 선생님은 잔뜩 당황해서는 나와 교도소를 번갈아 바라보았다. 그리곤 이내 두 주먹을 꼭 쥐고 결연한 얼굴로 내 손을 잡았다.

그리고 당당하게 교도소 문을 두드렸다.

* * *

"하! 저 꼬맹이가 또…… 흠. 독방 죄수한테 면회라뇨. 안 됩니다."

교도관 아저씨의 시선은 선생님이 아니라, 내게 향해 있었다. 나는 시치미를 뚝 떼고 선생님의 손을 더욱 꼭 쥐었다.

"뭔가 잘못 알아들으셨군요. 면회가 아니라 면담입니다. 학부모 면담."

"예?"

선생님이 당당하게 꺼낸 학부모 면담이라는 말에, 교도관 아저씨가 잔뜩 당황한 얼굴로 뒤쪽을 쳐다보았다. 그곳엔 나를 7번 방에서 내쫓으라고 소리를 질렀던 무섭게 생긴 아저씨가 팔짱을 끼고 서 있었다.

"교도소가 그렇게 만만해 보입니까? 그 아이 아버지는……."

거기까지 말한 아저씨가 나를 바라보았다. 나는 얼른 고개를 흔들었다. 우리 아빠는 절대 나쁜 사람이 아니라고, 사람들이 잘못 알고 있는 거라고 소리치고 싶었다.

하지만 선생님은 아저씨의 서슬 퍼런 기세에도 살짝 움찔하기만 했을 뿐, 물러서지 않았다.

"저는 교사입니다. 예승이 아버님이 무슨 죄를 지으셨는지는 몰라도, 아이의 교육에 대한 상담을 하려면 담임인 제가 반드시 만나 뵙고 말씀을 드려야 합니다. 특히 예승이의 경우에는 부녀가 떨어져 지내니 더욱 면담이 필요한 거고요. 보안과장님, 제가 인권 침해니 뭐니 하는 말을 꺼내길 원하세요?"

 교도관 아저씨가 긴 신음을 흘리며 땀을 닦았다. 무섭게 생긴 아저씨도 말문이 막혔는지 한참을 침묵하다가 펜을 들었다.

 아저씨가 할 수 없이 사인을 한 건, 우리의 면회 허가서였다.

"선생님 고맙습니다."

 나는 잊지 않고 선생님한테 감사의 인사를 했다. 면회실에 오자마자 선생님은 나를 꼭 안아주었는데, 얼마나 긴장했는지 선생님의 손바닥이 차가운 땀으로 축축했다. 우리는 마주 보고 웃었다.

 아빠를 기다리는 시간은 언제나 길게 느껴졌다. 이번은 더 했다. 나는 투명한 칸막이 너머를 하염없이 바라보았다. 잠시 후, 문이 열리며 아빠가 들어왔다.

 눈 밑이 퀭했다. 머리는 산발이고 얼굴색도 시커멓게 변해 있었다. 또 누군가에게 맞았는지 여기저기 상처도 많았다. 나는 칸막이에 달라붙어 아빠, 하고 소리 질렀다.

 아빠는 나를 보고 환하게 웃었다.

 아빠가 늘 웃는 웃음이었다. 해바라기처럼 커다란 웃음이었다. 나는 눈에 고이는 눈물을 흘리지 않으려고 애쓰며 아빠를 따라 웃었다.

선생님은 아빠가 나타난 순간 의자에서 벌떡 일어나 정중하게 머리를 숙였다. 아빠도 선생님을 보더니 두 손을 배꼽에 모으고 넙죽 인사를 했다. 침묵이 흘렀다. 둘 다 허리를 들지 않아서 한참을 그렇게 인사만 했다. 내가 끼어들고야 간신히 얼굴을 마주할 수 있었다.

"처, 처음 뵙겠습니다. 저…… 저는 예승이 담임입니다."
"처, 처음 뵙겠습니다. 저…… 저는 예승이 아빠입니다."

잔뜩 긴장한 선생님의 인사를 아빠가 그대로 따라하자, 선생님의 입가에 피식 웃음기가 떠올랐다. 아빠가 선생님을 따라서 웃고, 나는 아빠를 따라서 웃었다. 우리를 감시하기 위해 면회실에 들어와 있던 교도관 아저씨의 입에서도 피식 바람 빠지는 소리가 났다.

선생님이 먼저 아빠에게 말을 걸었다.

"별일 아니고요. 그냥 학부모 상담이에요. 예승이 학교 잘 다니고 있다고……. 아참! 예승이가 노래를 잘한대요. 그래서 합창부에선 솔로, 그러니까 맨 앞에서 혼자 노래시키려고요."

"허엉! 예승이 노래 잘합니다!"

선생님이 내 칭찬을 할수록 아빠의 얼굴에 웃음꽃이 피었다. 아빠는 온몸을 배배 꼬며 마구 좋아하더니 더듬더듬 내 자랑을 하기 시작했다.

"우리 예승이 많이 똑똑합니다. 가나다라마바사…….

ABCDE……. 뭐더라? E…… E…….."
 아빠가 E 다음 알파벳을 떠올리지 못하고 머뭇거렸다. 나는 생글생글 웃으며 아빠에게 소리쳤다.
 "에푸!"
 "맞다!"
 아빠가 타악, 자신의 허벅지를 쳤다.
 "에푸! 에푸……. 허엉!"
 선생님이 소리 내어 웃었다.
 "아하하! 맞아요. 예승이는 다 알아요. 우리 반에서 예승이가 제일 똑똑하고 얼굴도 예쁘고, 인기도 제일 많아요!"
 "허엉!"
 아빠가 엉덩이를 들썩이며 크게 웃었다. 나는 선생님이 그냥 해주는 말이라는 걸 알면서도, 잔뜩 신이 나서 폴짝폴짝 뛰었다. 아빠가 세상에서 제일 기뻐하는 것이 누군가가 나를 칭찬하는 일이었기 때문에, 선생님이 나를 치켜세워 주자 우리는 둘 다 참을 수 없는 기쁨에 들썩거렸다.
 "들었지? 아빠, 나 괜찮아. 선생님도 친구들도 다 좋아해. 보육원도…… 괜찮아! 그러니까 걱정하지 마?"
 "허엉! 예승이도 아빠 걱정하지 마! 아빠, 밥도 잘 먹고…… 잠도 잘 자고……."
 면담이라고는 했지만 대화는 나와 아빠의 몫이었다. 천사 같은 선생님은, 중간에 몇 번 맞장구치기만 할 뿐이었다. 우리는 서로의 안부를 묻고 답하느라 무척 바빴다. 나는 학교에서 있었던 일이며, 새로 배운 것, 그리고 지난밤에 꾸었던 꿈 얘기까지 하나도 빼놓지 않고 아빠에게 말해주기 위해 쉴 새 없이 조잘거렸다.

아빠도 마찬가지였다. 아빠는 특히 7번 방 삼촌들이 모두 잘 있다는 것을 내게 알려주려 애썼다.

행복한 시간에는 시계가 빨리 돌아가는 마법에라도 걸린 것인지, 우리의 대화가 길어질수록 한쪽에 앉아 있던 교도관 아저씨가 시계를 바라보는 횟수도 잦아졌다. 면회 시간은 이미 오래 전에 훌쩍 넘어갔고, 이제는 정말로 헤어져야 할 시간이 왔다.

아빠는 그 와중에도 7번 방 삼촌들의 안부를 내게 전해주느라 더듬더듬 말을 잇고 있었다.

"방장 삼촌이랑…… 어……, 서씨 할아버지랑…… 어……."
"춘호 삼촌."
"어엉! 흐흐흐……. 봉식이 삼촌, 또……."
"만범이 삼촌."
"어, 맞아 맞아!"

아빠가 짝짝 박수를 치다가 선생님을 바라보며 헤벌쭉 웃었다.

"우리 예승이, 엄마 닮아서 똑똑합니다. 어허헝!"
"네, 정말 똑똑해요."

선생님도 흐뭇한 얼굴로 연신 고개를 끄덕였다.
"나도 안부 전해줘, 아빠."
나는 까치발을 든 채 깡충깡충 뛰면서 아빠에게 말했다. 아빠가 얼른 고개를 끄덕이며 다시 한 번 7번 방 삼촌들을 나열하기 시작했다.
"어! 안부 전해줄 거야. 꼭! 그리고 방장 삼촌이 예승이……."
그때 안절부절못하며 기다리던 교도관 아저씨가 이제는 도저히 안 되겠다는 듯 아빠의 어깨를 두드리며 마이크 스위치를 꺼버렸다.
갑자기 아무 소리도 들리지 않았다. 나는 칸막이 앞에 바짝 달라붙어 아빠를 바라보았다. 아빠도 당황해서 어쩔 줄을 모르더니 내 앞으로 다가와 고래고래 소리를 지르기 시작했다.
"예승이, 말랐어! 밥 많이. 많이 먹어야 돼!"
아빠 목소리가 너무나 멀게 들렸다. 나는 유리에 귀를 가져다 대고 세차게 고개를 끄덕인 뒤, 아빠가 들을 수 있도록 최대한 큰 소리로 외쳤다.
"아빠도 말랐어! 밥 많이 먹어!"
"어!"
이제 마이크는 필요 없었다. 아빠는 애타는 얼굴로 투명한 칸막이 앞에서 내 손이 놓인 자리를 긁으며 고래고래 소리를 질렀다.

"예승이 또 와! 아빠 보러 또 와!"
"응! 예승이 또 올게!"

약속. 아빠가 새끼손가락을 내밀었다. 나도 내밀었다. 하지만 칸막이가 우리 사이를 막고 있어 손가락을 걸고 약속을 할 수는 없었다. 그래도 나는 최대한 아빠의 손에 가까이 다가가서 손을 쥐었다가 폈다.

"이제 그만하고 갑시다!"

교도관 아저씨가 아빠를 끌어내기 시작했다. 나는 계속해서 아빠를 부르며 그 모습을 하염없이 바라보았다.

"아빠…… 아빠! 아빠아!"

면회실 밖으로 끌려 나가는 마지막 순간까지 아빠도 나만을 바라보고 있었다. 선생님이 다가와 나를 꼭 안아주었다. 나는 아빠가 문 밖으로 사라진 뒤, 그제야 엉엉 울음을 터뜨렸다. 선생님의 품에 안겨서 숨이 넘어갈 듯 울었다.

이제 또 언제 아빠를 볼 수 있을지 몰랐기 때문에.

8. 금방 올게요

 모두 잘 지내고 있다는 용구의 말과는 달리, 7번 방 식구들은 잘 못 지내고 있었다. 그들은 예승이를 숨긴 죄에 대한 대가를 톡톡히 치러야 했다. 예승이가 보육원으로 돌아간 지 벌써 일주일이란 시간이 지났는데도, 7번 방 사람들은 틈만 나면 교도소 복도에 무릎을 꿇고 앉아 양손을 머리 위로 올리고 있어야만 했다.
 그들 때문에 난데없는 검방에 시달려야 했던 다른 재소자들이 지나가면서 한마디씩 핀잔을 던졌다.
 "여가 진짜 학교도 아니고, 우리가 꼭 이렇게 벌을 서야겠소?"

만범이 쪽팔려 미치겠다는 얼굴로 꿍얼거렸다. 방장은 아예 눈을 감고 있었다.

"미리 자수했으면 됐잖아요! 이제 어쩔 거야? 나 특사로 못 나가면 우리 애 돌잔치는 누가 해주냐구! 아이구, 내 새끼……."

봉식의 투덜거림도 멈추질 않았다. 그는 일주일째 똑같은 레퍼토리로 방장을 괴롭히고 있었다. 눈을 감고 있던 방장의 눈썹이 인내심의 한계를 느끼고 꿈틀 움직이는데, 때마침 그들을 감시하고 있던 정 교도관의 불호령이 떨어졌다.

"조용히 안 해?"

봉식이 불만 어린 눈으로 입을 꾹 다물었다. 하지만 만범은 무섭지도 않은지 다시 입을 열었다.

"뭐, 사형이야 당하겠어요? 그쵸?"

"방 안 깨는 걸 보니까 뭉개다가 넘어갈 수도 있습니다……."

춘호도 고개를 끄덕이며 말했다. 그러자 방장이 두 눈을 번쩍 뜨고 이를 갈았다.

"넌 조용히 해, 인마! 우리가 맘먹고 확 불어버리면 교도관 몇 놈 모가지 팍팍 날라 가는데 별수 있어? 이렇게 되면 이판사판이야."

그렇게 말하며 방장은 머리 위로 들고 있던 손을 슬쩍 무릎 위에 올렸다. 춘호도 따라서 손을 내리며 중얼거렸다.

"어차피 간수들하고 한 배 탄 거야. 적과의 동침, 공조 혐의……."

"이야, 역시 사람은 배워야 쓴당께? 공조 혐의! 안정감이 팍! 오네!"

만범도 은근슬쩍 손을 내렸다.

"예승 애비는…… 독방에서 언제 나오는 거여?"

마지막으로 서 노인까지 눈치를 보며 아픈 팔을 다리에 얹었다. 그때였다. 봐주는가 싶었던 정 교도관이 짜증을 버럭 내며 소리 질렀다.

"손 안 올려?"

7방 사람들은 맞춘 듯 동시에 손을 번쩍 들었다.

그래도 그들은 조금 나은 상황이었다. 용구는 대부분의 혐의를 뒤집어쓰고 독방에 수감되어 있었다. 축축한 독방 안에 웅크려 누운 채로 용구는 예승을 떠올렸다.

"예승아……."

노래도 잘하고, 인기도 제일 많고, 아빠인 용구보다도 훨씬 똑똑한 예승이. 담임 선생님이 찾아와 했던 말을 하나도 잊어버리지 않고 그대로 기억하고 있는 용구는, 예승이의 장점을 하나하나 중얼거리며 눈을 감았다. 꿈속에서라도 만나고 싶어 억지로 잠을 청했다. 간신히 잠에 든 용구의 얼굴엔 아련한 미소가 떠올라 있었다.

* * *

'예승이, 말랐어! 밥 많이. 많이 먹어야 돼!'

'아빠도 말랐어! 밥 많이 먹어!'

민환은 자신의 사무실 의자에 앉아 용구와 예승의 마지막 대화를 되뇌었다. 면회실이 떠나가라 간절하게 소리 지르던 용구와, 아빠를 걱정시키지 않으려고 계속해서 웃기만 하던 어린 예승이의 얼굴.

그들의 대화가 낯이 익은 것은 그의 아들 진욱이 살아 있을 때, 민환이 진욱과 나누던 대화와 닮아 있기 때문일 것이다.

민환은 책상 위에 놓여 있는 사진을 바라보았다. 사진 속에서 환하게 웃고 있는 아들 진욱을 보면서 민환은 조용히 중얼거렸다.

"아들…… 많이 말랐어. 밥 많이 많이 먹어야 돼. 아빠두…… 밥…… 많이 먹을게."

사진 속의 진욱이 꼭 대답을 해줄 것만 같아서 민환은 쓴웃음을 지었다. 하지만 사무실은 공허한 침묵에 휩싸여 있을 뿐이었다.

그가 사진 속 진욱의 얼굴을 손가락으로 쓰다듬다 조용히 눈을 감았을 때였다.

퍼엉!

어디선가 엄청난 폭발음이 들렸다. 동시에 요란한 비상 사이렌이 울리기 시작했다. 민환은 감았던 눈을 번쩍 뜨고 자리에서 일어났다. 때마침 김 교도관이 보안과장실의 문을 급하게 열고 뛰어 들어왔다.

"과장님! 불입니다! 빠박이 놈이……."

"뭐?"

김 교도관의 보고를 듣고 달려간 주방 부근의 복도는 이미 검은 연기로 뒤덮여 있었다.

그 가운데 빠박이가 어디서 구했는지 모를 커다란 신나 통을 들고 여기저기 뿌리며 고함을 질러대고 있었다. 사방엔 그를 제압하려는 교도관들과 우왕좌왕하는 다른 재소자들로 혼란스러운 상태였다.

"우리 아부지 데리고 와! 이 씨바닥들아!"

빠박이가 그렇게 외치며 신나를 뿌릴 때마다 불길이 확 일어나며 벽과 천장을 타고 번져나갔다.

정신을 차린 몇몇 교도관이 소화기를 들고 불길을 잡으려 했지만 주방에서 다시 한 번 폭발이 일어나는 바람에 모두 비명을 지르며 물러설 수밖에 없었다.

문제는 빠박이만이 아니었다. 방에 갇혀 있는 재소자들도 스며든 연기에 나 죽는다며 철창을 밥그릇으로 치며 난동을 부리고 있었다.

"사람 살려!"

"빨리 열어줘! 우릴 다 죽일 셈이야!"

검은 연기는 용구가 있는 독방 안으로도 스며들었다. 용구는 조그만 창에 얼굴을 대고 두려운 표정으로 바깥을 내다보았다.

"수용자들 모두 운동장으로 내보내!"

민환의 외침에 교도관들은 각 방의 문을 열고, 재소자들을 밖으로 내보내기 시작했다. 복도로 쏟아져 나온 재소자들은 교도관의 감시를 받으며 운동장으로 빠르게 달려 나갔다.

"허리 숙여!"

"운동장으로 가!"

복도는 삽시간에 곤봉을 휘두르며 재소자들을 통제하는 교도관들의 고함 소리로 시끄러워졌다.

독방의 문도 열렸다. 용구는 심하게 기침을 하며, 밖으로 튀어나와 아직 나가지 못한 재소자들 사이에 휩쓸려 중앙 복도로 향했다.

그때까지도 빠박이는 반쯤 남은 신나 통을 들고 교도관들과 경비대원들을 위협하는 중이었다. 녀석은 마치 이대로 죽으려는 것 같았다. 민환은 다른 이들을 모두 내보내고 혼자서 빠박이와 대치하고 섰다.

"그거 내려놔! 이게 무슨 짓이야! 죽고 싶어?"

"우리 아부지 왜 면회 안 와! 니들이 막았지? 막았지? 씨바닥들아!"

그렇게 소리치며 빠박이가 신나 통을 휘두르자 민환이 팔로 얼굴을 보호하며 외쳤다.

"야! 그거 놔! 너네 아버지 불러줄게. 그거 내려놔!"

"……정말?"

민환의 말에 빠박이가 잠시 행동을 멈추고 눈을 깜박였다. 그러나 그것도 잠시.

"조까! 나 고아야!"

그 황당한 말을 외치곤 빠박이는 신나 통을 민환에게 던졌다. 그리고 불길이 번진 관구실 안으로 뛰어 들어가 문을 잠가버렸다.

"저, 저게 죽으려고 작정을 했나!"

아무리 죄수라도 눈앞에서 죽게 내버려 둘 수는 없었다. 민환은 소화전 옆에 붙은 도끼를 꺼내 들고 관구실 문을 내리쳤다. 한 번, 두 번, 세 번을 내리치니 겨우 조그마한 틈이 생겼다. 그는 틈새를 발로 차 문을 부수고 연기를 헤치며 안으로 달려 들어갔다.

"……어?"

중앙 복도에서 운동장 쪽으로 뛰쳐나가려던 용구가 관구실로 들어가는 민환을 본 것은 그때였다. 용구는 걸음을 멈추고 그쪽을 멍하니 바라보았다. 민환이 들어간 지 얼마 되지 않아 우지끈 하는 소리가 들리더니, 불타는 천장이 관구실 출입문을 가로막아 버렸다.

깜짝 놀란 용구가 두 눈을 부릅떴다.

"어! 어?"

손가락으로 민환이 갇힌 관구실을 가리키며 소리쳤지만 아무도 용구의 말을 들어주지 않았다. 교도관들조차 주위가 소란스러워 정신을 차리지 못하고 있었다.

 결국 용구는 달리기 시작했다.

 관구실 안에서 민환은 사투를 벌였다. 그는 밖으로 나가기 위해, 불타는 잔해를 발로 차기도 하고 온몸으로 밀기도 하는 등 갖은 수를 쓰고 있었다. 그러나 몸을 움직이면 움직일수록 유독 가스에 숨이 막혔다. 민환보다 먼저 관구실로 뛰어든 빠박이는 이미 바닥에 쓰러져 의식이 없었다.

 "여기! 사람 있어요! 사람 있어요!"

 용구는 관구실 밖에서 발을 동동 구르고 있었다. 몇몇 재소자들이 용구를 밀치며 복도를 뛰어 지나갔지만 용구는 움직일 수 없었다.

 "불…… 났어요. 사람…… 있어요."

 용구는 전에도 이런 일을 겪은 적이 있었다. 항상 웃기만 하는 이용구의 짧은 생애에서 가장 아프고 슬픈 기억이었다.

 시작은 그저 시뻘건 불이었다. 왜 그런 일이 일어났는지는 장애가 있는 용구로서는 알 길이 없었다. 사람들이 화재 원인이 어떻다는 둥 말을 했지만, 어려운 말이 많아 알아들을 수조차 없었다. 그저 그의 집을 집어삼킨 커다란 불과 그 안에 있는 소중한 사람들.

 그날 외출하고 돌아온 용구의 눈에 비친 것은 화마에 무너진 집 안에서 자지러질 듯 울고 있는 어린 예승과 그 옆에 쓰러진 아내의 모습이었다.

용구는 다짜고짜 집 안으로 뛰어 들어가려고 했다. 하지만 누군가, 아마도 이웃이나 소방관으로 보이는 사람들이 그를 붙잡아 말렸다. 용구는 크게 울부짖었다. 그렇게나 마음이 아플 수 있다는 걸 용구는 그때 처음 알았다.

용구는 초인적인 힘으로 사람들을 뿌리치고 불타는 집 안으로 달려들었다. 불이 붙은 문을 필사적으로 발로 차고 몸으로 밀었다. 상처 같은 건 두렵지 않았다. 예승을, 그리고 아내를 구해야 한다는 마음뿐이었다.

그리고 그때, 용구는 아픈 선택을 해야 했다. 쓰러진 아내와 울고 있는 예승, 둘 중에 누구를 먼저 구할 것인지.

용구는 망설임 없이 예승을 이불로 감싸 안은 채 밖으로 달렸다.

"그, 금방 올게요. 기다려요. 기다려요!"

쓰러진 아내에게 그 말만을 남겨둔 채.

하지만 용구가 움직이는 것과 동시에, 불타오른 지붕이 더 이상 버티지 못하고 무너졌다. 용구는 불길에 휩말려버렸다. 예승을 안고 정신을 잃어버린 것이다. 나중에 주인집 할머니를 통해 들으니, 소방관들이 무너진 잔해를 치우자 거기엔 이불에 싼 예승을 꼭 안은 채 웅크리고 있는 용구가 있었더랬다. 아버지의 품에서 아기 예승이가 곤하게 잠들어 있었다는 말도 들었다.

그리고 용구에게 찾아온 것은 아내가 하늘나라로 가버렸다는 소식이었다.

먼저 아내를 구하는 쪽이 좋았을까? 하지만 예승이를 보면 용구는 그때의 선택을 후회하지 못했다. 아니, 후회라는 것을 애초에 알지 못했다. 용구 생각에 그가 아내를 구하지 못한 것은 단지 더 빠르지 못했기 때문이었다. 더 필사적으로 구하려 하지 않았기 때문이었다. 그의 힘이 부족했던 탓이었다.

그때의 일을 떠올린 탓에 용구의 눈에서 뜨거운 눈물이 줄줄 흘러내렸다.

"안 돼! 안 돼!"

용구는 울면서 더더욱 불길이 무섭게 타오르는 관구실 쪽으로 다가갔다. 그리고는 뜨거운 불길에도 아랑곳하지 않고, 관구실 입구를 막고 있는 불붙은 잔해들을 발로 차고 또 찼다.

멀리서 웅성거리고 있던 교도관과 재소자들의 시선이 일제히 용구에게 모여들었다. 교도관들은 불길에 가까이 갈 엄두도 내지 못하고 그저 용구를 바라보기만 했다.

몇 번이나 발로 차도 잔해 더미가 움직이질 않자, 용구는 아예 몸으로 부딪쳐 밀어내기 시작했다. 뜨거운 불길에 나동그라지고 화상을 입으면서도 그는 멈추지 않았다. 죄수복에 불이 붙어 여기저기에서 연기가 났다. 시뻘겋게 달아오른 살에서 피가 흘러내리기도 했다. 하지만 용구는 물러서지 않았다. 그의 모습에선 안에 있는 사람을 구해야 한다는 강렬한 사명감이 느껴졌다.

얼마나 시간이 흘렀을까. 불타는 잔해와 용구의 싸움은 결국 그의 승리로 끝났다. 연기와 먼지, 불길을 동반한 잔해들이 바닥으로 떨어져 내렸다. 두 손으로 얼굴을 가린 용구가 잔해를 밀쳐내고 관구실로 들어가니, 바닥에 쓰러져 있는 민환과 빠박이가 보였다.

용구는 우선 가까이에 있는 빠박이를 업고 밖으로 달려 나왔다. 잔해를 치우느라 가진 힘을 모두 소비한 탓에 몇 번이나 나동그라졌지만 용구는 오뚝이처럼 다시 일어나 관구실로 달려 들어갔다.

그러는 내내 용구는 울면서 하염없이 무언가를 중얼거리고 있었다.

"금방 올게요! 기다려요, 기다려요!"

아내에게 했던 말, 이루어지지 못한 약속으로 남은 말을 중얼거리며 그는 관구실 안으로 다시 뛰어들었다. 용구의 머릿속엔 이번에는 그 약속을 반드시 지켜야 한다는 생각뿐이었다.

용구는 축 늘어진 민환을 겨우 일으켜 세우고 등에 업었다. 후들거리는 팔다리에 필사적으로 힘을 주자 민환의 무게가 어깨와 허리에 실렸다. 용구는 그를 업고 겨우 발걸음을 떼어 관구실을 빠져나오기 시작했다.
 천장에서 우두둑거리는 소리가 났다. 다시 무너지려고 하는 것이다. 용구는 엉엉 울면서 온 힘을 다해 불길을 헤치며 달렸다.
 그리고 용구가 밖으로 나온 것과 거의 동시에 관구실 천장이 무너져 내렸다. 정말 간발의 차였다.
 기진맥진한 용구는 민환과 함께 그 자리에 쓰러져버렸다. 교도관들이 고함을 지르며 달려왔을 때는 두 사람 다 이미 의식을 잃은 상태였다.

* * *

 민환이 눈을 뜬 건 다음 날 오후였다. 흐릿한 시야에 낯익은 천장 무늬가 비쳤다. 그의 입엔 산소 호흡기가 씌워져 있었고, 화끈거리는 팔을 누군가 치료하는 느낌이 났다. 민환은 다시 눈을 감았다가 떴다. 폐 속 깊숙한 곳에서 기침이 터져 나왔다.
 "쿨럭! 쿨럭, 쿨럭!"
 "어휴, 이제 정신 드시나보네?"
 민환의 화상을 치료하고 있던 의사가 안도의 한숨을 쉬며 말을 걸었다. 그는 교도소의 의무실 직원 의사였다.
 "어떻게 된 거지……."

민환이 중얼거리자 의사가 피식 웃었다.

"뭐가 어떻게 돼요? 천만다행인 거지! 어버버버 아니었음 병풍 뒤에서 누워 있을 뻔했어요."

"누구?"

어버버버가 누군가 싶어 민환이 되묻자 의사가 턱짓으로 옆 침상을 가리켰다. 거기엔 여기저기 화상을 입은 용구가 드르렁 코를 골며 아기처럼 곤히 잠들어 있었다.

"이놈도 과장님 업고 오느라 가스 많이 마셨을 건데…… 눈물 콧물 흘려가면서 살려주세요, 살려주세요, 아주 난리도 아니었어요. 근데 이놈 진짜로 유괴범 맞아요? 지가 유괴된 게 아니고?"

의사가 어이없다는 듯 고개를 설레설레 저었다.

민환은 가만히 용구의 얼굴을 바라보았다. 용구는 세상 아무 걱정이 없는 갓난아이처럼 평화롭게 잠들어 있었다. 그가 자신을 구했다. 화마가 관구실을 집어삼켜, 그 누구도 다가오는 것조차 할 수 없는 상황이었다고 했다. 그런데 이용구가 앞뒤 가리지 않고 달려들었다. 그리고 목숨을 걸고 빠박이와 자신을 구해냈다.

민환의 머릿속에 교도소에서 용구가 보여주었던 행동들이 차례대로 떠올랐다. 모자라지만 착하고, 항상 웃는 얼굴로 먼저 인사하는 용구.

이제는 그도 인정할 수밖에 없었다. 이토록 바보같이 착한 이용구가 사람을, 그것도 어린아이를 죽였을 리가 없었다.
"이놈 뭐지……."
민환은 자신도 모르게 중얼거렸다.
생각의 방향을 틀자, 의심스러운 게 한두 개가 아니었다. 이용구는 지적 장애인이었고, 그의 성품은 미성년자 약취 유인 죄와 어울리지 않았다.
민환의 의문은 갈수록 커졌다. 그는 이번 김 교도관이 호송 차량으로 수용자를 인계받을 때, 같이 청사에 가보기로 했다. 청사의 박 반장에게 용구에 대해 물어보고 싶었던 것이다.
그리고 얼마 뒤, 민환은 박 반장을 만났다.
"생각해봐라. 그냥 경찰 딸도 아니고 청장 딸이 죽은 거야. 내무부 장관이 난리치면서 일주일 안에 사건 종결 못 하면 다 모가지라는데……."
청사로 들어서면서 박 반장이 중얼거렸다. 민환은 그 옆을 나란히 걸으며 박 반장의 말이 잦아들 타이밍에 입을 열었다.
"……이용구 진술서 좀 볼 수 있을까?"
박 반장이 한숨을 쉬며 그 자리에 멈춰 섰다.
"장 과장……."
걱정 어린 표정이 박 반장의 얼굴에 스쳤지만 민환의 결심은 변함이 없었다. 민환이 뜻을 굽히지 않을 거라는 걸 알자, 박 반장은 한숨만 푹푹 쉬어댔다.

"휴……."

결국 민환은 박 반장의 도움으로 강력반 형사계에서 이용구의 진술서를 살펴볼 수 있었다.

몇 장 되지도 않는 진술서에는 사건 당일의 정황이 마치 잘 짜인 각본처럼 정확하게 나타나 있었다. 심지어 글씨도 단정하고 사용하는 단어조차 명료했다. 조금만 길게 말하거나 어려운 단어를 사용하면 상대방의 말을 알아듣지 못하는 이용구의 진술서라고는 도저히 생각할 수가 없었다.

민환이 와락 얼굴을 구기며 물었다.

"이거 이용구 자필 진술서 맞아?"

박 반장이 머리를 긁적였다.

"내가 안 받아서 모르지만…… 맞겠지. 요즘 세상이 어떤 세상인데."

하지만 민환은 고개를 천천히 저으며 그의 말을 정면으로 부정했다.

"이용구는…… 이렇게 똑똑한 놈이 아니야. 이건 절대로 진짜 이용구의 진술서가 아니라고."

그 후, 민환의 시선은 줄곧 용구의 곁에 머물렀다.

더 이상 예승을 만나지 못하게 되자 용구는 하루하루가 사는 것 같지 않았다. 만사 의욕이 없어 그저 멍하니 시간만 죽일 뿐이었다. 하루가 다르게 초췌해지는 얼굴엔 여기저기 깎지 않은 수염이 듬성듬성 자라 있었다. 따갑다고 화를 내는 예승이가 없는데 수염은 깎아서 뭐 하나 싶어 그런 것이었다.

운동 시간이 와도 마찬가지였다. 용구는 남들처럼 달리기나 족구 같은 것엔 전혀 흥미가 없었다. 그저 볕이 잘 드는 곳에 쭈그리고 앉아 바닥에 글씨만 끼적일 뿐이었다.

"하루 한 번 햇빛 보는 건데 맨날 이렇게 쭈그리고 앉아 있으면 어떡해."

보다 못한 서 노인이 다가와 말하자 용구는 힘없이 고개를 숙였다.

"미안합니다……."

서 노인은 용구를 억지로 일으켜 세웠다.

"얼렁 일어나, 운동을 해야지……. 이러다가 쓰러져."

용구는 비척비척 서 노인의 뒤를 따라 운동장 한가운데로 향했다. 하지만 그를 따라 체조를 하기는커녕 풀 죽은 얼굴로 멍하니 서 있기만 했다.

민환은 먼 곳에서 용구를 지켜보고 있었다. 마음속은 답답하고, 머릿속은 복잡했다. 그가 내린 결론은, 이용구는 경찰청장의 딸을 폭행하고 살해하지 않았다는 쪽이었다. 그 진술서는 어떻게 봐도 날조된 것이 분명했다.

또 그 병이 도진 거냐고 묻던 박 반장의 말도 떠올랐다. 청사에 다녀왔을 때, 민환이 의문을 제기하자 박 반장은 답답해 미치겠다는 듯 가슴을 치며 민환을 설득하려 애썼다.

'그 새끼들한테 당해봤잖아! 죄수야 죄수! 오죽하면 교도

소에 들어가 있냐? 빵에 있는 새끼들 다 개새끼들이야! 구라 치는 새끼들!'

박 반장의 말대로 잊어버리려고 몇날 며칠을 애썼지만 잘 되질 않았다. 교도소에선 용구를 따라다니며 그를 지켜봤고, 집에 가면 그가 사실은 누명을 쓴 게 아닐까 하는 의심에 잠을 이루지 못했다.

민환은 재소자들의 운동 시간이 끝난 뒤, 용구가 앉았던 자리로 다가가 똑같은 자세로 쭈그리고 앉았다. 그러자 용구가 계속 끼적이던 것이 눈에 들어왔다.

이예승. 이예승. 예승이. 우리 예승이. 이용구 딸.

그것은 온통 예승이의 이름이었다.

가슴이 아팠다. 아들 진욱이 먼저 세상을 떠난 뒤, 시멘트처럼 단단하게 굳어져 뛰는 것 같지 않던 심장이 크게 울리며 아픔을 호소했다.

용구가 정성스레 적어 놓은 글씨를 하염없이 바라보며 멍하니 앉아 있는 민환에게, 김 교도관이 조심스레 다가와 귀에 대고 속삭였다.

"과장님, 이용구 딸 있잖아요. 지금…… 병원에 있답니다."
"뭐? ……병원?"

그 소식을 듣고 민환이 달려갔을 때, 예승이는 보육원 인근 병원의 응급실 침대에 누워 잠들어 있었다. 자그마한 팔에 두꺼운 주삿바늘로 연결된 링거를 꽂은 채 곤히 잠들어 있는 예승의 얼굴은, 교도소에 있는 용구와 마찬가지로 며칠 동안 눈에 띄게 상해 있었다.

민환을 보자마자 보육 교사가 인상을 찡그리며 말했다.

"뭘 먹지를 않아요. 이렇게 될 줄 알았다니까……."

아이를 달래서 먹일 생각은 하지 않고 그저 윽박질렀을 것이 분명한 모양새였다. 보육 교사는 짜증스레 고개를 저으며 민환에게 투덜거렸다.

"저희들도 이제 더 이상 보호해줄 수가 없어요. 규정상."

"어떤 규정이죠?"

화가 났다. 부모가 보살펴줄 수 없어 맡겨놓은 아이를 이런 식으로 다루다니. 민환은 억눌린 목소리로 화를 참으며 물었다. 보육 교사의 얼굴에 당혹한 빛이 떠올랐다.

"네? 아니 정부 지원금이 빡빡해서……. 아프리카는 많이 보낸다는데……."

"애가 먼저 아닙니까?"

"그래서 지방으로 알아보고는 있죠. 우리가……."

거기까지 말하던 보육 교사는 때마침 걸려온 전화를 받으며 자리를 피해버렸다. 민환은 답답한 심정으로 도망치듯 나가 버리는 보육 교사의 뒤통수를 바라보았다.

"애가 깨어나야 가죠! 나도 돌겠다니까?"

신경질을 내며 전화를 받는 소리가 닫힌 문 너머로도 선명하게 들려왔다. 보육원의 사정이야 민환이 어쩔 수 없는 일이었지만, 과연 저런 사람이 보육 교사라고 근무하는 곳에서 아이들이 제대로 보살핌을 받을 수 있을지 의문이었다.

민환은 침대에 누워 있는 예승이를 물끄러미 바라보았다. 작고 여윈 손에 너무나 커다란 주삿바늘이 꽂혀 있었다. 고작 여덟 살, 울고 보채고 떼를 써도 모자랄 나이에 온통 교도소에 있는 아빠 걱정으로 밤을 지새웠을 아이.

안쓰러웠다. 민환은 자신도 모르게 예승이의 작은 팔을 쓰다듬었다. 그런데 그때 예승이가 눈꺼풀을 들어 올렸다.

"아저씨……."

예승이는 민환을 알아보고 힘없는 목소리로 속삭였다. 민환은 그저 아무 대답 없이 예승이를 내려다보기만 했다. 문득 예승이의 눈에서 눈물이 또르르 흘러내렸다.

"제가…… 괜히 사달라고 했나봐요. 세일러 문 가방……."

한번 흐르기 시작한 눈물은 금세 베갯잇을 적실 정도로 쉴 새 없이 솟아올랐다.

"괜히 사달라고 그랬어요. 그냥 있었으면…… 우리 아빠…… 안 잡혀 갔잖아요. ……아저씨, 죄송해요."

용구를 잡아 가둔 건 민환이 아니었지만, 예승이는 그저 그가 용구를 풀어주길 바랐다. 재판이나 법 같은 건 잘 몰랐다. 그냥 울고 매달리는 것밖에 할 수가 없어서, 민환의 팔을 붙들고 계속해서 잘못했다고 중얼거렸다. 그 모습을 바라보는 민환의 마음도 찢어질 듯 아팠다. 이 아이에게 뭐라고 말해야 좋을지, 그도 알 수가 없었다.

"아저씨, 저도 잘못했으니까…… 그냥 저도 같이 잡아 가시면 안 돼요? 네? 아빠랑 같이 있게요."

더 이상 예승이를 볼 자신이 없어, 민환은 예승이가 잡은 손을 살짝 떨쳐냈다. 그리곤 조용히 병실 밖으로 나가고 말았다.

남겨진 예승이는 멍하니 민환이 나간 문을 쳐다보다 눈을 감았다.

교도소로 돌아오는 내내, 민환은 가슴을 가득 채운 착잡함에 어찌할 바를 몰랐다. 조수석에 앉아 대쉬 보드 위에 놓인 아들 진욱의 사진을 물끄러미 바라보았다. 사진 속의 진욱은 마치 용구를 바라보던 예승이처럼 환하게 웃고 있었다.

"후우……."

민환이 깊이 한숨을 쉬자 운전하고 있던 김 교도관이 슬쩍 이쪽을 바라보았다. 민환은 혼잣말을 하듯 조용히 중얼거렸다.

"진욱이 살아 있으면 저 정도 나이 됐겠지?"

김 교도관의 대답은 한 템포 늦게 돌아왔다. 그는 민환의 눈치를 살피며 조심스레 대답했다.

"솔직히 아까 그 애 보는데…… 진욱이 생각이 나더라고요. 한번 데리고 오셨잖아요. 어린이날에……."

"그랬나? 기억이 안 나."

"제가 진욱이 사탕 사줬거든요. 그랬더니 하나 더 사달라는 거예요. 아빠 준다고……."

김 교도관의 입가에 피식 웃음이 걸렸다.

"엄청 귀여웠는데……."

거기까지 말하던 김 교도관이 황급히 입을 다물었다. 아버지 앞에서 죽은 아이의 이야기를 해서 뭘 하겠는가. 괜스레 민환의 아픈 상처만 헤집을 뿐이라는 걸 뒤늦게 깨닫고, 그는 침묵했다. 하지만 민환의 머릿속은 다른 생각으로 꽉 차 있었다.

예승이에겐 용구가 필요했다. 용구에게도 예승이가 필요했다. 민환은 병실에 누워 울먹이던 예승이와, 끈 떨어진 인형처럼 삶에 의욕이 없는 용구를 떠올렸다.

그리고 불현듯 입을 열었다.

"소장님 연수가 오늘부턴가?"

"예에?"

김 교도관이 깜짝 놀라 고개를 돌렸다. 민환은 창밖 먼 곳을 바라보고 있었다.

* * *

교도소는 무료하다. 워낙 할 게 없으니 아무리 시시한 이야기라도 하게 되어 있고, 아무리 시시한 게임이라도 열광적으로 참여하게 된다. 7번 방 사람들도 마찬가지였다.

이날의 게임은 끝말잇기였다. 참여하지 않는 건 서 노인과 용구뿐이었다. 처음엔 뭐 그런 유치한 걸 하냐며 비웃던 방장과 춘호도 어느새 열정적으로 머리를 굴리고 있었다. 그냥 하면 재미가 없지 않겠냐는 만범의 제안에 모두 아껴놓았던 담배를 하나씩 꺼내 들기까지 했다.

다리를 달달 떨며 어떤 단어가 획기적으로 끝말이 어렵나 생각하던 방장이 문득 용구를 돌아보았다. 용구는 옆으로 웅크려 누운 채 예승이가 그려놓은 세일러 문 그림을 바라보고 있었다.

"에이, 씨!"

그 모습이 못내 마음에 걸려, 방장은 억지로 용구를 일으켜 앉혔다. 참가하는 게 싫으면 심판이라도 보라고 윽박질렀다. 용구는 하는 수 없이 방장의 옆자리에 끼어 앉았다.

손재주 좋은 만범이 재빨리 신문지로 왕관을 만들어 용구의 머리에 씌웠다. 심판이라는 표시였다. 모두가 지켜보는 가운데 용구가 손을 들었다.

"시이작……."

세상에서 가장 힘없는 시작 구령이었다.

"히로뽕!"

방장이 담배 한 개비를 꺼내 가운데로 던지며 첫 단어를 내뱉었다. 다음은 춘호 차례였다. 춘호는 잠시 고민하다가 말을 이었다.
"뽕…… 브라!"
봉식이 즉시 소리쳤다.
"라와바리!"
봉식의 대답에 만범이 혀를 끌끌 찼다.
"에이, 라와바리는 뭐시어요."
"두음 법칙. 몰라?"
춘호가 아는 척하며 봉식을 두둔하자 말문이 막힌 만범이 투덜거렸다.
"음마……, 학벌 있다 이거요?"
그러던 만범은 잠시 뭔가를 생각하는 척하다가 순식간에 한 단어를 내뱉었다.
"리발사!"
"학습 태도 좋고!"
춘호가 무릎을 탁 치며 박자 맞춰 말했다.
"사, 사사사…… 사시미!"
방장이 전직 건달다운 단어를 골라 말했을 때였다. 순찰 시간도 아닌데 누군가 곤봉으로 창문을 두드렸다. 김 교도관이었다. 잔뜩 당황한 봉식이 방 한가운데 깔려 있는 담배 위에 벌렁 드러누웠다.
"끝말잇기, 나도 좀 합시다."
김 교도관이 천연덕스럽게 말했다. 이게 무슨 소리냐며 모두가 떨떠름한 얼굴로 서로를 보는데, 만범이 습관처럼 물었다.

"동기 부여 차원에서 뭐 거실 건디?"

"음, 뭘 걸지? 음…… 이건 어때요?"

잠시 고민하던 김 교도관이 문 밖에서 웬 어린애를 번쩍 들어 모두에게 보여주었다. 예승이었다. 7번 방 사람들은 너무 놀란 나머지 아무 말도 못 한 채 입만 쩍 벌렸다.

끝말잇기에 관심이 없었던 용구는 무심코 철창을 돌아보다가 예승이를 발견했다. 김 교도관의 품에 안겨, 예승이가 용구를 향해 활짝 웃고 있었다. 용구는 이게 꿈인가 싶어 벌떡 일어나 문으로 뛰어갔다.

기쁨에 겨운 용구가 소리를 지르려 하자, 예승이가 얼른 손가락을 들어 입가에 가져다 대고 조용히 하라는 손짓을 했다.

"쉬!"

꿈이 아니었다. 거기 있는 것은 틀림없는 진짜 예승이었다. 용구는 너무 좋아 터져 나오려는 비명을 양손으로 입을 막아 삼켰다.

흐뭇한 얼굴의 김 교도관이 방문을 열자 예승이가 용구에게 달려가 안겼다. 용구는 예승이를 끌어안고 소리도 내지 못한 채 방방 뛰었다. 예승이도 마찬가지였다. 용구의 품에 얼굴을 묻고 폴짝폴짝 뛰었다.

7번 방 사람들은 황당하다는 얼굴로 김 교도관을 바라보았다.

"비밀이에요. 소장님 연수 끝날 때까지……. 그리고 양호 씨, 음……."

낮은 목소리로 속삭이던 김 교도관이 방장을 바라보았다. 그리고 슬쩍 눈짓을 보냈다. 아직까지 입을 쩍 벌리고 앉아 있던 방장은 김 교도관이 하려는 말을 단번에 알아듣고 크게 고개를 끄덕였다.

"알았어. 다른 방 놈들 입단속은 걱정 마시고!"

그제야 모두의 입가에 함박웃음이 걸렸다. 7번 방 사람들은 두 부녀와 마찬가지로 소리도 지르지 못하고 조용히 기뻐 날뛰었다. 그때, 돌아가려던 김 교도관의 눈에 방바닥에 널브러져 있는 담배들이 보였다.

"이거 뭡니까? 압수합니다."

하지만 방장은 그쪽은 거들떠보지도 않고 예승이와 하이파이브를 하며 소리쳤다.

"야, 줘버려, 줘."

모두가 예승이를 끌어안았다. 7번 방 사람들은 한 덩어리가 되어 기뻐 날뛰었다. 비록 입만 벌리고 소리는 내지 못하는 상황이었지만 그래도 충분히 기뻤다. 그 광경을 바라보는 김 교도관의 얼굴에도 감출 수 없는 흐뭇함이 드러나 있었다.

그날 밤, 용구는 김 교도관에게 특별히 부탁해 그동안 아껴왔던 과자와 빵을 모두 모아 들고 방 밖으로 나왔다. 수척하던 용구의 얼굴은 예승이를 만나자마자 언제 그랬냐는 듯 싱글벙글 웃고 있었다.

 용구가 향하는 곳은 보안과장 사무실이었다. 김 교도관에게 예승이가 방에 들어오도록 허락해준 것이 보안과장 민환이라는 사실을 전해들은 용구는, 어떻게든 고맙다는 인사를 하고 싶었다. 하지만 용구가 감옥에서 그에게 줄 거라곤 언젠가 방장이 예승이를 데려와 주면 그때 함께 먹으려고 모아뒀던 간식밖에 없었다.

 사동 철문을 열어주며 같이 걸어가던 김 교도관이 그 모습을 슬쩍 보곤 웃으며 말했다.

 "과장님은 과자 안 좋아해요. 술 좋아하지."

 그 말에 용구의 낯빛이 변했다. 용구는 자신이 끌어안은 과자를 한번 내려다보곤 난감한 표정으로 김 교도관을 올려다보았다.

 "그럼 방장 형님께 구해달라고 하겠습니다."

 "아이구! 농담이에요, 농담!"

 겁 없는 용구의 말에 김 교도관은 폭소를 터뜨리며 손사래를 쳤다.

 보안과장 사무실 앞에 도착한 후, 김 교도관이 먼저 노크를 했다. 응답이 없자 김 교도관은 슬쩍 문을 열어 안을 살폈다. 방 안에는 아무도 없었다.

 "관구실 가셨나? 잠깐 앉아계세요."

8. 금방 올게요 | 189

김 교도관은 사무실 안에 용구만 내버려 둔 채 밖으로 나갔다. 용구는 과자를 들고 엉거주춤 서 있다가 민환의 책상 위에 놓여 있는 사진 액자를 보았다. 슬그머니 다가가보니 민환의 아내와 아들로 추정되는 아이가 환하게 웃고 있었다. 용구는 사진을 물끄러미 바라보다가, 액자 유리가 먼지와 지문으로 더럽혀져 있는 것을 보고는 과자를 내려놓고 액자를 들어 자신의 옷소매로 야무지게 닦았다.

민환이 방으로 돌아온 것은 그때였다. 용구가 아들의 사진을 들고 있는 것을 보고, 민환이 버럭 소리쳤다.

"뭐 하는 거야, 지금?"

"안녕하세요."

민환을 보고 용구가 넙죽 허리를 굽혀 인사했지만 민환은 여전히 서늘한 눈으로 그를 노려볼 뿐이었다.

"사진 안 내려놔?"

용구가 겁을 먹고 덜덜 떨면서 액자를 책상 위에 올려놓았다.

"과자…… 드리고 싶어서……."

"당신 좋으라고 예승이 보낸 거 아니야. 나가."

용구는 어쩔 줄 몰라 민환을 멀뚱히 바라보았다. 민환이 다시 버럭 소리쳤다.

"나가라고!"

"아, 안녕히 계세요……."

용구는 할 수 없이 민환에게 배꼽인사를 하고 물러났다. 용구가 밖으로 나가고 가볍게 문 닫히는 소리가 나자 민환은 무너지듯 자리에 앉았다. 책상이 흔들리면서 과자 봉지 부스럭거리는 소리가 났다.

민환은 용구가 놓고 간 간식을 물끄러미 바라보았다.

*   *   *

용구가 자리를 비운 사이, 7번 방 안에서도 한차례 해프닝이 일어났다. 7번 방 사람들은 예승이를 가운데 놓고 빙 둘러 앉아 간만의 행복한 기분을 만끽하고 있었다.

"가만 있어보자. 우리 예승이. 빵에 들어온 기념으로 뭐 해줄까?"

감옥에 들어온 것이 뭐 좋은 일이라고 방장이 책상다리를 하고 앉아 그렇게 물은 것이 사건의 발단이었다. 예승이는 잠시 생각하다가 가방에서 동화책을 꺼내 방장에게 내밀었다.

"동화책 읽어주세요."

방장은 무척이나 당황했다.

"응?"

"방장 삼촌이 목소리가 젤루 좋잖아요. 읽어주세요."

예승이가 콕 집어서 그를 지목한 데다 목소리가 좋다고 추켜세우니, 방장은 얼떨결에 동화책을 받아 들 수밖에 없었다. 하지만 첫 장을 펼친 채 식은땀만 뻘뻘 흘리고 있을 뿐, 입을 열 기미가 보이지 않았다. 방장은 예승이와 다른 식구들의 눈치를 슬슬 보다가 어렵사리 입을 뗐다.
"에……, 그러니까…… 음."
그는 사실 까막눈이었다. 지금까진 어떻게든 그 사실을 잘 숨겨왔는데 갑자기 위기가 닥친 것이다. 방장이 동화책을 든 채 어쩔 줄을 모르고 있자, 예승이가 의아한 얼굴로 고개를 갸웃했다.
그때 춘호가 슬쩍 끼어들어 말했다.
"형님. 책 거꾸로 드셨는데?"
"응? 음……."
우물거리던 방장이 눈치를 보며 얼른 책을 바로 들었다.
"나비야, 음…… 그러니까 나비야……."
춘호가 우물쭈물하는 그를 이상한 눈으로 바라보더니 슬쩍 물었다.
"형님?"
"어?"
"혹시…… 까막눈이셔요?"
"아이 씨!"
방장은 얼굴이 새빨개져서는 들고 있던 동화책을 바닥에 내동댕이쳤다. 지금까지 어떻게 감춰왔는데, 이깟 동화책 때문에 들통이 나다니! 방장은 창피하기도 하고 화가 나기도 해서 등을 돌린 채 고개를 푹 수그렸다.

결국 동화책을 읽어주는 역할은 서 노인의 몫으로 돌아갔다. 예승이를 무릎에 앉히고 서 노인이 동화책을 읽어주자 다들 편안한 자세로 누워 귀를 기울였다. 단 한 사람, 방장만이 심술 맞게 돌아누운 채 구시렁거렸다.

"추운 겨울, 알에서 깨어난 나비가 여행을 떠났어요."
"겨울에 뭔 나비가 있어? 사기야! 사기 2년짜리!"

서 노인의 말에 방장은 잔뜩 심통이 나서 소리쳤다. 하지만 서 노인은 아랑곳하지 않고 인자한 목소리로 다음 부분을 읽어 내려갔다.

"그때 나타난 쥐가 나비를 노려보다 이렇게 말했어요. 배가 고프니까 널 잡아 먹어버리겠다!"

방장이 다시 돌아누웠다.

"먹어버리겠다는 건……."
"강……간?"

7번 방 사람들이 모두 누가 먼저랄 것 없이 만범을 노려보았다. 그러자 만범이 인상을 찡그리며 발버둥을 쳤다.

"에이, 증말!"

만범은 이젠 아니라고 하기도 지쳤는지 방바닥만 한 대 세게 후려칠 뿐이었다.

"쥐를 피해서 조그만 굴로 들어간 나비는 뱀을 만났어요."

"남에 집엔 왜 들어가? 가택 침입이야. 1년 6개월! 땅! 땅! 땅!"

이번엔 만범이 말도 안 된다는 듯, 판사 흉내를 내며 소리쳤다. 다들 키득거리며 웃는 가운데 예승이도 따라 웃었다. 오랜만에 화기애애한 분위기였다.

그런데 그동안 잠자코 있던 봉식이 벌떡 일어나 무릎걸음으로 방장에게 다가왔다. 그리고 애절해 보이는 얼굴로 부탁을 하기 시작했다.

"형님! 나도 들여보내 줘요."

"뭘?"

"예승이도 몰래 들여왔잖아요! 내 새끼도 들여보내 줘요!"

방장은 누운 채로 봉식을 발로 찼다.

"여기가 무슨 탁아소냐?"

듣고 있던 춘호도 봉식을 보고 안됐다는 듯 입맛만 다셨다.

"특사는 꺾였지, 애는 나오지……. 니 인생도 참……."

"내가 특사 나갈려고 교도관들 똥구멍 긁어주고 얼마나 지랄했는데……. 나도 애 보고 싶어요. 형님은 내 맘 몰라요, 증말!"

"그렇게 들여오고 싶냐……."

방장이 정색을 하며 그렇게 묻자 봉식이 얼른 고개를 끄덕였다.

"그럼요!"

잠시 고민하던 방장이 봉식에게 가까이 다가오라고 손짓했다. 봉식은 금세 다가가 방장의 입에 귀를 가져다 대었다.
"그럼…… 너도 사형 받아."
그 말을 듣자마자 봉식은 뭐라 대꾸도 못 하고 토라져서 제 자리로 돌아가 벌러덩 누워버렸다. 얼마나 아이가 보고 싶었는지 돌아누운 그의 등이 들썩이고 있었다. 서 노인의 무릎에 앉아서 그 광경을 지켜보던 예승이가 가만히 두 눈을 깜박였다.

* * *

일주일에 한 번 있는 우편물 지급일, 오늘의 우편물 담당은 용구였다. 용구는 묵직한 카트를 밀며 각 방 창문마다 멈춰 서서 책과 우편물을 노련하게 창살 사이로 넣어주었다. 그 뒤에는 규정에 따라 용구를 감시하기 위해 따라 나온 정 교도관이 순찰 돌던 김 교도관과 한창 수다를 떠느라 여념이 없었다.
용구는 3번 방 앞에 멈춰 서서 목록에 적힌 이름을 불렀다.
"박용식 씨!"
이름을 부르자 쇠창살 사이로 낯익은 얼굴이 쏙 튀어 나왔다. 얼마 전 난동을 부렸던 빠박이였다. 용구는 깜짝 놀라 순간 움찔했다.

"뭐? 뭐?"

자신 앞으로 배달물이 도착하자 빠박이는 눈을 빛내며 철창 밖으로 튀어나올 듯 얼굴을 들이밀었다. 용구는 엉거주춤 서서 빠박이 앞으로 도착한 책을 내밀었다.

"허엉……, 쇼생크탈출 한 권!"

누가 들어도 수상해 보이는 책 제목에 빠박이는 화들짝 놀라 주위를 살폈다.

"제목은 부르지 마."

"택사스 전기톱 살인 사건 한 권!"

"그냥 달라고!"

"네……."

빠박이가 버럭 소리를 지르자 용구는 조용히 고개만 끄덕이고 즉시 그 자리를 뜨려 했다. 하지만 빠박이가 먼저 그를 불러 세웠다.

"어이, 용구! 딸내미 들어왔다메?"

"허억!"

어떻게 알았을까? 방장이 입단속 시키겠다고 했는데……. 용구는 겁먹은 얼굴로 그를 올려다보았다. 철창 안에서 빠박이가 이를 드러내고 웃고 있었다.

9. 제비가 물어다 준 박씨

그날 이후, 내 생활은 많은 것이 바뀌어 있었다.

교도소장 아저씨의 연수가 끝날 때까지 나는 매일 아빠를 보러 교도소에 들어가는 것이 허락되었다. 그것도 전처럼 박스 안에 숨어 몰래 들어가는 것이 아니라, 민환 아저씨의 손을 잡고 당당하게 들락거렸다.

민환 아저씨는 그냥 교도소에서 계속 있으면 안 되냐고 묻는 내게, 학교에는 반드시 가야 한다고 말했다. 나는 착한 아이가 되기로 약속했으므로 얼른 고개를 끄덕였다. 그래서 낮에는 학교에서 공부를 하고, 저녁이 되면 나를 마중 나온 민환 아저씨를 따라 아빠와 7번 방 삼촌들을 만나러 갔다.

그리고 삼 일째 되는 날 쉬는 시간이었다. 나는 아빠에게 가져다 줄 사탕을 가방에 챙겨 넣고 있었다. 딸기 맛, 사과 맛, 포도 맛, 그리고 아빠가 제일 좋아하는 바닐라 맛까지. 개수를 세어가며 하나씩 가방에 집어넣고 있자니, 갑자기 반 친구들이 우르르 내 자리로 몰려들었다.

내 짝꿍인 영훈이 때문이었다. 영훈이네 집은 굉장한 부자라서, 늘 신기한 장난감 같은 것을 가져오곤 했는데 이날은 그중에서 가장 비싼 걸 가져온 날이었다.

그건 바로 핸드폰이었다.

"우와! 우리 집 거보다 더 쪼꼬매. 이거 진짜야?"

승현이가 동그랗게 뜬 눈으로 영훈의 목에 걸린 핸드폰을 바라보았다. 그러자 내 뒷자리인 민국이가 의자에 발을 올리고 책상에 앉아 크게 소리쳤다.

"당근 가짜지!"

"진짜거든?"

영훈이 발끈해서 소리쳤다. 진짜라는 영훈의 말에 호기심이 동한 승현이가 손을 내밀었다.

"한번 만져봐도 돼?"

승현의 말에 착한 내 짝꿍은 목에서 핸드폰을 벗어 녀석에게 건네주었다. 나는 가방을 챙기다 말고 그 모습을 물끄러미 바라보고 있었다.

"샌드는 누르면 안 돼."

"샌……드가 뭐야?"

영훈이의 말에 승현이가 물었다. 조심스럽게 폴더를 여는 승현이의 눈은 호기심으로 반짝반짝 빛나고 있었다. 그런데 영훈이의 핸드폰이 부러웠던 건지, 민국이가 갑자기 소리를 지르며 못된 장난을 치기 시작했다.

"샌드가 모래지, 병신아!"

그렇게 말하고는 승현이의 손에서 영훈의 핸드폰을 빼앗아 들었다. 그리곤 버튼을 마구 누르며 장난을 쳤다. 영훈이가 그러지 말라며 핸드폰을 도로 빼앗으려고 했지만, 민국이는 킬킬 웃으며 재빨리 달아나버렸다.

"야아! 줘어!"

민국이가 달아나자 영훈이가 쫓아갔다. 하지만 영훈이보다 키도 크고 달리기도 빠른 민국이는 이리저리 미꾸라지처럼 도망을 쳤다. 결국 영훈이가 울먹이기 시작했다.

내 짝인 영훈이는 착한 아이였다. 영훈이는 다른 아이들에 비해 용돈을 많이 받았는데, 그건 언제나 친구들과 함께 나눠 먹을 간식을 사는 데 쓰였다. 나도 몇 번이나 영훈이가 사다 준 과자나 아이스크림을 먹은 적이 있었다.

그런 생각을 하자, 나는 더 이상 참을 수가 없었다.

"야! 김민국!"

약한 사람을 괴롭히는 건 나쁜 사람들이나 하는 짓. 나는 어릴 때부터 아빠에게서 그렇게 배웠다. 저 녀석네 아빠는 우리 아빠보다도 더 똑똑할 텐데, 그런 것을 여태 가르치지 않았단 말인가. 이해할 수가 없었다.

"너 도둑놈이야? 빨리 영훈이한테 돌려줘!"

내가 날카롭게 소리치자, 민국이 깜짝 놀라 나를 돌아보았다. 어쩔 줄 모르겠다는 얼굴이었다. 내가 소리치자 반 아이들이 모두 이쪽을 바라보았다. 녀석은 도둑놈이라는 말에 잔뜩 겁을 먹고는 나와 영훈을 번갈아 쳐다봤다.

그냥 장난인데, 하며 비겁한 변명을 중얼거렸지만 나는 들은 체도 하지 않았다. 오히려 더욱 큰 소리로 소리쳤다.

"빨리!"

민국이의 눈이 빨갛게 물들었다. 그러다 결국 울음을 터뜨리고 말았다.

"아앙……."

영훈이는 멋쩍은 얼굴로 핸드폰을 돌려받았다. 그리고 그와 동시에 쉬는 시간이 끝이 났다.

나는 교과서를 펴고 선생님 말씀을 열심히 들었다. 빨리 하루가 지나야 아빠에게 갈 수 있었기 때문에 어떻게든 공부를 빨리 끝내고 싶었다. 그런데 그때, 영훈이가 작은 쪽지를 내 쪽으로 슥 밀었다.

'고마워.'

나는 그 쪽지를 보고 피식 웃은 뒤, '괜찮아.'라고 입 모양으로만 답해주었다. 그러다 문득 좋은 생각이 떠올랐다.

나는 얼른 공책 귀퉁이를 찢어 영훈에게 쪽지를 쓰기 시작했다. 그리고 영훈이에게 보여주었다. 영훈이는 내 긴 쪽지를 열심히 읽었다. 그리고 빙그레 웃더니 나를 바라보며 고개를 끄덕였다.
  수업이 끝나고 영훈이랑 함께 학교를 나서던 나는 교문 바로 앞에서 기다리고 있던 민환 아저씨를 발견했다. 나는 곧장 영훈이와 작별 인사를 하고, 한달음에 아저씨에게 달려갔다.
  "아저씨!"
  너무 반가웠다. 나는 까르르 웃으며 두 팔을 벌린 채 아저씨에게 매달렸다. 아저씨는 얼떨결에 나를 안아 들었다.
  민환 아저씨의 차를 타고 가는 동안, 나는 뒷좌석에서 가방을 뒤지고 있었다. 그 안엔 며칠 동안 모아둔 사탕이 잔뜩 들어 있었다. 나는 미리 준비해둔 예쁜 주머니에 사탕을 하나씩 골라 넣었다. 부스럭거리는 소리가 컸는지, 아저씨가 내 쪽을 슬쩍 보며 말을 걸었다.
  "아빠 주려고?"
  "네! 아저씨 것도 있어요."
  나는 일부러 아저씨에게 주려고 따로 빼놨던 분홍색 사탕을 내밀었다. 내가 제일 좋아하는 것 중에 하나였다. 아저씨는 피식 웃으며 내가 내민 사탕을 받았다.
  "착하네, 예승이."

나는 착하단 말이 좋았다. 예쁘단 말도, 귀엽단 말도, 똑똑하단 말도 좋았지만 착하다는 말이 제일 좋았다. 그건 사람들이 아빠한테 하는 칭찬이었기 때문이다. 기분이 좋아진 나는 아저씨를 향해 활짝 웃었다.
"아빠가요. 예승이는 엄마 닮아서 착하고 예쁘대요."
"그래?"
"우리 엄마가요. 다리가 아팠는데도 아빠가 엄마 도와주고 사랑해줬대요. 다리를 고쳐준 제비가 흥부한테 박씨를 물어다 줬잖아요? 엄마두 제비처럼 그렇게 아빠한테 예승이를 선물로 안겨준 거래요."
아저씨가 고개를 끄덕이며 웃었다. 나는 뒷자리에서 벌떡 일어나 아저씨의 목을 끌어안았다. 그리고 멀리 보이기 시작한 교도소를 보며 손을 흔들기 시작했다.
"다 왔다!"
아빠가 있는 7번 방으로 가기 위해선 긴 복도를 지나야만 했다. 나는 민환 아저씨와 헤어져, 김 교도관 아저씨의 손을 잡고 무서운 복도를 조심조심 걸었다. 교도관 아저씨가 무서우면 안아줄까, 하고 물었지만 고개를 저었다. 대신 우리는 손을 꼭 잡고 걸었다.
"예승이는 교도소 안 무서워?"
교도관 아저씨가 물었다. 나는 폴짝폴짝 뛰며 걷다가 고개를 들고 웃었다.

"안 무서워요. 아빠도, 삼촌들도, 아저씨도 있잖아요."

일렬로 늘어서 있는 철문을 지날 때마다 나는 잔뜩 신이 나서 노래하듯 하나하나 숫자를 세었다. 숫자가 7에 가까워질수록 아빠를 만날 순간도 가까워진다는 뜻이기 때문이었다.

"하나면 하나지, 둘이겠느냐. 둘이면 둘이지, 셋이겠느냐. 셋이면 셋이지 넷은 아니야~."

그렇게 3번 방을 지나려던 때였다. 갑자기 철컹! 하는 큰 소리가 나더니, 무섭게 생긴 아저씨가 철창에 달라붙었다. 나는 깜짝 놀라 그쪽을 바라보았다. 교도관 아저씨가 내 손을 잡고 뒤쪽으로 끌어당겼다.

"깜짝이야! 놀래잖아요!"

그 아저씨는 머리카락이 없었다. 대머리를 이렇게 가까운 곳에서 본 것은 처음이었기 때문에, 나는 눈을 둥그렇게 떴다.

"아가씨, 이름이 뭐야?"

무섭게 생긴 아저씨가 물었다. 나는 자꾸만 나를 뒤로 끌어당기는 교도관 아저씨의 손을 놓고, 그쪽으로 다가갔다. 그리고 웃으며 말했다.

"예승이요, 이예승. 아저씨, 사탕 드실래요?"

철창 가까이 붙어 있던 아저씨의 얼굴이 사라졌다. 그 대신 식구 통으로 손 하나가 불쑥 튀어나왔다. 나는 그 앞에 쪼그리고 앉아 가방을 뒤져서 빨간색 사탕을 하나 아저씨의 손에 쥐어주었다.

 사탕을 잡은 손이 쑤욱 들어가더니, 다시 나왔다. 일어나려던 나는 깜짝 놀라 아저씨의 손을 바라보았다. 커다란 손 안에 새 요구르트가 들려 있었다. 나는 웃어드리며 요구르트를 받아 들었다.

 손이 사라지고 다시 얼굴이 나타났다. 아저씨는 아까와는 달리 싱글벙글 웃고 있었다. 나는 아저씨에게 손을 흔들었다. 아저씨도 내게 손을 흔들어주었다.

 "예승아, 너 참 대단하다."

 교도관 아저씨가 허탈한 웃음을 흘렸다. 나는 다시 교도관 아저씨의 손을 잡고 걸었다.

 "왜요?"

 "아니, 그 아빠에 그 딸이랄까……."

 내 목소리를 들었는지, 갑자기 7번 방 쪽에서 우당탕 발소리가 났다. 방장 아저씨가 아빠를 부르며 좀 가만히 있으라고 혼내는 소리도 났다. 아빠가 나를 부르는, 애써 환호를 참는 작은 목소리도 들렸다.

 나는 교도관 아저씨의 손을 잡고 뛰기 시작했다.

* * *

나중에 들었지만, 그 대머리 아저씨의 별명은 바로 '빠박이'라고 했다. 사람들이 '빠박이가 예승이한테 사탕 받고 조용해졌다며?'라는 소리를 들었지만, 도무지 무슨 소리인지 당시에는 알 길이 없었다.

7번 방에 정기적으로 드나들게 되자, 우리는 한 가지 프로젝트를 시작할 수 있었다.

까막눈이란 사실이 못내 창피했던 나머지, 방장 삼촌이 내게 한글을 배우기 시작한 것이다. 나는 학교를 마치고 교도소에 올 때마다 방장 삼촌을 앉혀놓고 제법 엄하게 한글을 가르쳤다.

방장 삼촌이 얼추 자음과 모음을 외우게 된 뒤엔, 학교 선생님처럼 받아쓰기를 시키기도 했다.

"사과."

또박또박 문제를 읽어주면 방장 삼촌은 그 앞에 쭈그리고 앉아서 흰 종이 위에 열심히 글씨를 썼다.

"사……과……."

구슬땀을 흘려가며 열심히 썼지만 삼촌이 쓴 글은 안타깝게도 '사과'가 아니라 '사자'였다. 웃음이 나올 뻔했지만 나는 엄숙하게 고개를 저었다.

"아니…… 사자 말고 사과. 과. 과는 기역!"

"어, 그렇지 기역……."

기역이 뭐더라. 막상 시험을 본다고 하니 긴장이 됐는지 방장 삼촌은 그렇게 중얼거리며 연필을 꼭 쥐고 망설이기만 할 뿐, 기역이 어떻게 생긴 자음인지 전혀 생각을 못 해내고 있었다.

웃겨 죽겠다는 얼굴로 그 모습을 지켜보던 만범 삼촌이 갑자기 방장에게 불쑥 악수를 청했다.

"영광입니다 형님! 낫 놓고 기역 자 모르는 양반을 실제로 봅니다잉?"

"이 새……."

방장 삼촌은 울컥 화가 나 만범 삼촌을 때려줄 것 같다가, 내가 두 눈을 말똥말똥 뜨고 바라보자 연필을 꽉 쥐고 참았다. 결국 보다 못한 아빠가 바닥에 손가락으로 'ㄱ'을 써주었다. 그것을 보고 방장 삼촌은 얼른 'ㄱ'을 썼다.

원래 그러면 반칙인데, 이번엔 그냥 넘어가주는 것밖엔 수가 없었다.

"참 잘했어요!"

그리고 빨간 색연필로 크게 동그라미를 쳐주었다. 삼촌은 뿌듯한 얼굴로 시험지를 들어 보였다. 비록 사과 한 단어에, 기역도 생각이 안 나 아빠가 옆에서 가르쳐준 것이지만, 그래도 좋은 모양이었다.

그때, 큰 소리와 함께 문이 열리더니 봉식이 삼촌이 들어왔다. 아내가 보낸 편지를 기다리다 못해 확인하러 갔다고 했는데, 죽상을 하고 들어오는 모습을 보니 아무 소식이 없었던 듯했다.

 방장 삼촌이 혀를 끌끌 찼다.

 "그러게 기다려보라니까. 설마 니 편지만 쏙 빼놨겠냐?"

 "그려, 여자들 몸 풀고 그러면 힘들어. 어디 편지 쓸 기력이나 있겠어?"

 서씨 할아버지의 말에도 봉식이 삼촌의 얼굴은 펴질 줄을 몰랐다. 삼촌은 말도 없이 자기 자리에 드러누워 버렸다. 7번 방에서 제일 덩치가 큰 봉식이 삼촌인데, 누워 있는 뒷모습은 초라하기 그지없었다.

 나는 잠자코 방장 삼촌에게 숙제를 내주려고 받아쓰기 공책에 다른 과일 이름을 하나씩 적은 후, 그제야 고개를 들었다.

 '괜찮겠지?'

 잘못 걸리면 큰일 나겠지만, 이미 다짐하고 온 길이다.

 나는 잠시 봉식이 삼촌의 등을 물끄러미 바라보다가, 결심을 굳히고 자리에서 일어났다. 그리고 종종걸음으로 달려가 벽에 기대 세워놓은 실내화 주머니를 가져왔다. 그 안에서 들어 있는 것을 꺼내어 주기 위해서였다.

 누워 있던 봉식이 삼촌은, 눈앞으로 내 손이 불쑥 튀어나오자 귀찮다는 얼굴로 다시 돌아누우려고 했다. 하지만 내가 들고 있는 물건이 무언인지를 확인한 뒤엔 자리에서 벌떡 일어나 입을 쩍 벌렸다.

그것은 내가 영훈에게 빌려 온 핸드폰이었다.

"예승이…… 너……."

눈치 빠른 만범이 삼촌은, 반사적으로 방문 앞으로 달려가 식구 통에 플라스틱 거울을 내밀어 복도를 살폈다.

핸드폰을 보고 눈이 동그래진 아빠가 벌떡 일어나 소리쳤다.

"와하하…… 무전기다, 무전기!"

"무전기 아니야. 전화기야."

내가 소곤거리며 설명하는 말을 듣고, 춘호 삼촌이 핸드폰을 빼앗듯이 받아 쥐면서 물었다.

"너 이거 어디서 났어?"

"영훈이한테 빌렸어. 봉식이 삼촌 아기 목소리 듣게 해주려고."

그렇게 말하자니 생색을 내는 것 같아서 나도 모르게 민망해졌다. 내 볼이 달아오르는 모습을, 모두가 말없이 바라보기만 했다. 그중에서도 봉식이 삼촌의 얼굴은 정말 굉장했다. 금방이라도 울음을 터뜨릴 것처럼 잔뜩 일그러져서는, 웃는 건지 우는 건지 알 수 없는 얼굴로 턱을 덜덜 떨었다.

아빠는 자랑스레 나를 끌어안고 활짝 웃었다.

"허엉! 우리 예승이 착하다! 정말 착하다!"

"예승아! 이런 거 여기 가져오면! 안 되긴 하지만……."

방장 삼촌이 웃으면서 뒷말을 어물쩍 흐렸다. 춘호 삼촌이 핸드폰을 넘겨주자, 봉식이 삼촌은 양손으로 핸드폰을 잡고는 작은 기계 화면을 멍하니 들여다보았다. 방장 삼촌이 어서 전화해보라는 듯 봉식이 삼촌의 어깨를 두드렸다.

삼촌은 조심스레 폴더를 연 후 떨리는 손으로 천천히 숫자를 눌렀다.

곧이어 뚜르르, 하는 신호음이 울렸다. 우리는 모두들 삼촌 주위에 모여들어 귀를 기울였다. 달칵, 반대편에서 전화 받는 소리가 들려왔다.

삼촌이 조심스레 입을 열었다. 목소리가 사정없이 떨리고 있었다.

"서……, 선녀니?"

[오빠? 오빠 맞어? 오빠……. 흑흑…….]

선녀라는 말에 우리가 키득거리는데, 봉식이 삼촌네 아줌마가 삼촌 목소리를 듣자마자 울음을 터뜨렸다. 수화기 너머에서 들려오는 울음소리에 삼촌도 함께 소리 죽여 울었다.

"우, 울지 말고……. 선녀야 고생했어. 나 없이 혼자 애 낳느라…… 정말 고생했어."

[아, 앙!]

아줌마가 아기에게 수화기를 들이대었는지 갓난아기 소리가 핸드폰을 통해 들려왔다.

7번 방 사람들 모두 핸드폰에 머리를 대고 귀를 쫑긋 세우고 있었다. 아기 소리가 들리자 삼촌의 눈이 휘둥그렇게 커졌다.

"아기! 우리 아기 소리 들린다. 하하!"

7번 방 사람들의 표정도 모두 환하게 밝아졌다. 방장 삼촌이 봉식이 삼촌을 팔꿈치로 툭툭 쳤다.

"봉식아! 아빠 해봐, 아빠!"

"아……, 아빠야……."

삼촌은 너무 긴장한 나머지 말까지 더듬고 있었다. 순간 수화기 너머에서 아기 웃음소리가 까르르 들려왔다. 삼촌은 고개를 들고 방장 삼촌을 바라보았다. 눈에선 눈물이 줄줄 흐르는데, 입꼬리는 귀에 걸려 있었다.

"형님, 우리 아기가 웃어요……. 웃어……."

[예뻐……. 정말 예뻐. 오빠 닮았어…….]

아줌마의 말에 봉식이 삼촌이 재빨리 핸드폰을 입에 대고 물었다.

"아, 아들이야?"

[아니, 딸…….]

그 말을 듣자마자 삼촌은 감격에 겨워 소리쳤다.

"형님! 나 닮은 딸이랍니다."

하지만 삼촌을 닮은 딸이라는 소리에 모두 얼굴이 딱딱하게 굳었다. 눈치를 보듯 봉식이 삼촌의 얼굴을 슥 살피는 모두의 표정엔 떨떠름한 기운이 섞여 있었다. 아들이라면 적당히 남자답게 생겼다고 얼버무리고 넘어갈 수 있을지 몰라도,

저 삼촌의 얼굴을 닮은 딸이라니.

듣는 나조차 살짝 걱정이 될 정도였다.

그것도 모르고 봉식이 삼촌은 잔뜩 신이 나서 선녀 아줌마와 대화하느라 여념이 없었다.

"나도 보고 싶어. 응…… 금방 나갈 수 있을 거야. 괜찮아!"

그런데 갑자기 상대방의 소리가 멀게 들렸다. 다급해진 봉식이 삼촌이 핸드폰 화면을 바라보았다. 배터리가 얼마 안 남았다는지 핸드폰 표시 등이 반짝이고 있었다.

"서, 선녀야! 통화 오래 못 할 것 같아!"

삼촌이 재빨리 소리치자 반대편에서도 선녀 아줌마가 소리쳤다.

[오빠, 오빠! 우리 애기 이름! 이름!]

"……이름?"

봉식이 삼촌이 주위를 살피더니 그나마 7번 방에선 가장 학식이 높다는 춘호 삼촌을 바라보았다. 춘호 삼촌은 생각할 것도 없다는 듯 재빨리 외쳤다.

"니 이름 '봉' 자하구 선녀 씨 '선' 자!"

봉식이 삼촌은 고개를 끄덕이며 줄줄 흐르는 눈물을 소매로 닦으며 말했다.

"어, 그래그래. 내 앞 글자 '봉' 자하구 니 앞 글자 '선' 자 합해서 '봉선'으로 해……. 신봉선!"

수화기 너머의 선녀 아줌마도 훌쩍이고 있었다.

[이름 너무 예뻐. 오빠……. 사랑해!]
"어, 선녀야! 나두 사랑……."
하지만 봉식이 삼촌의 말이 채 끝나기도 전에 삐리릭 소리와 함께 핸드폰 전원이 꺼졌다.
갑자기 찾아온 적막에 우리는 모두 안타까운 얼굴로 삼촌을 바라보았다. 삼촌은 그래도 여한이 없다는 듯, 소매로 눈물을 훔치며 나를 꽉 끌어안아 주었다. 몇 번을 소맷부리로 훔쳐 내었건만, 지칠 줄 모르고 솟아오르는 눈물 때문에 얼굴이 엉망이었다.
그래도 봉식이 삼촌은 눈동자 가득 눈물을 매단 채로 웃었다. 나와 7번 방 사람들도 삼촌을 따라 환하게 웃었다.
봉식이 삼촌은 그날, 세상에서 가장 행복한 아버지였다.
행복하지만 안타까운 시간이 지나고 밤이 왔다. 나는 아빠에게 안겨 누워 있었다. 우리가 함께 별을 구경하던 창문에는 종이를 오려 만든 달 모양이 붙어 있었다. 종이를 통과해서 들어온 달빛이, 내가 덮고 있는 이불 위에 예쁘게 내려앉았다.
"아…… 예쁘다."
나는 아빠의 뺨에 볼을 대고 방긋 웃었다. 아빠도 헤벌쭉 웃으며 나를 안아주었다. 다른 사람들은 일찍 잠이 들었는지 모두 아무 말이 없었다.
이때다 싶었다.

나는 빠끔 고개를 들고 주위를 살펴보았다.

"아빠, 일어나 봐."

아빠를 위해서도, 준비해 온 것을 꼭 주고 싶었다. 나는 가방 속에서 꼭꼭 싸맨 비닐봉지를 꺼내 조심스레 펼쳤다. 부스스 일어난 아빠가 들여다보았다.

내 가방 안에는 차갑게 식긴 했지만 무려 닭튀김이 들어 있었다.

"학교에서 싸 왔어. 아빠 치킨 좋아하잖아."

하지만 아빠는 고개를 저으며 닭튀김을 다시 내게 내밀었다.

"예승이 먹어야지. 단백질 많이 먹어야 키 커."

"난 아까 영훈이랑 많이 먹었어."

"영훈이?"

아빠가 물었다.

"응……. 짝꿍……."

간단한 답인데 어쩐지 뺨이 좀 붉어졌다. 아빠는 내 말에 괜히 씩 웃었다.

"영훈이 짝꿍…… 예승이 남자 친구."

나는 고개를 황급히 저었다.

"아니야, 그런 거……. 그냥 착해……."

"착해?"

"응……. 든든해."

쑥스러웠다. 하지만 그때 당시 내가 모르고 있는 사실이 하나 있었으니, 바로 7번 방 사람들이 아무도 잠들지 않았다는 것이었다. 우리가 하도 조용히 속닥거리기에 자는 척을 하고 있었던 듯했다.

그게 내게 들킨 건 만범이 삼촌 때문이었다. 만범이 삼촌이, 내가 '든든해.'라고 하는데 키득키득 웃기 시작했던 것이다. 만범이 삼촌의 웃음소리를 듣고 깜짝 놀란 나는 얼결에 볼을 붉히며 삼촌을 째려보았다.

"삼촌, 안 자?"

"커흠!"

이번엔 방장 삼촌이 만범이 삼촌의 엉덩이를 철썩 때렸다. 자는 척을 하려면 제대로 하라는 뜻인 것 같았지만, 내 눈엔 방장 삼촌도 똑같아 보였다. 심지어 방장 삼촌조차 웃음을 참지 못하고 손으로 입을 틀어막고 있는 게 아닌가.

만범이 삼촌은 방장 삼촌 곁으로 다가가 내 흉내를 내며 속삭였다.

"형님, 전 형님이…… 든든혀요. 크크크!"

그러고는 웃음을 터뜨리자, 방장 삼촌도 웃으며 마주 속삭였다.

"나도 니가 든든해……. 크크크!"

"삼촌!"

창피해서 쥐구멍에라도 들어가고 싶었다. 나는 결국 벌떡 일어나, 베개를 들어 방장 삼촌과 만범 삼촌을 때려주기 시작했다. 내가 휘두르는 베개에 맞으면서도 뭐가 그리 좋은지, 7번 방 삼촌들은 사방에서 눈을 뜨더니 킬킬거리기 시작했다.
 "든든해!"
 "아이고 든든해라!"
 "맞아도 든든하네!"
 내가 울상을 짓는데도 아빠는 그 사이에서 뭐가 그리도 좋은지, 행복한 얼굴로 달빛을 바라보고 있었다.

10. 전직 범죄자들의 추리

 예승이 온 뒤, 7번 방 사람들은 전에 없이 활기찬 생활을 하고 있었다. 공장에서 일을 할 때에도 싱글벙글 웃는 낯인 것은 물론, 운동을 할 때에도 누구보다 힘차게 움직였다. 특히 봉식은 선녀와 통화를 하고 난 덕에 계속 싱글벙글 웃고 다녔다.
 "그렇게 좋냐?"
 방장이 돌아보며 묻자 봉식은 물을 것도 없다는 듯 펄쩍 뛰었다.
 "그럼요, 형님! 응애응애, 아빠아!"
 그걸 보고 춘호가 킥킥 웃었다.

"야, 인마. 웃기지 좀 마. 숨 막혀!"

춘호가 어느새 7번 방의 유행어가 되어버린 숨 막힌다는 말까지 섞어 쓰며 봉식의 뒤통수를 때렸을 때였다. 7번 방 사람들이 달리는 틈으로 김 교도관이 뛰어들어 같이 달리기 시작했다.

"용구 씨!"

모두와 함께 구령을 맞추며 김 교도관은 용구에게 다가갔다.

"네, 5482······."

"공판 날짜 잡혔어요."

인사를 하는 용구에게 김 교도관이 통지서를 내밀었다.

"네!"

용구는 아무 생각 없이 그것을 받아 들었다.

"심리 아니에요! 선고 공판이에요. 이번이 마지막! 잘해야 돼요!"

용구는 마지막이라는 말에 서서히 달리기를 멈췄다. 뭐가 마지막이라는 건지, 선고 공판이 뭔지 알아들을 수가 없었기 때문이다. 용구가 멀뚱히 서서 고개를 갸웃거리고 있으려니 방장이 다가와 통지서를 빼앗아 들었다. 그리고 읽어보라는 듯 춘호에게 내밀었다.

"용구야, 지금 뛸 때가 아니다······."

방장은 그 즉시 방 식구들을 공장으로 집합시켰다. 어떻게든 용구의 재판 결과를 뒤집어야만 했다. 7번 방 사람들은 공장 한가운데에 용구를 세워놓고 나란히 앉아 그에게 질문을 던지기 시작했다.

용구의 이야기는 단순했다. 더할 것도 뺄 것도 없는 이야기였다. 그는 마트에서 주차 관리 일을 하고 있었고, 점심시간에 혼자 벤치에 나와 빵을 먹고 있을 때 아이가 나타났다. 그리고 전날 예승에게서 빼앗아 간 세일러 문 가방을 파는 곳이 또 있다며 용구를 데려갔다.

"가면서 뭔 얘기 안 했어? 그냥 따라가기만 한 거야? 뭐 했을 거 아냐?"

7번 방 최고의 두뇌파 춘호의 말에 용구는 고개를 숙여 곰곰이 그날의 일을 생각해보았다.

"장난쳤어요."

"뭔 장난? 뭐, 밀고 때리고 그런 거?"

봉식이 물었다.

"그게 아니라……."

용구는 천천히 그날의 일을 떠듬떠듬 설명했다.

* * *

시장 골목은 어두웠다.

코앞에 해피 마트가 생기는 바람에 시장의 거의 모든 가게

가 문을 닫은 상황이라, 거리엔 을씨년스러운 분위기마저 감돌고 있었다. 용구는 앞장서서 걸어가는 지영을 조심스레 따라가고 있었다.

지영은 노란색 세일러 문 가방을 등에 메고 있었다. 용구는 예승이 갖고 싶어하던 세일러 문 가방을 보자 기분이 좋아서 괜스레 툭툭 건드려보았다.

"왜요? 예뻐요?"

지영이 장난스럽게 돌아보았다. 용구는 고개를 끄덕였다.

"허엉, 예쁘다……."

"지영이가요? 가방이요?"

"가방! 허엉!"

용구는 한 치의 망설임도 없이 대답했다.

"치!"

지영이 입술을 비죽 내밀었다. 그리곤 앞으로 후다닥 달려가기 시작했다. 용구도 그 뒤를 웃으며 쫓았다.

그런데 긴 골목의 끝에서 지영이 오른쪽으로 사라진 순간이었다. 뭔가 와르르 무너지는 소리와 함께 지영의 외마디 비명이 들려왔다. 동시에 퍽! 하고 무언가 쓰러지는 둔탁한 소리가 들리고 갑자기 주변이 조용해졌다.

용구는 황급히 지영이 사라진 우측 골목으로 들어서다 깜짝 놀라 그 자리에 멈췄다.

거기엔 지영이 머리에서 피를 흘린 채 쓰러져 있었다.

"쓰러져 있었다구? 뭐야? 그냥 그렇게 죽은 거야?"

봉식이 다그치듯 물었지만 용구는 고개만 흔들었다. 그는 당시의 가슴 철렁한 감정이 되살아나 어쩔 줄 모르고 있었다.

"모…… 모, 모르겠어요."

"애가 어떻게 쓰러져 있었어?"

방장의 질문에도 용구는 고개만 저을 뿐이었다.

"모, 모르겠습니다. 그냥…… 쓰러져 있었습니다. 저, 전…… 아무것도 하지 않았습니다."

그렇게 대답하는 용구의 시선은 심하게 흔들리고 있었다.

"형님, 또 다른 놈이 세일러 문 가방을 훔치려고 아를 쥐어 뽄 거 아닐까요?"

만범이 혼자 곰곰이 생각하다 그렇게 끼어들자 방장은 냅다 만범을 발로 밟았다.

"시끄러, 인마!"

"아니, 아니, 모르지. 혹시 제3의 인물이 개입되어 있을 수도 있어."

춘호의 뼈 있는 말에 모두들 심각한 얼굴로 춘호를 쳐다보았다. 방장도 만범 밟기를 멈추고 춘호를 바라보았다. 모두의 시선이 자신을 향하자 머쓱해졌는지 춘호는 머리를 긁적였다.

"아니, 뭐……. 추리 소설 보면 그런 경우도 있고……."

방장은 인상이 찌푸렸다. 그리곤 머리를 운동장 쪽으로 휘휘 돌렸다.
 "야, 야! 이래 가지곤 죽도 밥도 안 되겠다! 밖에 나가서 그거 하자. 사건 정…… 뭐시기."
 "사건 정황 재현이요?"
 "어, 그거."
 춘호가 적당한 단어를 내뱉자 방장은 고개를 끄덕였다. 서 노인도 찬성이라는 듯, 서둘러 자리에서 일어났다.
 "그래, 어떻게 돌아간 일인지 아는데 그만한 것이 없지."
 잠시 뒤, 용구는 운동장 바닥에 대자로 누워 있었다. 그 주변엔 만범이 용구에게 들은 대로 나뭇가지로 그려 넣은 정교한 선들이 골목을 재현하고 있었다.
 "가봤더니 이렇게 쓰러져 있었다? 아무 이유 없이……?"
 방장은 용구를 보며 서 있던 만범에게 다가가 발목을 걸어 넘어뜨렸다. 갑작스런 공격에 만범은 무방비한 상태로 바닥에 벌러덩 넘어졌다.
 "어떠냐? 죽을 만해?"
 방장이 만범을 보며 소리치자 만범은 팔을 움켜쥐었다.
 "형님! 파, 파…… 팔이요."
 "팔? 그렇지! 넘어지면 본능적으로 팔을 받치게 돼 있지. 근데 애는 뒤통수가 깨졌단 말이야? 왜 뒤통수가 깨졌지?"
 방장의 말에 춘호는 멍하니 옆에 굴러다니는 모래주머니

를 바라보다가 죽은 아이와 관계 된 것이 떠올랐다.

"가방……? 세일러 문 가방!"

춘호의 말에 만범은 이번엔 모래주머니를 가방처럼 메고 걷기 시작했다. 반장이 다가가 발꿈치를 걸어 넘어뜨리자 만범은 뒤로 콰당 소리를 내며 넘어졌다. 모래주머니를 등에 메고 있었기 때문에 머리가 땅에 부딪혀 만범은 한층 고통스러운 소리를 질렀다.

"어이쿠! 머리야!"

만범이 뒤통수를 부여잡고는 애벌레처럼 꿈틀꿈틀하는 것을 내려다보며 반장이 고개를 끄덕였다.

"오케이! 가방……. 근데 애가 왜 넘어져? 장난치다 밀었어?"

마지막 말은 용구에게 한 것이었다. 용구는 깜짝 놀라 양손과 고개를 동시에 설레설레 저었다.

"아, 아닙니다! 용구가 안 그랬습니다! 이미 쓰러져 있었습니다. 정말입니다!"

"끄응……."

반장의 이마에 깊은 주름이 패었다. 용구가 민 것도 아니라면 애가 왜 넘어진 것이란 말인가. 아무리 생각해도 그럴 만한 이유가 떠오르지 않았다.

그때, 춘호가 무언가 생각난 듯이 물었다.

"그날이 언제야? 사건 당일."

"2월 27일. 오후 1시 15분 점심 교대 시간입니다."

엄청나게 정확한 시간 기억이었다.

"2월 27일?"

춘호가 되묻자 만범이 허벅지를 쳤다.

"그날 우리 사동 목욕하던 날인디? 수도 파이프 터져서 못 했지만."

봉식도 생각난다는 듯 박수를 치며 소리쳤다.

"맞다! 영하 18도! 20년 만에 한파!"

"한파라……."

춘호가 눈을 게슴츠레 뜨며 허공을 바라보았다.

"갑자기 찬 공기에 노출되면 혈관이 수축될 거고, 체열 발산을 막기 위해서 자율 신경이 작용하면 몸 표면의 말초 혈관이 수축되고, 그로 인해 피의 공급이 줄게 된 심장은 떨어지는 체온을 올리기 위해! 더 빠르게 운동을 하게 된다!"

"그래서요?"

만범이 춘호에게 바싹 다가붙으며 물었다.

"어?"

모두의 시선이 자신에게 몰리자 춘호는 당황해서 눈만 껌뻑거렸고, 봉식은 답답하다는 듯 발을 굴렸다.

"아이 진짜! 그래서 어떻게 죽었다는 거야?"

춘호가 더듬거리며 입을 열었다.

"동…… 동맥 경화?"

어이가 없었던 나머지 방장의 손바닥이 춘호의 뒤통수로 날아들었다.

"에이, 사기꾼아! 애가 무슨 동맥 경화야!"

말도 안 된다는 듯 이죽대던 방장은 순간, 무슨 생각이 났는지 무릎을 탁 치며 소리쳤다.

"얼음! 얼음에 미끄러진 거네!"

만범도 박수를 쳤다.

"그러네요, 형님! 시장 통이면 온통 물바단데! 그람 이마에 난 상처는 뭐 땀시 그랬다요? 아, 그 옆에 벽돌도 있었다매?"

춘호가 말없이 일어나 만범을 잡고 넘어뜨렸다.

"아이쿠, 갑자기 또 뭔 짓이래?"

만범은 넘어지려다 한 팔로 춘호의 옷을 잡고 늘어졌다. 7번 방 사람들은 모두 일어나 그 광경을 유심히 바라보았다.

넘어지는 사람은 무언가를 붙들게 된다. 그것은 지영도 마찬가지였다.

얼음에 미끄러지자 지영은 본능적으로 옆에 있던 비닐 끝을 붙들었다. 그러나 찬 공기에 퍼석퍼석해진 비닐은 아이 하나의 무게조차 지탱하지 못할 정도로 약해져 있었다.

툭, 하고 줄이 끊기며 비닐 끈에 매여 있던 차양막이 펼쳐지고, 그 반동으로 차양막을 고정시키기 위해 끈으로 묶어놓은 벽돌이 허공으로 치솟은 것이다. 그리고 벽돌은, 넘어진

지영의 머리를 향해 떨어지고 말았다.

　7번 방 사람들의 상황 파악은 점심시간까지 이어졌다. 양쪽 벽에서 경비 교도대원들이 감시하고 있는 가운데, 7번 방 사람들은 용구와 함께 식판을 앞에 두고 테이블에 앉아 지영의 사건에 대해 이야기하는 데 여념이 없었다.

"그런데 바지는 왜 벗겼어?"

방장의 질문에 용구는 망설임도 없이 소리쳤다.

"첫 번째! 머, 먼저 허리띠를 풀어 혈액의 순환을 돕는다."

"혈액 순환? 그럼 목은 왜 졸랐어?"

이번에 물은 것은 봉식이었다.

"두 번째! 가슴을 누르고 입으로 숨을 불어넣는다. 조른 거 아닙니다."

그렇게 말하면서 용구는 손으로 숨을 불어넣는 시늉까지 해 보였다. 만범이 기가 차다는 듯 혀를 내둘렀다.

"아따, 긍건 쓸데없이 어디서 배웠다요?"

"마트에서 교육 시간에……."

"……흉부 압박 상지 거상법!"

춘호가 덧붙이자 용구는 고개를 세차게 끄덕였다.

"네! 그겁니다!"

이제 알겠다는 듯 봉식이 나지막한 신음을 흘렸다.

"죽은 애가 경찰청장 딸에다가."

봉식이 시작한 말을 만범이 받았다.

"대형 마트니께 사건 허벌라게 키워봐야 좋을 것 없을 테 구요잉."

"위에서 누르고 밑에서 치고. 상황 판단 못 하는 용구 씨는 걸려들고."

춘호도 혀를 차며 말을 이었다. 마지막 차례는 방장이었다.

"이 개새끼들……. 정신 나간 놈이라고 용구 엮은 거야. 수사 끝! 전부 재판부에 탄원서 긁어!"

방장은 단호한 표정으로 테이블을 손바닥으로 탕 치며 일어섰다.

"용구 재판, 우리가 한다!"

*   *   *

용구를 위해 움직이는 사람은 7번 방 사람들만이 아니었다. 그날 저녁 민환은 정복을 말끔하게 차려입고 고급 일식집으로 향했다. 일본의 정원을 그대로 옮겨놓은 듯 정갈한 이 일식집은, 보통 사람들은 발을 들이는 것조차 힘들 정도로 상위층의 사람들만을 위한 곳이었다.

오늘의 약속을 잡기 위해 민환은 얼마나 공을 들였는지 모른다. 민환이 도착하자 종업원이 조용히 그를 예약실로 안내했다.

거기엔 법무부 장관이 요리를 앞에 두고 양반 다리를 한 채 앉아 있었다.

민환을 앞에 두고 장관은 젓가락으로 낫또를 휙 젓더니 단숨에 후루룩 들이켰다. 민환은 장관을 물끄러미 바라보다가 장관이 젓가락을 내려놓자 조심스럽게 입을 열었다.

"제가 보기엔 재수사가 필요한 듯싶습니다."

장관의 입가에 실소가 떠올랐다.

"허허, 여기 검사분 오셨네……."

"미심쩍은 부분이 한두 군데가 아닙니다."

민환이 자세한 설명을 하려 하자 장관은 손을 들어 막았다.

"장 과장. 지금 IMF다, 대선이다, 다들 정신들이 없어. 그리고 자네 업무는 교도 업무야. 이런 건 월권 같은데……."

"장관님!"

다급한 마음에 민환이 매달렸지만 장관은 분명하게 대답했다.

"장 과장. 교정 팀에서 터치할 만한 사이즈가 아니야. 도움이 못 돼 미안하네."

그 단호한 어조에 민환은 그저 아무 말도 할 수가 없었다.

* * *

민환이 장관을 만나고 있을 시각, 7번 방에서는 용구를 중심으로 한창 재판 연습이 진행되고 있었다. 7번 방 사람들은 각자 하나씩 역할을 맡아 재판 대형으로 앉아 있었는데, 가장 중요한 검사 역은 춘호가 맡고 있었다.
 "피고는 경찰청장에게 복수하기 위해 그의 딸 최지영 양을 유괴한 사실이 있죠?"
 감방 안에서 모의재판이 시작되고 용구가 일어서자, 춘호는 안경을 끌어 올리며 재수 없는 검사의 역할에 충실해 재수 없는 표정을 지으며 질문을 시작했다.
 "세일러 문 가방 파는 데가……."
 "아빠! 삼촌들이 써준 대로 읽어."
 용구가 어물어물 대답을 망설이자 방청인 역할을 하고 있던 예승이가 소리쳤다. 그 말에 용구는 얼른 정신을 차리고 대본을 읽듯이 또박또박 말했다.
 "가방 가게를 알려준다고 해서 따라간 것뿐입니다."
 만족스럽다는 듯, 방장이 손가락을 모아 오케이 사인을 보냈다.
 "오케이. 그렇게……."
 연습은 밤낮을 가리지 않고 계속되었다. 운동 시간에도, 점심 휴식 때에도 7번 방 사람들은 시도 때도 없이 용구를 훈련시켰다. 용구가 재판장에서 제대로 대답할 수 있도록, 연습은 대부분 실전과 같은 형식을 취했다.

"피고는 피해자를 성추행하기 위해 바지를 벗긴 사실이 있죠?"

검사 역인 춘호의 날카로운 말에 용구는 식사를 하다 말고도 떠듬떠듬 대답했다.

"먼저 허리띠를 풀어 편안하게 만든다. 흉부 압박…… 상, 상지 거상법. 마트에서 교육받았습니다."

밤이 되면 용구는 춘호가 적어준 종이를 들고 외우느라 여념이 없었다. 용구는 자리에 엎드려 진술 내용이 빼곡하게 적힌 종이를 보며 하염없이 중얼거렸다. 가끔 잘 생각나지 않는 부분들은 종이를 보며 다시 한 번 읽고, 그래도 생각이 나지 않으면 인상을 찌푸리며 머리를 한 손으로 툭툭 쳤다. 그 꼴을 보고 있던 방장이 자리에 모로 누워 있다가 소리쳤다.

"용구! 갑자기 생각이 나지 않으면 어떻게 한다고?"

용구가 화들짝 일어나 앉으며 대답했다.

"본인은 잘…… 기억이 나질 않습니다."

당시 청문회에서 모 대통령이 자주 하던 말을 그대로 흉내 낸 것이었다. 방장은 용구에게 그것을 가르친 장본인답게 무척 흡족해하는 얼굴로 웃었다.

"그래, 그렇지."

잠시 화장실에 들렀다가 나올 때에도 쉴 틈은 없었다.

"최지영 양을 살해할 목적으로 벽돌로 내려친 사실이 있죠?"

물 내리는 소리가 가시기도 전에 안경테를 까딱이며 다가온 춘호가 물었다. 이즈음에는 피나는 노력과 연습의 성과가 나타나기 시작해, 용구는 망설이지 않고 대답했다.

"지영이가 넘어지면서 벽돌이 매달린 비닐 끈을 잡는 바람에 벽돌이 머리로 떨어진 것입니다."

무슨 말인지 본인이 이해하고는 있을까 의문일 정도로 빠르게 쏟아내는 말이었다.

"직접 봤나요?"

"어……."

용구가 머뭇거리자 만범이 끼어들었다.

"여기가 중요하다니까! 못 봤어도 무조건 봤다고 우겨야 돼요!"

용구는 고개를 저었다.

"거짓말하면 벌 받습니다!"

"아따! 그래서 요로코롬 벌 받고 있잖아요!"

만범은 답답해서 가슴을 쳤다. 그래도 용구는 그저 배시시 웃을 뿐이었다.

그날 밤, 용구는 잠든 예승을 포대기로 업은 채 진술 내용이 적힌 종이를 들고 웅얼웅얼 외우며 방 안을 조심조심 돌아다녔다.

새벽 두 시, 무척 늦은 시간이었다. 보다 못한 방장이 반쯤 몸을 일으키며 중얼거렸다.

"이제 그만하고 자라."

"더 해야 합니다……."

용구는 희미하게 웃었다. 모두가 자신을 위해 노력하고 있다는 것을 잘 알고 있었기 때문이다. 그가 그들에게 보답하는 길은 그저 종이에 적혀 있는 말들을 외우고 또 외우는 것뿐이었다.

시간이 지나면서 방장이 얘기했던 탄원서도 순조롭게 모아졌다. 놀랍게도 용구를 돕는 일에 가장 앞장선 사람은 빠박이였다. 그는 탄원서와 청원서에 재소자들의 날인을 받으러 다녔다. 부하인 애꾸와 함께 운동 시간마다 재소자들을 줄 세워놓고 탄원서에 도장을 찍거나 사인을 하게 시켰다.

"야! 빨리빨리들 찍어! 그리구 탄원서에 싸인 안 한 씨바닥들 내일 좀 보자 그래! 알았지?"

불과 몇 달 전의 빠박이라고는 믿어지지 않는 행동이었다. 예승의 아빠, 용구를 살리기 위해 교도소 내의 모든 재소자들이 앞 다투어 도장을 내밀었다.

그렇게 교도소 안은 느리지만 확실하게, 많은 것들이 변해 가고 있었다.

용구의 진술 암기도 큰 진척이 있었다. 재판을 하루 남겨둔 날, 춘호는 최종 테스트를 위해서 용구가 들고 다니던 진술 종이를 빼앗아 바닥에 덮어놓고 입을 열었다.

"피고, 최후 진술하세요."

이번에 그는 재판장 역이었다.

용구는 모두의 앞에 공손하게 양손을 모으고 서서 외운 대로 한 자도 빼놓지 않고 또박또박 읊었다.

"존경하는 재판장님……. 제가 다른 사람들에 비해 조금 모자란다고 해서 경찰에선 자세히 수사도 하지 않은 채 무조건 자백을 강요하고 제 지능이…… 좀 떨어진다는 점을 이용, 진술서에 사인을……."

비록 조금 더듬거리긴 했지만 용구의 진술은 완벽했다. 종이에 쓰여 있던 말을 모조리 외운 용구는 진술이 끝나자 양손을 모으고 공손하게 인사하는 것까지 잊지 않았다. 용구의 최후 진술이 끝나자, 7번 방 사람들이 모두 일어나 박수를 쳤다.

방장이 자신만만한 얼굴로 소리쳤다.

"완벽해. 재판 끝! 이대로만 하는 거야. 알았어?"

용구는 비장한 표정으로 고개를 끄덕였다.

7번 방 사람들은 이제 용구가 무죄 방면 되는 일만 남았다고 생각하며 기대감에 젖어 있었다. 당연했다. 이용구는 최지영을 죽이지 않았다. 그는 누명을 쓴 것이었다. 그들이 모두 긴장을 풀고 화기애애하게 파이팅을 외치고 있을 무렵, 창문을 두드리는 소리가 들렸다. 고개를 들어보니 정 교도관이 문밖에 서 있었다.

철문을 열면서 정 교도관이 소리쳤다.
"이용구! 변호사 접견."

변호사 접견은 모두의 예상보다 훨씬 빨리 끝났다. 국선 변호사는 성의 없는 태도로 대충 서류를 훑어보더니 더 볼 것도 없다는 듯 서류를 탁탁 챙겼다. 용구는 그 앞에서 긴장한 얼굴로 조용히 앉아 있었다.
변호사는 용구를 흘끗 보더니 형식적으로 물었다.
"뭐 먹고 싶은 거 없어요? 내가 뭐…… 그런 건 넣어줄 수 있으니까."
"내일 열심히 하겠습니다."
용구가 희망이 가득한 태도로 활기차게 답하자 변호사는 어이가 없다는 듯 멍하니 용구를 바라보았다. 그리곤 가지런히 정돈한 서류를 가방에 집어넣으며 중얼거렸다.
"뭐, 열심히 하셔야죠. 근데 이 나라가 열심히 한다고 되는 나라가 아니더라고……."
용구는 변호사가 하는 말이 무슨 뜻인지 알지는 못했지만 그가 그리 호의적이지 않다는 사실은 느낄 수 있었다.
"따님 있다메요?"
가방을 다 챙긴 변호사가 물었다. 예승이의 이야기가 나오자 용구는 반가워서 이를 드러내고 웃었다.
"허엉! 예승이요!"

"쯧쯧…… 요즘 보호 시설에서도 애들 가려서 받아요. 아빠가 살인 어쩌고저쩌고 그러면 받질 않아. 그렇다고 애 혼자 옥바라지 시킬 수도 없는 거고……."

냉정한 변호사의 말이 용구의 마음을 비수처럼 헤집었다. 용구는 크게 뜬 눈으로 멍하니 허공을 보고 있었다. 자기 할 말만을 마치고, 변호사는 멋대로 접견을 끝내버렸다.

"예승이…… 우리 예승이……."

밖에선 민환이 변호사를 기다리고 있었다. 변호사 접견이 예상보다 훨씬 짧았던 탓에 민환의 얼굴엔 뚜렷한 의구심이 드러나 있었다. 변호사는 심각한 표정으로 서류를 넘기며 빠른 걸음으로 복도를 걸어 나갔고, 민환이 빠른 걸음으로 그 옆에 따라붙어 서류 봉투를 내밀었다.

"재소자들 탄원서입니다."

변호사는 구명 서류를 슥 곁눈으로만 보더니 눈살을 찌푸리며 중얼거렸다.

"이런 게 별로 도움이 안 되더라고."

그는 재판에 제출하기는커녕 지금 당장 가방에 넣을 생각도 없어 보였다. 건성인 태도를 보아하니 접견조차 제대로 하지 않았으리라는 생각에, 민환은 자신도 모르게 발끈했다.

"아무리 국선이지만 너무 성의 없는 거 아닙니까?"

그 말에 변호사가 그 자리에 멈춰 섰다. 그리곤 민환을 올려다보며 물었다.

"성의로 형량이 줄어듭니까?"

민환은 지지 않고 대답했다.

"사람 목숨이 달린 일입니다!"

그 말을 듣고 변호사가 비릿하게 웃었다.

"장 과장님 혹시 이용구 변호사 알아보고 계세요?"

무슨 말이냐는 듯 민환이 그를 쳐다보자 변호사가 길게 혀를 찼다.

"아니 뭐, 그건 됐고. 이 사건 변호 맡을 사람 없어요. 그나마 내가 국선이니까 그냥 하는 거지……."

"왜 없습니까. 누군가 제대로 된 사람이……!"

"왜 없겠습니까. 생각을 해보세요. 피해자가 누군지. 변호사들도 상대를 보고 싸워야지."

그렇게 말한 변호사는 망연자실한 얼굴로 복도에 서 있는 민환을 남겨둔 채 몸을 돌렸다. 그러다 문득 뭔가 떠오른 듯 걸음을 멈추고 말했다.

"아, 내일 공판 때 이용구 가족이나 친척들 있으면 데려와요. 판사도 사람이라 정에 끌릴 수 있으니까."

민환은 대답하지 않았다. 이용구에게 가족이란 건 오직 예승 하나뿐이었기 때문이다.

* * *

그날 밤 용구는 모두 잠들어 있는 가운데 혼자 일어나 있었다. 그는 어둠 속에서 예승이의 옷을 하나하나 정성스레 개었다. 한 번 접었던 양말도 곱게 펴서 옷 위에 살포시 올려놓았다. 예승이가 아주 어렸을 때부터 용구가 했던 일이라, 그의 손놀림은 익숙하고도 능숙했다. 지적 장애가 있어도 용구는 예승이의 아빠였다. 딸의 물건을 정리하는 그의 손끝에서 진한 애정이 묻어났다.

'요즘 보호 시설에서도 애들 가려서 받아요. 아빠가 살인 어쩌고저쩌고 그러면 받질 않아. 그렇다고 애 혼자 옥바라지 시킬 수도 없는 거고……'

용구의 머릿속에는 낮에 변호사에게 들었던 말들이 계속 맴돌고 있었다. 변호사의 말이 정확히 무슨 뜻인지는 몰랐지만, 한 가지만은 분명했다. 자신 때문에 예승이가 힘들어진다는 말이었다.

용구의 얼굴엔 슬픔이 가득했다.

용구는 변호사에게 매달렸다. 우리 예승이 힘들게 하면 안 된다고, 그러면 안 된다고 외쳤다. 하지만 변호사는 냉정한 얼굴로 어깨를 으쓱하며 말했다.

'힘든 일이지만 용구 씨만 마음 잘 먹으면 따님 이력도 싹 지워져요. ……좋은 양부모 만날 수도 있고. 그래서 부모의 희생이 필요한 거 아닙니까?'

용구는 그 자리에 가만히 앉아 변호사가 한 말을 차근히

곱씹어 보았다. 그리고 예승이를 위해 무엇이 가장 좋은 길인지, 모자란 머리로나마 열심히 생각하기 시작했다.

어둠 속에서 용구는 곤히 잠든 예승이의 얼굴을 바라보았다. 창문으로 들어오는 달빛이 잠들어 있는 예승이를 포근하게 밝혀주고 있었다. 용구는 조용히 예승이의 흐트러진 머리칼을 쓸어 올렸다.

* * *

재판 날이 밝자 용구는 민환과 함께 호송 버스에 올랐다.
감시 역으로 용구의 옆자리에 앉은 민환은 남몰래 용구를 묶고 있는 포승줄을 당겨서 느슨하게 해주었다. 재판장으로 가는 동안 아프지 말라는 배려였다. 민환은 그러면서 용구에게 넌지시 물었다.
"잘 좀 생각해봐. 증언해줄 사람이 정말 아무도 없어?"
용구는 담담하게 웃으며 대답했다.
"예승이는 콩을 싫어합니다."
"지금 예승이 얘기하는 게 아니잖아."
"단백질 먹어야 키가 많이 큽니다."
아무것도 모른다는 듯 자꾸만 예승에 대해서만 말하는 용구 때문에 답답해진 민환이, 그를 채근하기 시작했다.
"이용구, 정신 똑바로 좀 차리고……."

그러나 용구는 막무가내였다. 오히려 민환을 간절한 시선으로 바라보며 예승이에 대해 하나라도 더 알려주기 위해 쉴 새 없이 입을 놀렸다.

"과장님, 우리 예승이는…… 불을 켜고 잡니다. 예승이는 어두우면 꿈을 꿉니다. 무서운 꿈."

"이용구!"

참다못한 민환이 버럭 소리를 질렀다. 용구는 입을 다물고 그를 올려다보았다. 민환이 용구의 양쪽 어깨를 붙들고 세차게 흔들었다.

"당신 인생이 걸린 얘기야! 네가 죽는다고! 이 사람아!"

어쩌다가 딸 걱정밖에 모르는 이 바보 아빠가 이런 상황에 처했는지 민환은 도무지 알 수가 없었다. 그저 용구를 둘러싸고 있는 상황이 너무나 화가 나 견딜 수가 없었다. 민환은 용구의 어깨를 움켜쥔 채, 분노를 참기 위해 이를 악물었다.

"괜……찮습니다."

용구가 다시 입을 열었다. 그는 두 눈 가득 눈물을 머금은 채 웃고 있었다.

"이용구는 예승이 아빠입니다. 이용구는 예승이를 위해 뭐든지 합니다. ……예승이는 행복해야 됩니다."

민환은 아무 말도 꺼낼 수가 없었다. 용구의 얼굴엔 말로 설명할 수 없는 슬픔과 행복이 동시에 자리 잡고 있었다. 지능이 모자란다고 해서 좋은 부모가 될 수 없는 건 아니었다.

이용구는 지적 장애인이었지만 세상 누구보다 훌륭한 부모였다. 오히려 그런 장애가 있었기 때문에 이토록 순수한 부정을 표현할 수 있는 것이었다.

그건 민환도 장담할 수 있었다.

그리고 잠시 후, 용구의 재판이 시작되었다.

"피고 이용구는 살해 전 날 피고를 때린 경찰청장에게 복수하기 위해 그의 딸 최지영 양을 유괴한 사실이 있죠?"

7번 방의 화기애애한 분위기와는 달리, 법정은 살벌했다. 낯선 환경에 홀로 던져진 용구는 눈에 띄게 긴장한 얼굴로 벌벌 떨고 있었다. 검사는 용구를 잡아먹을 듯이 노려보았고, 용구는 겁에 질려 검사와 시선을 마주치지도 못했다.

용구가 불안해하며 쉬 입을 떼지 못하자 검사는 다시 한 번 그를 다그쳤다.

"납치한 사실이 있죠?"

그때, 법정 문이 열렸다. 용구는 자신도 모르게 뒤를 돌아보았다. 이제 막 학교가 끝난 예승이가 담임과 함께 법정 안에 들어서고 있었다. 두 사람의 눈이 마주쳤다. 예승이를 본 용구가 두 주먹을 꾹 쥐었다.

동시에 옆자리에 앉아 있는 변호사의 말이 계속 용구의 머릿속을 맴돌았다.

'그래서 부모의 희생이 필요한 거 아닙니까?'

손바닥 가득 식은땀이 찼다. 용구는 바들바들 떨던 다리에 힘을 주고 고개를 들었다. 길을 잃고 흔들리기만 하던 그의 눈동자에 처음으로 강한 의지가 들어찼다.
"피고, 질문에 대답하세요."
담임과 예승이가 자리에 앉자 판사가 용구를 재촉했다. 용구는 말없이 판사를 물끄러미 올려다보았다.
"피고는 성추행을 거부하며 반항하는 최지영 양을 살해할 목적으로 벽돌을 들어, 내려친 사실이 있죠?"
용구는 여전히 대답이 없었다.
"피고?"
용구가 묵묵부답으로 서 있기만 하자 판사가 이상하다는 듯 그를 불렀다. 이번에도 용구는 대답하지 않았다. 그 자리에 있는 누구도 그의 마음속에서 일어난 커다란 갈등을 눈치채지 못하고 있었다.
"피고! 답변하세요."
판사의 날카로운 외침에 재판장 안에 적막이 흘렀다. 방청객은 물론, 검사와 판사, 그리고 변호사까지도 모두 용구를 바라보았다.
검사가 이제는 거의 소리치듯이 용구를 향해 물었다.
"벽돌을 들어 내려친 사실이 있죠!"
용구는 천천히 고개를 들었다. 그의 입에서 힘없는 대답이 흘러나왔다.
"네……."

누구보다 긴장한 얼굴로 용구를 바라보던 예승이는 깜짝 놀라 숨 쉬는 것조차 잊어버렸다. 왜 용구가 그런 대답을 했는지 알 수가 없었다.

용구의 대답은 자백이나 다름없었고, 방청석에 큰 소란을 불러일으켰다. 죽은 지영의 가족들이 일제히 일어나 용구에게 욕설을 퍼붓기 시작했던 것이다. 지영을 모르는 사람들도 모두 용구에게 손가락질을 하며 차마 입에 담지 못할 욕설을 내뱉었다.

"아이구, 내 새끼! 내 손녀 지영이, 살려내!"
"야! 이 개새끼야! 네 새끼는 무사할 줄 알아?"

친척으로 보이는 한 남자가 그렇게 소리치자 그 옆에 있던 지영의 어머니가 악을 썼다.

"이런 파렴치한 새끼! 네 딸년도 똑같이 죽여줄 거야!"

그녀는 방청석 건너편에 앉아 있는 예승이를 보더니 당장이라도 잡아먹을 것처럼 사람들을 헤치고 달려 나왔다.

"이리 와! 너 이리 와!"

방청석은 삽시간에 아수라장이 되어버렸다. 법원 정리들이 달려드는 여자를 막는 동안, 예승이의 담임 선생님은 큰 충격을 받고 넋을 잃은 예승이를 꽉 끌어안아 귀를 막았다. 하지만 예승이에겐 이미 아무것도 들리지 않았고, 아무것도 보이지 않았다. 그저 고개를 숙인 채 몸을 부들부들 떨고 있는 용구만이 보일 뿐이었다.

민환이 재빨리 예승이의 담임 선생님에게 눈짓을 보내자, 그녀는 겁에 질린 예승이를 황급히 밖으로 데리고 나갔다.

지영의 어머니는 예승이가 나가는 순간까지도 악에 받친 소리를 지르고 있었다.

"이리 안 와? 야! 이리 데려와!"

용구가 그녀를 향해 두 손을 모았다. 그리고 어린아이처럼 싹싹 빌기 시작했다.

"자, 잘못했습니다. 제가 그랬습니다."

이건 말도 안 되는 일이었다. 그동안 7번 방 사람들이 용구의 무죄를 밝히기 위해 어떤 노력을 해왔는지 민환은 잘 알고 있었다. 아무래도 용구를 진정시켜야 할 것 같단 생각에, 그가 자리에서 일어서서 손을 번쩍 들었다.

"저기 재판장님! 지금 피고의 상태가 심리적으로 불안한 상태입니다."

본래 변호사가 해야 하는 말이었지만 그는 재판에 전혀 관심이 없는 얼굴이었다. 좀처럼 진정되지 않는 소란에 판사가 망치를 들어 탁자 위를 내리쳤다.

탕! 탕! 탕! 세 번 큰 소리가 울리고, 이어 판사의 목소리가 들려왔다.

"정숙하세요."

그때까지도 용구는 지영의 가족들을 향해 수없이 허리를 굽히고 있었다.

"제 잘못입니다. 제 잘못입니다."

보다 못한 민환이 답답한 마음에 소리를 질렀다.

"이용구 정신 차려! 인마! 판사님! 아니 변호사님, 어떻게 좀 해보세요! 네?"

격정적인 민환의 외침에 고개를 들었던 변호사가 지영의 가족들을 힐긋 보더니 슥 고개를 돌려버렸다. 민환은 미칠 지경이었다. 이대로라면 용구의 판결은 절대 뒤집을 수 없었다.

판사가 다시 망치를 두들겼다.

"정숙하세요!"

하지만 이미 민환은 아랑곳 않고 소리쳤다. 그의 눈에 붉은 핏발이 서 있었다.

"이용구, 미쳤어?! 니가 무슨 사람을 죽여! 재판장님!"

당장이라도 튀어나갈 것 같은 민환을 서기들이 나와서 붙들었다. 판사가 엄한 눈으로 민환을 바라보았다.

"또다시 발언하면 퇴정시키겠습니다!"

그러는 동안에도 용구는 계속 허리를 굽히며 누구에겐지 모를 사죄의 인사를 하고 있었다.

"미안합니다. 미안합니다! 제가 그랬습니다······. 나 때문에 죽었습니다."

하지만 그렇게 중얼거리는 용구의 입술은 덜덜 떨리고 있었고, 눈에서는 눈물이 하염없이 흘러내렸다.

기가 막혔다. 민환은 자신을 붙들고 있는 서기들을 뿌리치며 소리쳤다.

"뭐가 그렇게 미안해? 어! 아무도 너한테 사과 한 마디 하는 놈 없는데! 넌 뭐가 그렇게 미안해. 도대체!"

용구가 고개를 들었다. 그리고 민환을 향해 울면서 소리쳤다.

"우리 예승이, 도와주세요! 제가 했습니다."

오직 예승이를 위한, 가슴이 찢어지는 것 같은 외침이었다. 죄수복 아래 수갑을 찬 손이 덜덜 떨리고 있었다. 용구는 재판장 안에서 자신을 향해 소리치는 수많은 사람들 속에서 오직 민환을 향해 간절한 눈빛으로 말했다.

'예승이를 부탁합니다.'

민환은 끌려 나가는 와중에도 용구의 마지막 말을 알아들었다. 그는 솟구치는 눈물을 참지 못했다. 용구가 예승이를 위해 거짓 자백을 했다는 사실을 알아챈 것이다. 바보 같은 이용구는, 예승이의 행복을 위해서는 살인을 저지르고 교도소에 갇힌 바보 아빠보다 훨씬 훌륭한 양부모가 필요하다고 생각했던 것이다. 그리고 그 역할을 민환에게 맡겼다.

"변호인 측 최후 변론 하세요."

최후 변론 시간이 주어졌지만 변호사는 무미건조한 목소리로 단 한마디를 했을 뿐이었다.

"재판장님의 넓은 재량으로 선처 부탁드립니다."

11. 아빠를 위해 마련한 자리

 여덟 살의 어린 나는 그날의 아빠를 이해할 수가 없었다.
 선생님의 손을 잡고 의자에 앉아서 나는 돌처럼 굳어 있었다. 재판장 가득한 고함 소리는 들리지도 않았다. 아빠가 왜 아무 말도 하지 않고 죄인처럼 서 있는지, 저 많은 어른들 중 아빠를 도와주는 사람은 왜 한 사람도 없는지 알 수가 없었다.
 아빠는 삼촌들과 연습했던 말을 전부 잊어버린 것이 틀림없었다. 나는 춘호 삼촌이 종이에 적어줬던 것들을 전부 기억하고 있었기 때문에 나도 모르게 혼잣말로 중얼거렸다.
 "지영이가 넘어지면서……."
 하지만 아빠는 내 간절한 속삭임을 듣지 못한 게 분명했다. 판사를 향해, 검사를 향해, 죽은 아이의 가족들을 향해 쉴 새 없이 죄송하다는 말만 되풀이할 뿐이었다.
아빠, 왜?
물음은 목소리가 되어서 바깥으로 나오지 않았다. 그저 숨 막힐 듯 혼란스러워 입안에서만 맴돌았다. 십오 년이 지난 지금까지도 나는 그날의 고통을 잊을 수가 없다. 선생님이 나를 끌어안고 울먹이며 귀를 막았지만 소용없었다.
만일 지금의 내가 그날, 그 자리에 있었다면 상황은 달랐을 것이다. 나는 언제나 꿈꾸었다. 타성에 젖은 변호사에게 달려가 그의 손에서 볼펜을 빼앗아 던지고, 그를 붙잡고 소리치고 싶었다.
"당신 지금 뭐 하는 거야? 변호사잖아! 변호사가 이러면 안 되는 거잖아!"
진정 변호사라면 그렇게 무책임해서는 안 되는 것이었다. 그날 아빠의 변호를 맡았던 변호사는 수사 과정의 강제성도, 지나치게 잘 짜인 조서의 의문점도, 국립 과학 수사원의 의견과 상반된 검찰의 단정도, 심지어는 부검 결과조차 언급하지 않았다.
그저 아빠의 모든 억울함을 선처를 바란다는 그 말 한마디로 내던져 버렸다.
나는 눈물이 가득 고인 눈을 두 번, 빠르게 깜박였다. 그리고 나를 향해 모여 있는 수많은 시선들을 하나씩 마주 보았다.

이곳은 그날의 법정이 아니었다.

1997년이 아니라 2012년.

내가 아빠를 위해 마련한 자리였다.

"당시 경찰은……."

자그마치 십오 년을 기다렸던 변론이다. 나는 그날의 변호사 대신 그가 앉았던 자리에 서 있었다. 멀리 뒷좌석에 앉아 나를 향해 무한한 신뢰를 보내고 있는 나의 새 아빠가 보였다.

"당시 경찰은 목격자의 진술만을 받아들이고 일관적으로 혐의를 부인하는 피고의 의견을 강압적으로 묵살하였습니다. 최지영 양의 이마에 난 상처가 주 사인이 아니라 후두부에 가해진 충격이 사망 원인이라는 국과수의 의견이 묵살되었고, 타액과 지문은 피고와 일치하지만 목에 압력이 가해진 적은 없다는 부검 결과 또한 받아들여지지 않았습니다!"

모의재판이 이루어지는 재판정 가득, 나의 간절한 변론이 메아리를 쳤다.

"재판장님! 당시 수사 기관은 한 인간을 두고 그에 맞는 상황과 처지를 고려치 않고 범죄를 입증할 수 있느냐 없느냐에만 초점을 맞춰 무리한 수사를 진행하였습니다. 법의 기본 원칙인 무죄 추정의 원칙을 저버린 것입니다. 피고가 지적 장애인이라는 점을 악용하여, 수사 기관의 편의를 위해 피고를 희생시킨 것입니다."

재판장 가득 무거운 침묵이 내려앉았다.

1997년, 그 자리에 있던 검사는 이렇게 말했다.

'피고가 혐의를 인정한 바 본 검찰은 피고 이용구에게 1심과 동일한 형량을 구형하는 바 입니다.'

판사도 마찬가지였다.

'재판부는 피고가 혐의를 인정함에 따라 본 재판을 중단한다. 피고 이용구의 항소를 기각하고 파기 환송하며, 사형을 선고한 원심을 확정한다. 피고 이용구에게…… 사형을 언도한다.'

그때의 나는 아빠를 위해 아무것도 할 수가 없었다. 그저 아빠의 운명을 결정지었던 그 비겁한 재판을 문틈으로 엿보고 있는 무력한 어린아이였을 뿐이었다.

아빠는 억울한 사람이라고 피를 토하듯 외치는 민환 아저씨와, 아저씨를 끌어내는 사람들. 재판장 가득한 욕설과 고함 소리. 아빠를 향해 쏟아지던 창칼과 다름없던 경멸의 시선들. 그리고…… 오직 나를 위해 그 모든 것을 감내하고 고개를 숙인 아빠.

아빠는 울고 있었다.'

나는 선생님의 품에 안겨 재판장을 나서면서도 본능적으로 그 사실을 깨달았다. 당장 아빠에게 달려가 끌어안으며, 그러지 말라고 애원하고 싶었다. 하지만 그건 꿈속에서나 가능한 일이었다.

나는 아주 오랫동안 그 광경을 기억했다. 그리고 그날의 꿈을 꿀 때마다, 울먹이는 아빠를 마음으로 끌어안아야 했다.
"예승아……."
 방청석에 앉아 있던 삼촌들이 붉어진 눈으로 내 이름을 중얼거리듯 부르고 있었다. 눈을 감고 입술을 깨문 서씨 할아버지, 굳은 얼굴로 나를 향해 고개를 끄덕이는 춘호 삼촌, 눈물이 그렁그렁한 만범 삼촌과 봉식 삼촌, 그리고 나를 향해 애써 웃고 있는 방장 삼촌까지.
 숙연해진 모의법정에 모두의 마음이 가득 찼다. 나는 마지막으로 판사를 바라보며 진심을 다해 선언했다.
 "그러므로 본 변호인은…… 억울하게 사형 선고를 받은 피고 이용구의 누명을 씻겨주고자…… 이 자리에 나온 것입니다!"

*　　　*　　　*

 그날, 재판은 끝났지만 나는 보육원으로 보내지지 않았다.
 선생님은 울었고, 나는 넋을 잃은 채 그 품에 안겨 있었다. 선생님의 어깨가 한 번 들썩일 때마다 내 심장이 한 번 덜컹거리며 가슴 아래로 떨어졌다. 괜찮다고, 괜찮을 거라고 다짐하듯 중얼거리는 선생님의 음성이 귓가를 맴돌다 아스라이 사라졌다. 나는 조숙한 편에 속했고, 선생님의 얼굴에 위태롭게 걸려 있는 억지 미소를 보았다.
 한참 뒤 나보다 더 아파 보이는 얼굴을 하고 있는 민환 아저씨가 다가왔다. 선생님은 재판 결과가 어떻게 됐는지 묻지 않았다. 아저씨도 아무 말 하지 않았다. 나는 말없이 내밀어진 아저씨의 손을 잡았다.

우리는 곧장 아저씨의 집으로 갔다. 처음 보는 동네, 처음 보는 집, 처음 보는 아주머니가 상냥하게 웃으며 나를 안아주었다. 나는 그때에도 울지 않았다. 예의 바르게 굴어야 한다는 생각에 두 손을 모아 배꼽에 대고 허리를 굽혀 인사도 했다.

아주머니는 내 손에 청심환을 쥐어주었다. 나는 얌전히 앉아 약을 입에 물고 물을 마셨다. 그동안 아저씨는 소파에 앉아 나를 지켜보고 있었다.

"약도 잘 먹네, 예승이."

아주머니의 부드러운 손이 내 머리를 쓰다듬었다. 나는 고개를 들고 잠시 머뭇거리다가 그냥 웃었다. 웃어야 한다고 생각했기 때문이었다.

"……약 잘 먹었으니까 맛있는 거 해줘야겠다."

내 웃는 얼굴을 보며 몇 번이나 입술을 달싹이던 아주머니도 그저 웃었다. 그리고 다시 한 번 나를 도닥이고는 주방으로 들어갔다. 거실엔 아까부터 내내 말이 없는 민환 아저씨와 나만 남게 되었다.

무슨 말을 해야 할지 몰랐다. 나는 그때 아무것도 실감하지 못하는 상태였다. 나와 마찬가지로 몇 번이나 머뭇거리던 아저씨가 무거운 한숨을 내쉬며 먼저 입을 열었다.
"아빠 일 잘될 거야. ……예승이는 걱정하지 마."
나는 차마 대답하지 못하고 고개만 끄덕였다. 우리는 또 한참을 그렇게 침묵하다가 동시에 입을 열었다.
"아빠 보고 싶……."
"이제 못……."
나는 깜짝 놀라 고개를 들었다. 아저씨가 괜찮다는 듯이 고개를 끄덕이며 말했다.
"얘기해봐."
"……이제 아빠랑 같이 못 있죠?"
내 말에 아저씨가 또 아픈 얼굴을 했다. 커다란 손을 마주 잡고 만지작거리면서 거실 바닥을 바라보며 무거운 한숨을 내쉬었다. 나는 그때 이미 아저씨의 대답을 알고 있었다. 나는 이제, 아빠를 만나러 갈 수 없게 된 것이다.
"……응. 예승이가 그 안에 있으면 아빠가 더 힘들어지셔."
예상했던 대답이었음에도 불구하고 실망을 감출 수는 없었다. 나는 고개를 푹 수그리고 울음을 참았다.
"아빠 보고 싶으면 언제라도 면회 가자."
민환 아저씨는 나를 위로하기 위해 되도록 다정하게 말하려 애썼다. 나는 간신히 눈물을 참고 소파에서 일어났다. 그리고 아저씨에게 고개를 꾸벅 숙여 인사했다. 아빠가 언제나 하는 인사.

고마운 사람에게는 꼭 인사를 해야 한다고, 나는 아빠에게 그렇게 배웠다.

"……고맙습니다."

"예승아, 그리고 저기…… 아저씨랑 아줌마는 예승이가 여기서 같이 있었으면 하는데……."

아저씨가 어렵사리 입을 열었다. 어렸던 내 눈에도 민환 아저씨의 얼굴엔 나에 대한 걱정과 안쓰러움이 잔뜩 묻어나 있었다. 나는 입을 꼭 다물고 그저 아저씨를 바라보는 것밖에는 할 수 있는 일이 없었다.

아저씨의 커다란 손이 다가와 내 손을 잡았다. 나는 이번에도 웃어야 한다고 생각했다. 눈동자 가득 눈물이 고여 눈가가 따가웠지만 그래도 웃었다. 아저씨는 내 얼굴을 보면서 또 한 차례 입술을 달싹였다. 그러다 입가를 일그러뜨리며 잠시 천장을 바라보기도 했다.

"아빠한테 면회 가요. 아저씨, 아빠…… 걱정하잖아요. 예승이 여기서 잘 지낸다고…… 말해줘야 되잖아요."

"……그래."

고개를 내린 아저씨가 희미하게 웃었다. 나는 아저씨의 눈에도 눈물이 고여 눈가가 붉게 달아올랐다는 걸 애써 모른 척하며 얼른 자리에서 일어났다.

12. 느린 듯 빠르게

수용자 번호 5482, 이용구. 사형.

7번 방으로 돌아온 용구는 자신의 자리에 앉아 멍하니 밥상을 내려다보고 있었다. 찬밥 한 덩이와 말라빠진 반찬, 그리고 건더기 하나 없는 국이 전부인 조촐한 밥상이었다. 평소엔 그나마도 모자라 허겁지겁 먹기 일쑤였지만 지금은 도저히 밥이 목구멍으로 넘어가질 않았다.

용구는 재판장에서 난동을 피우다 끌려 나간 민환을 떠올렸다. 선생님의 품에 안겨 멍하니 자신을 바라보던 예승이의 얼굴도 떠올랐다. 그를 향해 절규하던 지영의 가족들까지.

잘한 일인지는 알 수 없었다. 다시 그때로 돌아간다고 해도 똑같은 결심을 했을 거라는 건 누구보다 그가 잘 알고 있었다. 다만 그를 바라보던 예승이의 초점 없는 눈동자가 내내 마음에 걸렸다.

바보에게는 바보의 방법이 있었다. 용구는 살아오면서 가장 많은 생각에 사로잡혔다. 예승이의 미래. 사랑하는 딸 예승이가 마땅히 누려야 할 수많은 행복. 지적 장애가 있는, 심지어 교도소 안에 있는 자신은 절대 해줄 수 없는 것들.

용구는 다른 집 아이들을 떠올렸다. 함박눈이 내리던 날 새로 지은 아파트 놀이터에서 만난 여자는 값비싼 코트와 모자, 장갑을 낀 아들의 손을 잡고 있었다. 그 아이는 따뜻한 집에서 자고, 엄마가 만들어준 좋은 음식을 먹고, 친구들에게 손가락질 받지 않으며 학교를 다닐 것이다.

그건 모두 예승이가 누려야 할 것들이었다.

그리고 수용자 번호 5482는 평생 해줄 수 없는 일이기도 했다.

밥상을 바라보던 그의 눈가에 또다시 눈물이 맺혔다. 그는 괜찮았다. 예승이가 행복할 수만 있다면 뭐든지 괜찮았다. 누군가에게 맞아도, 바보라고 놀림당해도, 교도소에서 평생을 살아야 한다고 해도 괜찮았다. 다만 마음에 걸리는 게 있다면 어쩌면 다시는 예승이를 볼 수 없을지도 모른다는 막연한 불안감이었다.

밥상을 앞에 놓고 숟가락질을 못 하는 건 용구뿐만이 아니었다. 7번 방 사람들도 모두 한숨만 푹푹 내쉴 뿐, 누구도 음식을 씹어 삼키질 못하고 있었다.

"타악!"

짜증이 난다는 듯 숟가락으로 밥을 푹푹 찌르던 방장이 밥상 위에 소리가 나도록 숟가락을 내려놓았다.

"생각할수록 열받네. 아니 왜 연습한 대로 안 했어? 왜 안 했어?"

그의 다그침에도 용구는 묵묵부답이었다. 그저 고개를 수그린 채 멍하니 밥상만 보고 있었다. 서 노인이 용구의 무릎을 두드리며 말했다.

"그만해. 용구가 뭔 잘못 있나. 판, 검사가 쥑일 놈들이지."

춘호도 밥상머리에서 이를 갈았다.

"변호사 이 새끼들도 다 한 통속이었어. 돈 있는 새끼들은 판검사 사가지고 보란 듯이 나가고, 좆도 빽 없는 쓰레기들은 죽을 날 기다리고······."

방장은 속이 터진다며 주먹으로 가슴을 두드렸다. 하지만 완전히 넋이 나간 용구를 보고는 그저 안쓰러운 마음에 더 이상 다그치지도 못했다. 수저조차 쥐지 않고 밥상만 내려다보고 있는 용구를 향해 방장이 소리쳤다.

"빨리 밥 먹어! 사는 날까진 살아야 할 거 아냐?"

그러면서 억지로 숟가락을 쥐어주었다. 용구는 숟가락을 잡고 천천히 밥을 떴다.

용구가 간신히 밥을 먹기 시작하자 방장도 애써 태연한 얼굴로 우적우적 밥을 먹었다. 그러다 예승이와 함께 하던 식사 시간을 떠올렸다. 모두의 밥을 한 숟가락씩 덜어서 예승이의 밥을 만들면, 결국엔 그 밥이 제일 많아서 예승이는 돼지가 되겠다며 웃음을 터뜨리곤 했다. 어쩌다 맛있는 반찬이라도 나오는 날에는 예승이가 밥을 한 번 떠먹을 때마다 반찬을 올려주기 바빴다. 밥을 급하게 먹는 용구에게 작은 입으로 조잘조잘 잔소리를 하던 예승이의 목소리도 떠올랐다.
 한참을 망설이던 서 노인이 용구를 향해 말했다.
 "좋게 생각해. ······언제까지 끼고 살 순 없잖아."
 대답이 없는 용구 대신 봉식이 밥숟가락을 놓으며 중얼거렸다.
 "근데 왜 이렇게 허전하냐? 예승이 보고 싶다."
 "형님도 그래요? 예승이 자리가 이렇게 컸나······."
 그렇게 말하는 만범의 목소리도 우울하기 짝이 없었다.
 좁은 방 가득 침묵이 흘렀다. 밥이 입으로 들어가는지 코로 들어가는지 모를 노릇이었다. 예승이와 함께 나눠 먹을 땐 그렇게 맛있던 밥이 이제는 모래알처럼 입안에서 껄끄럽게 돌아다녔다.
 그때였다. 철창문이 크게 울리며 창문 너머에서 김 교도관이 용구를 찾았다.
 "뭐여요? 밥 먹는데······."

만범이 투덜거리자, 김 교도관이 환하게 웃으며 용구에게 말했다.
 "용구 씨! 예승이 왔어요! 면회!"
 거짓말 같았다. 모두가 깜짝 놀라 김 교도관을 바라보았다. 그가 크게 고개를 끄덕이자, 이번에는 다 같이 용구를 바라보았다. 넋 나간 사람처럼 앉아 있던 용구의 얼굴에 조금씩 화색이 돌더니 곧 큼지막한 웃음이 걸렸다. 용구는 밥숟가락을 던지듯 내려놓고 벌떡 일어났다.
 "감사합니다!"
 방장도 벌떡 일어났다. 그러곤 바닥에 굴러다니던 굵은 펜을 집어 들더니 용구의 등에 커다랗게 글씨를 쓰기 시작했다.
 "소, 양, 호!"
 그의 이름이었다. 예승이에게 이제는 이름도 쓸 수 있다는 것을 보여주고 싶었던 것이다. 만범이 방장을 보고 킥킥 웃었다.
 "아따 형님, 글씨 배운 거 자랑하시는 거요?"
 "그래! 예승이한테 자랑하려고 그런다. 왜 인마?"
 어깨 너머로 방장이 쓴 글씨를 보고는 춘호가 혀를 끌끌 찼다.
 "그럼 잘 써야지, 이게 글씨예요? 그림이지? 자, 보세요!"
 춘호가 방장에게서 펜을 빼앗아 들더니 용구의 등에 대고 자신의 이름을 썼다. 멋들어진 필기체였다. 하지만 어느새 다가온 봉식이 피식 짧은 비웃음을 날렸다.

"거 꼬부랑거리는 글씨 모양새하고는. 내가 훨씬 잘 쓰겠네."

봉식까지 달라붙자 만범과 서 노인도 재빨리 따라붙었다. 용구는 7번 방 식구들이 등에 글씨를 쓸 때마다 간지러워서 키득키득 웃었다. 예승이가 왔다는 사실 하나 때문에, 모두 조금 전의 우울함은 거짓이었던 것처럼 밝게 웃었다. 용구의 죄수복 등짝에는 모두의 사인이 하나씩 삐뚤빼뚤하게 적혀 있었다.

* * *

언젠가 담임 선생님과 예승이가 함께 왔던 면회실에서 용구는 예승을 만났다. 이번엔 선생님 대신 민환이 함께였다. 그러나 민환은 먼발치에서 두 사람을 지켜볼 뿐이었고, 면회 시간에도 제한이 없었다. 두 사람만의 오붓한 시간을 가지라는 민환의 배려였다.

용구와 예승이는 유리벽을 사이에 두고 서로 얼굴을 마주한 채 즐겁게 대화를 나누었다. 두 사람은 마치 아무 일도 없었던 것처럼 굴었다. 재판장에서 있었던 일은 모두 잊어버린 것 같았다. 특히 예승의 얼굴은 오히려 재판 전보다 더 해맑아 보였다.

수척해진 용구를 생각한 예승이의 배려였다. 하지만 민환의 눈에는 그 웃음이 더욱 애처롭게 보일 따름이었다.

"그래서 피아노 학원도 보내주신대."

"으하하……, 피아노, 피아노!"

예승이가 민환의 집에서 있었던 일들을 하나하나 말해줄 때마다 용구는 크게 웃어 보였다. 서로를 위해 애쓰고 있는 건 예승이만이 아니었다. 용구 역시 예승이를 걱정시키지 않기 위해 최선을 다해 밝은 얼굴을 유지하고 있었다.

정말로 꼭 닮은 두 사람이었다.

"아저씨 집에 피아노도 있어. 아빠 나중에 나오면 내가 피아노 쳐줄게!"

"엉!"

용구가 행복한 얼굴로 웃었다.

"아줌마 요리 되게 잘해! 나 밥 되게 많이 먹어. 살 쪘지?"

그렇게 말하며 예승이는 옷을 걷어 배를 내보였다. 살 같은 건 조금도 찌지 않았지만, 그래도 용구는 좋다고 박수를 쳤다.

"으하하하! 아줌마…… 요리 잘해서 좋아."

예승이는 걱정이 가득한 표정으로 용구를 바라보았다.

"아빠. 예승이도 밥 잘 먹고 잘 자고 그러니까. 아빠도 밥 많이 먹고. 잠도 쿨쿨 잘 자고 그래야 돼. 알았지?"

"허엉!"

용구가 크게 고개를 끄덕였다. 어느 쪽이 아이이고, 어느 쪽이 어른인지 알 수 없는 대화였다. 이것저것 당부의 말을 건네는 예승이는 용구보다 훨씬 어른스러운 얼굴을 하고 있었다.

시련은 아이를 빨리 어른으로 만든다. 어린 예승이가 감당하기엔 너무 아픈 일임에도 불구하고, 오직 용구를 위해 아이는 웃고 있었다.

민환은 안타까운 시선으로 그들을 바라보았다.

* * *

교도소 안에서의 시간은 느린 듯 빠르게 흘러갔다. 용구가 처음 7번 방에 들어온 것이 늦추위가 기승을 부리던 무렵이었는데, 계절은 어느새 봄과 여름을 지나 가을로 접어들어가고 있었다.

그 가을, 용구와 예승이는 서로의 공간에서 추억거리를 잔뜩 만들었다.

낙엽이 수북하게 떨어진 운동장 안에서 용구가 우두커니 앉아 있으면 모두가 그의 손을 잡아끌고 함께 족구를 하자며 보챘다. 족구 멤버는 매번 바뀌었지만 대부분은 7번 방 사람들이 고정 멤버였다. 가끔은 빠박이와 애꾸가 같이 뛰기도 했다. 용구가 엉뚱한 방향으로 공을 차면 방장이 버럭 화를 내며 달려오고, 용구는 크게 웃으며 달아났다.

예승이는 재판일 이후 계속 민환의 집에서 지내고 있었다. 어린 아들을 잃은 뒤 우울증 약을 끼고 살던 민환의 아내가 웃음을 보이기 시작한 것도 그 가을의 일이었다. 휴일이 되면 민환은 아내와 예승이를 데리고 마트에 장을 보러 갔다. 생각지도 못했던 새 옷을 선물받고 예승이는 좋아서 활짝 웃었다.

민환의 아내는 친엄마처럼 예승이를 보살펴주었다. 엄마가 살아 있었다면 이런 느낌이었을까, 예승이는 가끔 그런 생각을 하곤 했다. 어찌나 세심히 보살피는지 남편인 민환조차 뒷전일 정도였다.

비가 내리던 어느 날, 우산을 들고 마중 나온 민환의 아내는 남편보다 예승이에게 먼저 우산을 씌워주었다. 덕분에 민환은 차가운 비를 홀딱 맞고 뚱한 얼굴로 들어오기도 했다.

예승이는 매일 용구에게 편지를 썼다. 용구는 밀차에 편지를 분류해 넣다가 예승이가 쓴 편지를 발견하면 입이 귀에 걸릴 정도로 기뻐하며 조심조심 편지를 뜯어 읽었다.

편지의 내용은 매번 달랐다. 새로 가게 된 피아노 학원 이야기도 있었고, 합창부 이야기도 있었으며, 영훈이나 새로 사귄 친구와의 일이 적혀 있을 때도 있었다. 편지를 읽는 용구의 얼굴에 함박웃음이 떠올랐다. 그럴 때면 김 교도관이 같이 보자고 옆에서 떼를 쓰곤 했다.

용구가 다 읽은 편지는 7번 방 사람들이 모두 돌아가면서 읽었다. 방장은 이제 예승이의 편지를 스스로 읽을 수 있게 되었다.

"방장 삼……촌. 한글 공부 열……심히……."

떠듬떠듬 소리 내어 편지를 읽는 방장을 보고 만범이 자신의 목을 움켜잡고 유난을 떨었다.

"아이고메! 숨넘어가네! 뭔 편지 한 장 읽는 데 30분이 걸린다요!"

"넌 첨부터 잘했냐? 어린놈의 자식이 어른 공경할 줄 모르고……."

티격태격하는 두 사람을 보며 7번 방 사람들은 모두 킬킬거리며 웃었다.

편지만이 아니었다. 예승이는 면회도 자주 왔다. 무슨 일이 생기면 민환에게 부탁하여 곧장 교도소로 오는 것이 예승이의 일과였다. 상을 받아서 오는 경우도 있었고, 시험에서 백 점을 맞아 오는 경우도 있었다. 면회실 유리 너머에서 예승이가 백 점 맞은 시험지를 들어서 보여주면 맞은편의 용구는 펄쩍펄쩍 뛰며 좋아했다. 누구한테 배웠는지 엄지손가락을 척 들어 보이기까지 했다. 예승이가 용구와 대화할 때엔 민환과 민환의 아내도 뒤에서 그들을 지켜보고 있었다.

어느새 민환의 집엔 예승이의 방도 생겼다. 그동안 빈 채로 내버려 두었던 진욱의 방을 예승이의 방으로 바꾸기로 결정한 것이다. 옅은 하늘색 벽지를 뜯어내고, 민환은 예승이가 좋아하는 핑크빛 벽지로 벽을 발랐다.

민환과 그의 아내가 벽지를 바르는 동안 예승이는 뒤에서 손으로 풀을 젓고 있었다. 그러다 민환이 뒤를 돌아보는 통에, 애써 붙인 벽지가 쭉 떨어진 적이 있었다. 덕분에 민환은 머리에 풀을 뒤집어써야 했다. 예승이가 그 모습을 보고 깔깔거리며 웃자 민환의 아내도 웃음을 참지 못했다. 결국에는 민환도 멋쩍게 웃었다.

그사이, 봉식에게도 좋은 소식이 있었다. 드디어 기다리고 기다리던 아기 사진이 도착한 것이었다. 용구가 건넨 우편물을 받자마자 봉식은 활짝 웃으며 봉투를 뜯어보았다. 안에는 선녀가 아기를 안고 찍은 사진이 동봉되어 있었다. 봉식은 눈물이 가득 고인 눈으로 보물이라도 되는 듯, 사진을 몇 번이나 쓸어 보았다. 7번 방 사람들은 모두 아기 사진을 돌려 보며 기뻐했다.

"형님, 우리 봉선이 너무 예쁘죠. 나중에 크면 모델이나 미스코리아 시킬까봐요!"

그러자 용구가 허엉, 웃음소리를 내며 말했다.

"아기가 정말 웃기게 생겼어요. 으허헝!"

진심이 담긴 한마디였다. 모두 갑자기 입을 다물고 봉식의 눈치를 보더니 슬그머니 엉덩이를 들고 일어났다.

"아이고, 사람이 지나치게 솔직해……."

봉식이 잔뜩 부은 얼굴로 용구를 째려보았다. 용구가 슬쩍 모두의 눈치를 보더니 풀 죽은 목소리로 중얼거렸다.

"……미안합니다."

다들 그 모습을 보고 폭소를 터뜨렸다.

유난히 짧은 가을이었다.

그리고 어느덧 겨울이 찾아왔다.

민환은 그동안에도 남몰래 용구를 위한 변호사를 찾고 있었다. 항소만 할 수 있다면 재판 결과를 뒤집을 수 있다고 생각했기 때문이었다. 하지만 그들은 모두 하나같이 고개를 저었다.

이날도 마찬가지였다. 아침 일찍 찾아간 변호사 사무실, 민환은 조금도 재고의 여지가 없다는 듯 냉정한 얼굴로 거절하는 변호사에게 몇 번이나 반복해서 다시 생각해달라고 부탁했다. 하지만 소용없는 일이었다.

이제는 실망하는 것조차 지칠 지경이었다. 한숨을 내쉬며 걸어 나오는데, 때마침 하늘에서 눈이 내리기 시작했다.

"후……."

용구와 눈사람을 만들고 싶다며 첫눈이 오기만을 손꼽아 기다리던 예승이의 얼굴이 떠올랐다.

교도소에도 첫눈이 내렸다.

첫눈이 하나 둘 떨어지기 시작하자 7번 방 사람들에게도 작은 변화가 일어났다. 그들은 누가 먼저랄 것도 없이 예승이가 그림을 그려놓았던 벽면에 각자의 그림을 그리기 시작했다. 꽃도 그리고, 나비도 그리고, 나무도 그려 넣었다. 7번 방 사람들은 세상에서 가장 아름답다고 생각하는 것들로 벽 한쪽을 전부 채워 넣었다. 그림이 하나씩 완성될 때마다 삭막한 교도소의 풍경이 조금씩 밝아졌다.

그것은 정말 아름다운 벽화였다. 벽화를 완성한 뒤, 7번 방 사람들은 모두 한 걸음씩 물러서서 그림을 천천히 바라보았다.

"괜찮네."

방장이 뿌듯한 얼굴로 말했다. 춘호가 고개를 끄덕였다.

"예승이가 좋아하겠죠?"

만범이 씩 웃으며 물었다. 이제 이 방에 예승이가 찾아올 일은 없겠지만 그들은 절대로 포기하지 않았다. 언젠가 또다시 기적이 일어나서 7번 방에 커다란 선물 상자가 배달되고, 그 안에서 꼬마 예승이가 튀어나올 거라고 믿었다.

벽화의 한가운데에는 창문이 하나 있었다. 7번 방에서 바라본 밤하늘이 그 안에 펼쳐져 있었다. 예승이가 좋아하던 밤하늘이었다. 멍하니 서서 그림을 바라보던 용구가 조금씩 다가가더니, 무릎을 꿇고 앉아서 손가락으로 천천히 창문 밖에 떠 있는 달과 별을 따라 그렸다.

예승이를 떠올린 그가 무의식적으로 한 행동이었다. 그 모습이 사무치게 애달파, 모두 조용히 눈을 감았다.

그렇게 다시는 돌아올 수 없는 시간들이 흘러가고 있었다.

    ＊   ＊   ＊

"올해도 연말 수용자 장기 자랑 한다는디. 우리 방도 뭔가 준비해야 되지 않어요?"

처음 말을 꺼낸 것은 만범이었다. 식당에서 밥을 먹고 있던 7번 방 사람들 모두 식판을 들고 등장한 만범을 향해 고개를 들었다. 그러고 보니 벌써 12월, 연말이었다.

"그러게?"

봉식이 벌써 그런 시기가 됐다며 고개를 끄덕였다. 방장도 먹던 밥을 우물거리며 한마디 던졌다.

"올해는 가족들도 부른다더라. 봉식이 너도 제수씨랑 딸내미 불러라."

놀라운 소식이었다. 가족을 볼 수 있다는 방장의 말에, 봉식의 눈이 화등잔만 해졌다.

"진짜요? 이야호!"

너무 기뻤던 나머지 입안에 밥이 잔뜩 들어 있는 줄도 모르고, 봉식은 방장의 얼굴에 밥풀까지 튀겨가며 소리를 질렀다.

"아, 씨…… 드러운 놈!"

방장의 면박에도 봉식은 아랑곳하지 않고 웃느라 정신이 없었다. 그러자 그때까지 잠자코 있던 서 노인이 넌지시 입을 열었다.

"여럿이서 뭐 하기엔 합창이 좋지."

"저두 노래 잘합니다! 세일러 문!"

노래라는 말에 용구가 신이 나서 번쩍 손을 들었다. 하지만 춘호가 그것만은 안 된다며 고개를 저었다.

"유치하게…… 난 빠집니다."

춘호가 숟가락을 놓으며 물러나려 하자 방장이 용구의 눈치를 보며 재빨리 소리쳤다.

"예승이 안 보고 싶어? 대본 한번 써봐라!"

예승이라는 말에 춘호의 귀가 움찔했다. 방장이 제안한 건 일종의 뮤지컬이었다. 봉식이 친한 척을 하며 그에게 달라붙었다.

"난 무조건 주인공!"

"됐거덩?"

춘호가 팅기자 다들 웃음을 터뜨렸다. 바깥엔 12월의 쌀쌀한 바람이 불고 있었지만, 유독 7번 방 사람들 주변에만 따뜻한 공기가 머물렀다.

*   *   *

유난히 눈이 잦은 해였다. 이날도 마찬가지였다. 새하얀 눈송이가 교도소 안마당으로 쏟아지듯 날아들었다. 회색 시멘트도, 지저분한 흙바닥에도 흰 눈송이가 쌓였다. 드물게 커다란 함박눈이었다. 창밖으로 보이는 풍경 전부가 눈 천지로 변하는 것도 순식간이었다.

 민환은 이날따라 기분이 무척 좋았다. 아침부터 아내와 예승이가 함께 만들었다는 샌드위치를 먹었고, 출근해서는 쏟아지는 함박눈에 어린애들처럼 좋아하는 수용자들을 보았다. 그리고 결정적으로 성탄절 특사 명단을 받았기 때문이었다.

 그는 명단을 들고 보고하기 위해 소장실로 찾아갔다. 노크를 하고 들어가자, 소장은 창문가에 선 채 해가 지는 교도소 안뜰을 바라보고 있었다. 하얀 눈밭이 붉은 노을에 물들어갔다.

 "이번 성탄절 특사, 제가 부임한 뒤로 제일 많은데요?"
 "정권 말기라 그런가……."
 소장은 창밖으로 향한 시선을 돌리지 않고 중얼거렸다.
 "아무래도 그렇겠죠. 국민들한테 좋은 이미지를 주려면……."
 "보낼 사람도 많네……."
 소장이 민환의 말을 가로막았다. 드물게 가라앉은 어조에 민환이 놀란 눈으로 고개를 들었다.

"……네?"

그제야 소장이 뒤를 돌아보았다. 바깥 풍경과는 달리 무겁고, 어두운 표정이었다. 순간 뭔가 날카롭고 차가운 것이 민환의 가슴을 훑고 지나갔다. 그는 불현듯 치고 올라오는 불길한 예감에 손끝을 떨었다.

소장은 착잡한 시선을 내리며 대답했다.

"12월 23일. 날 잡혔어. 이용구."

민환은 다리에 힘이 풀려 한 손으로 소파를 잡고 스르륵 미끄러지며 걸터앉았다. 용구의 사형 집행일이 잡힌 것이다. 언젠가 닥쳐올 일이라는 걸 알고는 있었지만 막상 그때가 되니 눈앞이 캄캄해졌다. 열심히 만들었다며 샌드위치를 내밀던 예승이의 천진한 얼굴이 떠올랐다.

두 눈을 꾹 감고 부르르 주먹을 떠는 민환의 머릿속엔 온통 용구와 예승이가 유리벽을 사이에 두고 애타게 서로를 부르던 모습뿐이었다.

숨차게 시작된 겨울이 모든 것을 빠르게 끝내려 하고 있었다.

*   *   *

떠나는 사람을 위해 남은 사람이 해줄 수 있는 것은 무엇일까.

민환은 생각하고 또 생각했다. 용구의 사형 집행일이 전해진 뒤, 그의 머릿속에는 온통 그 생각뿐이었다. 그의 잘못이 아님에도 하루하루가 숨 막힐 듯 괴롭고 가슴을 짓누르는 죄책감으로 혼란스러웠다.

그는 용구를 위해 할 일을 찾기 시작했다. 민환은 용구의 소원이 무엇인지 정확하게 알고 있었다. 물론 그것은 딸인 예승이에 관한 것일 터였다. 예승이가 다른 아이들처럼 건강하고, 평범하고, 행복하게 자라는 것이었다. 그리고 그렇게 자라나는 예승이의 모습을 곁에서 지켜보고 싶을 것이다.

용구는 예승이가 학교에서 친구들과 어울려 노는 모습을 본 일이 없었다. 친구는 많은지, 친구들과 무슨 얘기를 나누는지, 예승이의 친구들은 어떤 아이들인지 그는 절대 알 길이 없었다.

연말 수용자 장기 자랑을 앞두고, 민환은 예승이의 담임 선생님을 만났다. 수업이 끝나길 기다렸다가 교실 안으로 들어서자, 그사이 낯이 익은 담임 선생님이 반갑게 일어나 인사했다.

두 사람은 책상을 사이에 두고 마주앉았다. 민환은 한참을 망설이다가 어렵사리 입을 열고 교도소에서 치러지는 연말 행사에 대해 설명하기 시작했다. 그리고 도움을 청했다.

"그래서…… 다른 수용자들도 가족들이 모두 오거든요. 예승이만 가도 좋은데…… 여기 예승이 친구들이 같이 오면 예승이 아빠가 좋아할 거 같습니다."

민환이 용구를 위해 생각해낸 것이었다. 교도소에 예승이와 예승이의 친구들을 모두 보내는 것이다.

"아, 네······."

침착하게 민환의 말을 듣고 있던 담임 선생님의 얼굴에 난처한 빛이 떠올랐다. 그녀 입장에서는 무척 황당하고 어려운 이야기였다. 머뭇거리며 어떻게 거절해야 할지 고민하고 있는데, 민환이 다시 한 번 조심스럽게 입을 열었다.

"······어렵겠죠?"

그녀가 무겁게 고개를 끄덕였다. 어려울 뿐만 아니라, 불가능에 가까운 부탁이었다.

"일단 교장 선생님께 허락을 받아야 되고요. 학부모들께도······ 아마 그분들의 반대가 가장 심하지 않을까 하는데요. 예승이 아버님이 교도소에 있다는 걸 알게 되면 또 다른 문제가 생길 수도 있어서······."

그건 민환 역시 짐작한 일이었다. 하지만 그는 물러서지 않았다. 어떻게든 이 일을 성사시켜서 용구와 예승이에게 행복한 기억을 만들어주고 싶었다. 그들의 이별이 아무 준비 없이 치러지지 않았으면 했다.

그래서 결국 예승이의 담임 선생님에게 모든 사실을 털어놓았다.

"올해가 이번 정부 말년이라······ 아마 사형수들 집행이 있을 겁니다."

"네? ······네?"

민환이 참회하듯 뱉어낸 말에 담임 선생님의 눈빛이 크게 흔들렸다. 사형수들의 집행. 그가 하는 말의 의미를 깨달았기 때문이었다.

"그럼······."

민환이 간절한 눈으로 담임 선생님을 바라보았다.

"도와주십시오. 부탁드리겠습니다."

출석부 위에 놓여 있던 담임 선생님의 손끝이 파르르 떨렸다. 그녀는 두 눈을 빠르게 깜박이며 잠시 교실 천장을 바라보았다. 누구보다 웃음이 많고 활발하며, 어른스러운 예승이의 얼굴이 떠올랐다. 그리고 예승이의 아빠, 용구까지.

면회실 유리 너머에서 서로의 손조차 잡을 수 없는 두 사람이었지만, 그녀는 지금까지 그렇게까지 서로를 사랑하는 부녀를 본 일이 없었다. 용구의 좁은 세계는 오직 예승이뿐이었고, 예승이의 작은 세계는 전부 아빠에 대한 걱정뿐이었다.

아빠는 아이를 위해 바보가 되었고, 아이는 아빠를 위해 어른이 되었다.

"제가······."

그녀가 간신히 입을 열었다. 울컥한 마음에 목소리가 떨렸지만 애써 웃음 지으며 민환을 바라보았다.

"제가 어떻게든 성사시켜볼게요. 견학 프로그램으로 건의하고. 뭐, 사표 쓸 각오하고 교장 선생님께 매달려봐야죠!"

민환은 조용히 고개를 숙였다.

"고맙습니다."

*　　　*　　　*

용구의 형 집행 날짜가 잡혔다는 이야기는 금세 7번 방 사람들의 귀에 들어갔다.

"이런 씨팔! 판결 난 지 며칠 됐다고 사형 집행이야!"

봉식이 버럭 소리를 지르며 운동장 바닥에 주저앉았다. 서 있을 수 없을 정도로 다리에 힘이 풀린 건 다른 사람들도 마찬가지였다. 7번 방 사람들은 모두 하던 운동을 내팽개치고 망연자실한 표정으로 모여들었다. 서 노인이 먹먹한 한숨을 내쉬며 가슴을 두드렸다. 모두의 눈가가 빨갛게 물들어 있었다.

그토록 두려워하던 순간이 온 것이다.

보통은 사형을 선고받는다 해도 형이 집행되기까지는 꽤 오랜 시간이 걸린다. 실제로 교도소 안에는 십여 년째 수감 생활을 하고 있는 사형수도 있었다. 그런데 용구는 재판이 끝난 지 일 년이 지나기도 전에 형 집행 날짜가 정해진 것이다.

울분이 차올라 모두 할 말을 잃었다. 누군가에게 하소연하고 잘못을 바로잡아 달라 말하고 싶어도 그럴 수가 없었다. 그들은 모두 수감된 죄수들이었기 때문이다.

모두의 시선이 거의 동시에 용구를 향했다. 용구는 운동장 가득 쌓인 눈을 모아 눈사람을 만드느라 정신이 없었다. 어린아이처럼 해맑은 그의 얼굴엔 앞으로 일어날 일에 대한 걱정이나 원망 같은 건 조금도 보이지 않았다.

"항의해야 됩니다. 아무리 법무부 결정 사항이지만 현행법에 어긋나요."

춘호가 빨개진 눈시울을 문지르며 힘없이 중얼거리자, 서 노인이 다시금 땅이 꺼져라 한숨을 내쉬었다.

"순서가 왜 이 따위야? 데려가려면 나부터 데려가야지……."

그때까지 아무 말도 하지 않던 방장이 고개를 들어 용구를 바라보았다. 크리스마스 캐럴을 흥얼거리며 눈덩이를 굴리는 용구의 모습이 그렇게 서글퍼 보일 수가 없었다. 방장은 눈가를 뜨겁게 달구는 눈물을 감추기 위해 고개를 들어 하늘을 바라보았다. 무심한 겨울 하늘에 아직까지 하얀 눈발이 날리고 있었다.

"이놈의 교도소 탈탈 털면 먼저 뒈질 놈 천진데……."

방장이 중얼거렸다. 숙연해진 분위기에 모두 고개를 떨어뜨렸다.

그런데 그때, 방장의 머릿속에 무언가 좋은 생각이 떠올랐다. 그는 무겁게 감았던 눈을 번쩍 뜨고 주위를 두리번거리더니 갑자기 춘호의 뒷덜미를 잡고 머리를 모았다. 그리고 나직하게 중얼거렸다.
 "용구 이대로 못 보낸다."
 "그거야…… 형님, 무슨?"
 "야, 춘호. 잘 들어. 그러니까 말이야……."

*　　　*　　　*

 그리고 시간이 흘러, 장기 자랑 대회 날이 밝았다. 교도소는 전에 없이 활기찬 분위기로 가득 차 있었다. 삭막하고 살벌하던 담벼락에 색색의 플래카드가 걸리고, 여기저기서 풍선이 날아다녔다.
 가족들이 보러 온다는 생각에 수감자들의 얼굴에도 기쁨이 흘렀다. 그들은 어떻게든 좋은 모습을 보여주기 위해 최선을 다해 장기 자랑을 준비하고 있었다.
 행사가 시작되기에 앞서, 교도소 앞마당에 전세 버스 한 대가 들어섰다. 선성 초등학교 1학년 1반의 아이들을 태운 버스였다. 바로 예승이와 같은 반 친구들이었다. 민환의 부탁을 받은 담임 선생님이 정말로 사표를 쓸 각오로 교장 선생님과 학부모를 설득한 결과였다.

작은 아이들이 창문에 매달려 너도나도 얼굴을 들이밀었다. 난생 처음 보는 교도소의 풍경에 감탄사를 연발하고 호기심 반짝이는 눈을 빛냈다. 그중 가장 기뻐하는 건 물론 예승이었다. 예승이는 선생님 옆자리에 앉아 창문에 바짝 달라붙은 채, 아빠 용구와 삼촌들이 매일 족구를 하던 운동장을 둘러보고 있었다.

그러다 담벼락 중앙에 서 있는 눈사람을 발견했다.

"선생님!"

아이들이 줄을 맞춰 버스에서 내리는 동안, 예승이는 그 눈사람에게서 시선을 떼지 못하고 있었다. 그러다 선생님의 손을 잡고 간절한 눈으로 그녀를 올려다보았다.

"예승이, 왜 그러니?"

예승이가 작은 손으로 운동장 한쪽에 서 있는 눈사람을 가리켰다. 그러더니 자랑스러운 얼굴로 말했다.

"선생님! 저 눈사람…… 아빠가 만든 거예요. 틀림없어요. 잠깐만 가서 보고 오면 안 돼요?"

잔뜩 들뜬 예승의 목소리를 듣고 아이들의 시선이 전부 눈사람에게 가 닿았다. 어지간한 어른의 키만큼 커다란 눈사람은 웃는 모양의 눈 코 입을 가지고 있었고, 빨간 귀마개와 목도리도 두르고 있었다. 그리고 그 옆에는 작은 눈사람이 하나 더 세워져 있었는데, 두 눈사람 사이에 커다란 하트가 그려져 있었다.

"우와! 저거 진짜 예승이네 아빠가 만든 거야?"

영훈이 다가와 물었다. 예승이 크게 고개를 끄덕이자, 다른 아이들도 우르르 몰려와 떠들기 시작했다.

"완전 크다! 저렇게 큰 눈사람은 처음 봐."

"선생님 가까이 가서 보고 와도 돼요?"

아이들이 모두 눈을 반짝이며 조르기 시작했다. 잠시 당황했던 선생님이 인솔을 도와주러 나온 김 교도관을 바라보았다. 그가 시원스레 고개를 끄덕였다.

"그러시죠. 저렇게 보고 싶어하는데."

"감사합니다."

허락이 떨어지자, 아이들이 환호성을 지르며 눈사람을 향해 달려가기 시작했다. 예승이는 용구가 만든 눈사람 앞에서 한참을 서 있다가 작은 나무 막대를 주워 바닥에 글씨를 썼다. 용구와 자신의 이름이었다. 영훈과 아이들은 그 옆에 주먹만 한 눈덩이를 뭉쳐 작은 눈사람을 잔뜩 만들었다.

"……어떻게 알았을까요."

흐뭇한 얼굴로 그 모습을 바라보던 선생님이 혼잣말처럼 중얼거렸다. 눈사람의 주인이 용구라는 사실을 첫눈에 알아본 예승이가 신기했기 때문이었다. 옆에 서 있던 김 교도관이 말했다.

"그러게 말입니다. 이것도…… 일종의 기적이겠죠."

눈사람 구경을 끝낸 아이들이 우르르 달려왔다. 예승이는 친구들과 함께 김 교도관의 안내를 받아 임시로 마련된 대기실로 들어갔다. 그리곤 선생님과 함께 마지막 합창 연습을 하기 시작했다.

장기 자랑 준비로 바쁜 건 7번 방 사람들도 마찬가지였다. 마땅한 대기실이 없었던 그들은 공을 만드는 공장에 모여 부산스럽게 움직였다. 각종 공들과 바람 빠진 애드벌룬이 널브러진 공장 안에서, 방장이 추운 날씨에 어울리지 않는 반바지를 입고 펄쩍펄쩍 뛰었다.

"난 죽어도 이 수염은 못 깎아!"

춘호가 답답하다는 듯 소리쳤다.

"아니 나보러 대본 쓰라매요?"

"내가 대본 쓰라 그랬지 여자 역할 한다고 그랬냐?"

길길이 화를 내는 방장의 뒤에서 만범이 조심스레 중얼거렸다.

"선생님이라는디, 그라믄 당연 행님이 하셔야죠!"

"그래도 이건 아니지!"

잔뜩 부아가 치민 방장이 그 자리에 철퍼덕 주저앉았다. 중간에 멀뚱히 서 있던 용구가 반바지 밖으로 삐져나온 방장의 다리를 물끄러미 바라보았다. 방장의 다리엔 고릴라 저리가라 할 정도로 시커멓고 구불구불한 털이 숭숭 나 있었다.

용구가 쯧쯧, 혀를 차며 말했다.

"여자 선생님이면 다리털도 이렇게 많으면 안 됩니다."

"야!"

 방장이 버럭 소리를 질렀다. 그는 너마저 그럴 줄은 몰랐다는 얼굴로 용구를 노려보고 있었다. 그 모습을 지켜보던 서 노인이 껄껄 소리를 내며 웃었다.

 "허허! 둘 중에 하나는 선택해야겠네."

 "아, 몰라! 몰라 몰라!"

 방장은 절대로 뜻을 굽히지 않겠다는 듯 팔짱을 낀 채 고개를 세차게 저었다. 답답했던 봉식이 나서서 살살 방장을 달랬다.

 "형님! 중요한 날 계속 징징거리실 겁니까?"

 방장의 이마에 주름살이 깊게 파였다. 봉식이 꺼낸 '중요한 날'이라는 말에 그의 눈빛이 사정없이 흔들렸다. 방장의 마음이 흔들리는 기미를 보이자, 춘호가 쐐기를 박았다.

 "수염을 밀든지, 다리털을 깎든지 해야죠. 뭐, 사실은 둘 다 이상하지만…… 형님이 그렇게까지 싫다고 하시는데 우리가 뭘 어째요. 여자 선생님이 너무 흉악해서 애들이 실망만 안 한다면야, 뭐……."

 "아, 씨……."

 춘호가 짐짓 실망스럽다는 얼굴로 말하자, 방장이 그와 봉식을 번갈아가면서 노려보더니 한숨을 푹 내쉬었다. 그리곤 두 눈을 질끈 감고 결단을 내렸다.

 "다리털로 가자."

잠시 뒤, 방장은 만범과 봉식에게 양쪽 팔을 꽉 잡혀 있었다. 그의 두 다리엔 청 테이프를 잔뜩 붙인 상태였다. 교도소 안에 제모 크림이나 면도칼이 있을 리 없기 때문에 아쉬운 대로 청 테이프를 사용해 다리털을 뽑기로 한 것이다.

잠시 후 몰려들 끔찍한 고통을 떠올리며 방장이 온몸을 바들바들 떨었다.

"용구 씨. 테이프 뜯어."

"아……, 이거, 아……."

춘호의 말에 용구가 난감한 표정으로 어물어물 테이프 끝을 붙들었다. 그러나 감히 뜯을 생각은 못 하고 이걸 어쩌면 좋으냐는 표정으로 방장을 올려다보았다. 방장이 벌컥 화를 내며 소리를 질렀다.

"아. 뭐 해! 빨리 해! 후달리게 씨……."

용구가 주춤주춤 테이프를 뜯었다. 딴에는 아프지 않게 해주려고 살살 뜯고 있는데, 그게 더 고통스러워 방장은 죽을 맛이었다.

"으아……!"

"한 번에 쫙 뜯어, 그래야 덜 아프지."

보다 못한 서 노인이 확 뜯는 시늉을 해보이자 용구가 알겠다는 듯 고개를 끄덕였다.

"네!"

그리고 한 차례 숨을 들이쉰 뒤, 단숨에 테이프를 뜯었다.

청 테이프 안쪽에 방장의 구불구불한 다리털이 흉측하게 달라붙어 있었다. 그리고 고통에 몸부림치던 방장의 애달픈 비명이 사동 전체에 울려 퍼졌다.

"으아아아아아!"

* * *

'가족 초청 연말 장기 자랑', '환영합니다'
커다란 플래카드가 교도소 강당 정면에 내걸렸다. 모두 재소자들이 정성 들여 꾸민 것이었다. 강당 안엔 미리 줄 맞춰 세워놓은 접이식 의자가 가득 채워져 있었다. 하나둘 들어오기 시작한 수용자 가족들이 웅성거리며 각자 자리를 잡고 앉았다.

강당 가장자리엔 교도소장과 민환, 교도관들과 관계자들이 앉았고, 그 뒷줄에 행사에 참가하는 재소자들이 앉았다. 가족을 초대한 재소자들은 목을 길게 빼고 기다렸던 사람을 찾느라 정신이 없었다. 7번 방 사람들도 그 중간에 앉아 주위를 두리번거리고 있었다.

"선녀야!"
봉식이 앞줄에서 아이를 안고 나타난 선녀를 발견하곤 두 손을 번쩍 들어 소리 질렀다. 선녀는 달뜬 얼굴로 무대를 기웃거리며 봉식을 찾고 있었다. 봉식의 목소리가 너무 커서 사람들의 시선이 모이자, 교도관들이 눈짓으로 그를 조용히 시켰다. 보라는 선녀는 이쪽을 보지 않고, 애꿎은 교도관들의 눈치만 잔뜩 사고 말았다. 봉식은 자리에 앉아 발을 동동 굴렀다.

"뭐가 그렇게 마음이 급해? 때 되면 어련히 알아서 만날까."

방장이 봉식에게 핀잔을 던졌다. 그러자 봉식이 발끈해서는 방장에게 대들기 시작했다.

"형님은 몰라요! 이렇게 가까이 있는데 가서 안아주지도 못하고……. 이건 고문이에요! 생이별이 따로 없잖아요!"

봉식의 말에도 일리가 있었다. 서 노인이 묵직한 목소리로 그를 달랬다.

"그 맘 알지. 우리도 다 그래. ……자네가 그런데 예승 애비 마음은 어떻겠나."

서 노인의 말에 모두가 한마음이 되어 입을 다물었다. 그리고 아까부터 내내 말이 없는 용구를 바라보았다.

용구는 멍하니 입을 벌린 채 의자에 앉아 두 손을 만지작거리고 있었다. 달달 떨리는 다리와 쉴 새 없이 흔들리는 눈동자를 보아하니, 당장이라도 예승이를 찾아 달려 나갈 기세였다. 하지만 얌전히 앉아 있으라는 교도관들의 엄포에 이러지도 저러지도 못한 채 벙어리 냉가슴만 앓고 있었다.

흥분해서 투덜거리던 봉식이 한숨을 푹 내쉬더니 얌전히

자리에 앉았다. 다른 사람들도 마찬가지였다. 이제는 7번 방 뿐만이 아니라, 주위에 앉아 있던 다른 재소자들까지 용구를 보며 안타까운 얼굴로 입을 다물었다.

주위가 조용해지자 용구의 눈길이 더 바빠졌다. 저기 어딘가에 예승이가 와 있을 거란 생각에, 그는 어쩔 줄을 몰랐다. 그렇게 한동안 예승 또래의 아이들 하나, 하나에게 눈길을 주던 용구가 벌떡 자리에서 일어났다.

"응?"

방장이 깜짝 놀라 용구를 바라보았다. 잔뜩 일그러진 용구의 얼굴에 울음과 웃음이 뒤섞여 있었다. 용구의 시선을 따라가 보니, 선생님의 지도를 받으며 강당으로 들어오고 있는 아이들의 모습이 보였다.

예승이와 예승이의 친구들이었다.

"예승이다!"

만범이 소리쳤다. 그리고 교도관들의 눈치를 받곤 얼른 입을 닫았다. 춘호와 서 노인도 마찬가지였다. 어떻게든 예승의 시선을 끌어보려고 손을 흔들고, 앉았다가 일어나길 반복했다. 용구는 멍하니 선 채 예승이가 영훈의 손을 잡고 들어와 자리에 앉는 모습을 하염없이 바라보았다.

"예승이, 우리 예승이……."

용구가 중얼거렸다. 예승이에게 달려가고 싶은 마음에 그의 몸이 앞으로 기울어 있었다. 서 노인이 안타까운 얼굴로 용구의 팔을 잡아끌었다. 그때였다.

"……아빠?"

예승이가 기적처럼 고개를 돌려 용구를 바라보았다. 작은 얼굴 가득 환한 미소가 맺혔다. 용구의 얼굴도 마찬가지였다.

예승이가 크게 손을 흔들자, 용구도 손을 흔들었다. 7번 방 사람들도 모두 손을 흔들었다. 무슨 일인가 싶어 함께 고개를 돌렸던 예승이의 친구들도 너 나 할 것 없이 손을 흔들었다.

그리고 기다렸던 행사가 시작되었다.

시간이 되자 무대 한쪽에 서 있던 김 교도관이 마이크를 들었다. 그는 재소자 가족들을 향해 넙죽 인사를 한 뒤, 사회를 보기 시작했다.

"지금부터 저희 교도소에서 주최한 가족 초청 연말 장기자랑 대회를 시작하겠습니다. 1등방은 가족과의 외박이 있습니다! 참가자들 분발해주시고요. 첫 번째 순서로 6사동 3방의 무대, 엿장수 타령으로 화려한 막을 열겠습니다. 자, 들어오세요!"

김 교도관이 무대를 가리키자 본격적인 장기 자랑이 시작되었다. 첫 팀은 보기에도 유쾌한 엿장수 듀엣이었다. 타령을 부르며 등장한 두 재소자 엿장수는 장단에 맞춰 장기 자랑 무대의 흥을 돋웠다. 관객들에게 강요에 가까운 박수를 유도하는가 하면, 무대 밖으로 펄쩍 뛰어내려 소장과 민환에게 모자를 내밀며 돈을 달라고 조르기도 했다.

소장이 껄껄 웃으며 돈을 넣자 민환도 어쩔 수 없이 지갑을 열었다. 지폐를 받은 두 엿장수가 땡잡았다며 과장된 몸짓으로 인사하는 걸 보고 재소자들과 재소자의 가족들은 폭소를 터뜨렸다.

다음 차례는 초등학생 리코더 합주단이었다. 하얀 제복을 입은 초등학생들이 리코더를 불며 줄줄이 입장하자 커다란 환호성이 터졌다. 아이들은 마치 고적대처럼 서로 교차되고 앞서고 뒤서며 경쾌하게 움직였다. 리코더 합주단의 신 나는 율동과 연주에, 지켜보던 관객들이 박수를 치며 박자를 맞췄다. 흥에 겨워 자리에서 일어나 춤을 추는 재소자도 있었다. 소장과 민환은 그 모습을 뒤돌아보며 미소를 지었다.

"다음 순서가 뭐지?"

흐뭇한 얼굴의 소장이 물었다. 민환이 뒤에 앉아 있던 교도관을 돌아보자, 그가 얼른 입을 열었다.

"예, 아마 빠박이일 겁니다."

"그놈이? 별일이군그래."

교도관의 말대로였다. 다음 순서가 되자, 빠박이가 무대 위로 튀어 나왔다. 빠박이는 어디서 구했는지 모를 기괴한 복장을 하고 한 손에는 신나 통을 들고 있었다. 그 뒤를 따라 애꾸가 작은 횃불을 들고 나타났다.

"제가 기찬 구경 한번 시켜드리겠습니다!"

빠박이가 크게 소리쳤다. 아이들은 그저 호기심에 가득 차 있고, 수용자들은 환호성을 지르고, 교도관들을 불안해하는 가운데 빠박이의 쇼가 시작됐다.

으아아, 하는 기합 소리와 함께 빠박이는 모두가 보고 있는 앞에서 신나 통을 들이마셨다. 그리곤 애꾸가 들고 있는 횃불을 향해 입에 머금고 있던 신나를 뿜었다. 푸확, 소리와 함께 시뻘건 불길이 치솟아 올랐다. 깜짝 놀란 관중들이 비명을 지르자, 빠박이는 그 소리가 환호라도 되는 양 앞으로 나서서 박수를 유도했다. 하지만 관중들은 그저 어리둥절한 얼굴로 그를 바라보고 있을 뿐이었다.

기대했던 박수가 나오질 않자, 빠박이가 이번에는 애꾸를 질질 끌어다 바닥에 눕혔다. 그리곤 애꾸의 상의를 끌어올려 배를 내놓고 그 위에 벽돌을 올려놓았다. 그러더니 의기양양한 얼굴로 한 손에 해머를 들었다.

"꺄아악!"

"어떡해! 저 사람 좀 말려봐요!"

여기저기서 걱정과 탄식, 비명이 난무하고 있었다. 지켜보던 교도소장과 민환의 얼굴도 일그러졌다. 어느새 무대 밖에 있던 교도관들이 우르르 몰려나와 빠박이와 애꾸를 끌어내기 시작했다. 한바탕 몸부림을 치던 두 사람은 교도관들의 손에 이끌려 어두운 무대 뒤로 사라져 버렸다.

김 교도관은 어색하기 짝이 없는 얼굴로 마이크를 들었다.

"네…… 어린이들은 이런 장난을 하면 안 된다는 것을 보여주었습니다. 음…… 이번에 준비된 무대는…… 천상의 하모니 '엔젤스'를 소개합니다!"

바로 예승이네 반이 준비한 무대였다.

합창단 아이들은 이름 그대로 천사처럼 하얀 옷을 맞춰 입고 있었다. 예승이가 등장하자 7번 방 사람들이 앉아 있는 곳에서 엄청난 박수와 환호 소리가 들려왔다. 예승이는 그쪽을 향해 고개를 들고 활짝 웃었다.

가운데 앉아 있던 용구도 엉덩이를 들썩이며 좋아서 어쩔 줄을 모르고 있었다. 춘호와 만범이 번갈아 소리쳤다.

"예승이 파이팅!"

"예승아 잘해!"

지휘자인 담임 선생님이 손짓하자 엔젤스가 관객을 향해 공손히 인사했다. 관객들은 아기 천사들의 어여쁜 모습에 너도나도 힘차게 박수를 쳤다. 우레와 같은 박수 소리가 잦아들고 정적이 찾아오자, 드디어 낮은 음악이 흘러나오기 시작했다. 동시에 아이들이 앙증맞은 두 손을 들어 올렸다. 그리고 손짓으로 '오, 거룩한 밤'의 가사를 표현하기 시작했다.

그건 농아를 위한 수화였다. 반짝이는 눈망울과 요정처럼 귀여운 몸짓, 천상의 하모니까지. 재소자들의 눈에 비친 엔젤스는 살아 있는 천사들이나 다름없었다.

거룩한 밤 별빛이 찬란한 밤
거룩하신 우리 주 나셨네
오랫동안 죄악에 얽매여서
헤매던 죄인 위해 오셨네
우리를 위해 속죄하시려는
영광의 아침 동이 터온다

아름다운 동작과 화음에 모두가 넋을 잃고 무대를 바라보았다. 아이들은 전부 천사처럼 아름다웠지만 용구의 눈은 오직 예승이만을 바라보고 있었다. 숨 쉬는 것조차 잊어버릴 정도로, 용구는 예승이의 노래에 귀를 기울였다.
노래가 흐를수록 강당 안의 분위기가 숙연해졌다. 그때, 예승이가 천천히 앞으로 걸어 나왔다.

주님께서 죄 사슬 풀으시니
감사 찬송 다함께 부르세

예승이의 솔로 부분이었다. 예승이의 눈도 어느새 용구에게 향해 있었다. 두 사람의 시선이 마주치고, 용구의 눈동자에 뜨거운 눈물이 맺혔다. 용구는 어깨를 들썩이며 울음을 참기 위해 애썼다. 소매로 눈물을 훔치고 예승이에게 집중했다. 자꾸만 시야가 흐려져 예승이의 얼굴이 잘 보이지 않았다. 속상한 마음에 더 눈물이 났다.

경배하라 천사의 기쁜 소리 오 거룩한 밤-
구주가 나신 밤 오 거룩한 밤- 거룩 거룩한 밤……

긴 여운과 함께 합창이 끝이 났다. 강당 안엔 가슴 벅찬 정적이 맴돌고 있었다.
짝짝짝…….
한 사람이 일어나 박수를 치자, 또 한 사람, 두 사람, 급기야 모든 사람들이 일어나 기립 박수를 치기 시작했다. 용구는 이렇게 기쁜 날에 어째서 눈물이 나왔는지 스스로도 잘 알 수가 없었다. 하지만 애써 고개를 들고 예승이에게 박수를 쳐주었다.
"네……. 정말 감동적인 하모니였습니다."
사회를 보던 김 교도관의 눈에도 눈물이 맺혀 있었다. 그가 약간 잠긴 목소리로 다음 순서를 소개하기 시작했다. 그리고 몇 개의 공연이 지난 뒤, 마지막으로 7번 방 사람들의 순서가 왔다.
"이제 마지막으로 7방 팀의 공연이 있겠습니다. 뮤지컬이라는데……. 걱정이 많이 됩니다. 아! 그리고 이번에는 특별 게스트도 나온다는데요? 자! 박수로 맞이해주십시오! 7방 팀의 도레미 송!"

꽤 오랜 준비 시간이 지나고 커튼이 열리자, 거기엔 펄럭이는 스커트를 걸치고 기타를 멘 방장과 용구, 예승이를 포함한 7번 방 사람들이 있었다. 그들은 모두 옹기종기 모여 앉아 어색한 얼굴로 헛기침을 하고 있는 방장을 올려다보았다.

'사운드 오브 뮤직'의 한 장면이었다.

하지만 가정교사 마리아는 수염이 덥수룩한 얼굴을 하고 있었고, 트랩 가의 아이들은 한 명을 제외하곤 모두 늙고 시커먼 얼굴을 하고 있었다. 관객들이 두 눈을 휘둥그렇게 뜨고 웃음을 터뜨린 건 지극히 당연한 반응이었다.

얼굴이 벌겋게 달아올랐을 정도로 쑥스러워하던 방장이 춘호의 신호에 맞춰 기타를 튕겼다. 그리곤 걸걸하고 우렁찬 목소리로 선창하기 시작했다.

"아주 기초부터 시작하자. 배우기 쉽게! 글자 배울 때는 뭐부터 시작하지?"

예승이가 손을 들고 소리쳤다.

"가! 나! 다!"

방장은 수염이 숭숭 난 얼굴로 인자한 미소를 지었다.

"그렇지. 그리고 노래를 배울 때는 도, 레, 미부터!"

"도! 레! 미!"

7번 방 사람들이 모두 한마음으로 외쳤다.

"도, 레, 미는 첫 세 음이야. 도. 레. 미"
"도! 레! 미!"
화음은 당연히 엉망이었다. 방장이 어설픈 연기를 선보이며 고개를 갸웃거렸다.
"도레미파솔라시~ 음……, 좀 더 쉽게 해보자!"
그리고 본격적으로 노래가 시작되었다.

'도'는 멀리 도망가!
'레'는 다시 안 올래!
'미'는 미친 듯이 튀어!

방장이 우스꽝스럽게 개사된 노래를 부르자 관중석에서는 폭소가 터져 나왔다. 소장과 민환은 물론이거니와 교도관들까지 웃느라 정신이 없었다.
방장이 운을 띄우면 7방 사람들이 각자 방장이 가르쳐준 가사를 따라 불렀다. 줄줄이 줄지어 무대를 돌아다니며 노래와 율동을 하는 7방 사람들은 놀라울 정도로 손발이 딱딱 맞았다. 삼각 편대도 했다가 두 줄로 서고, 서로 얽히는 등 다양한 율동을 선보이기도 했다.
7번 방 사람들의 손짓에 관객석에서 지켜보던 사람들도 하나씩 자리에서 일어났다. 어느새 강당 안에 있던 모든 사람들이 하나가 되어 박수를 치며 노래를 부르고 있었다.

"도! 레! 미!"

방장이 운을 띄우면 모두 따라서 노래를 불렀다. 그렇게 분위기가 최고로 무르익었을 때, 춘호가 자연스럽게 움직이며 용구와 예승이를 무대 뒤쪽으로 이끌었다. 언젠가 예승이가 성가대 아이들 틈에 섞여 교도소에 들어왔을 때와 비슷한 루트였다.

7번 방 사람들의 노랫소리는 계속되었지만 무대 밖으로 나간 용구와 예승이는 돌아오지 않았다. 하지만 끝나지 않고 계속되는 공연에 그 사실을 눈치챈 사람은 없었다. 단 한 사람, 민환을 제외하고는.

잠시 틈을 타 무대 뒤로 숨은 방장은 용구와 예승이를, 미리 준비한 기구에 실었다. 모두가 공장에서 짬짬이 기운 애드벌룬으로 만든 기구였다. 무대 위에서 노랫소리가 들려오는 가운데 용구와 예승이를 망태기 안에 앉히자, 이제 줄을 풀어버리는 일만이 남아 있었다.

"꼭 잡아. 떨어지면 안 된다!"

방장이 다급한 얼굴로 당부했다. 용구와 예승이는 영문을 모르겠다는 얼굴로 망태기에 앉아 방장을 바라보고 있었다.

"꼭…… 나가야 된다!"

방장이 다시 한 번 당부했다. 이 거대한 애드벌룬은 용구를 교도소 밖으로 탈출시키기 위한 도구였다. 용구를 그냥 보내지 않겠다고 마음먹었을 때부터 7번 방 사람들은 틈틈이 모여 계획을 세웠다. 신이 나는 공연을 해서 모두의 시선이 그쪽에 모여 있을 때 용구를 탈출시킨다는 계획이었다.

방장이 춘호에게 신호를 보내기 위해 서둘러 돌아섰을 때였다.

무대 뒤 한쪽에 서 있던 누군가와 시선이 마주쳤다. 민환이었다.

솔~도라파 미도레~ 솔도라시 도레도!

클라이맥스를 향해 달려가던 노래가 마침내 끝을 맺었다. 모두가 환호하는 가운데 방장과 민환은 굳은 얼굴로 서로를 바라보고 있었다. 두 사람의 머릿속에 정적이 감돌았다. 방장의 귓가를 타고 땀방울이 떨어졌다. 그는 애절한 눈빛으로 민환을 바라보았다.

지금 두 사람을 보내줘야 했다. 어쩌면 다시는 보지 못할 두 사람이었다. 방장이 어떻게든 민환을 막아보려고 하는데, 민환이 움직였다.

그는 망태기 위에 사이좋게 올라타고 있는 용구와 예승이를 한 번씩 바라보더니 슥 고개를 돌렸다. 그리곤 이내 아무것도 못 본 척 돌아서서 들어가 버렸다.

믿을 수가 없었다. 방장은 당황한 와중에도 재빨리 움직여 춘호에게 신호를 보냈다. 춘호가 고개를 끄덕이고 만범에게 신호를 보냈다. 그러자 만범이 봉식과 서 노인을 끌고 무대 앞으로 나가 다시 한 번 노래를 부르기 시작했다. 이미 잔뜩 신이 난 관객들은 너도나도 소리를 지르며 만범의 노래를 따라 불렀다.

그리고 대기하고 있던 춘호가 애드벌룬에 걸린 밧줄을 가차 없이 풀어버렸다.

"아······."

"우와! ······아빠, 우리 하늘을 날고 있어!"

용구와 예승이를 태운 애드벌룬이 하늘 위로 둥실둥실 떠오르기 시작했다. 교도소 담벼락을 향해 유유히 날아가는 애드벌룬의 모습에 재소자와 가족들은 모두 굉장한 퍼포먼스라며 환호성을 올렸다.

"와아아아아-!"

방장은 주위의 눈치를 살피다가 기회를 봐서 무대로 다시 한 번 뛰어나갔다. 그리곤 다시 한 번 관중들에게 노래를 시키기 시작했다. 아직까지 아무것도 눈치채지 못한 관중들과 교도관들은 그가 시키는 대로 박수를 치고 춤을 추며 노래를 불렀다.

'도'는 멀리 도망가! '레'는 다시 안 올래······.

그때였다. 즐겁게 따라 부르던 사람들의 얼굴에 문득 의아한 빛이 떠올랐다. 애드벌룬이 한 자리에 가만히 있질 않고 멀리 떠나가고 있기 때문이었다. 게다가 애드벌룬에 매달린 바구니 안에는 두 사람이 타고 있었다.

많은 사람들이 지켜보는 가운데 애드벌룬은 점점 높다란 교도소 담벼락을 향해 날아가고 있었다. 그와 함께 사람들의 표정도 변해갔다. 그제야 뭔가 이상하다는 사실을 깨달은 교도관들도 얼굴에서 웃음을 거두고 긴장하기 시작했다.

순간 교도관 하나가 삑 소리와 함께 호루라기를 불었다. 장기 자랑 무대는 삽시간에 아수라장으로 변했다. 도레미 송을 반복해서 합창하는 재소자들과 영문을 몰라 멍하니 바라보는 가족들, 그리고 고함을 지르며 애드벌룬을 따라가는 교도관들로 소란스러웠다.

"잡아! 잡으란 말이야!"
"줄이 끊어져 있습니다!"
"당장 멈춰, 이용구!"

하지만 그들의 고함 소리는 용구와 예승이의 귀에 와 닿지 않았다. 두 사람은 망태기 안에서 박수를 치며 좋아하고 있었다. 잔뜩 신이 난 예승이가 용구를 향해 소리쳤다.

"아빠! 우리가 날았어! 새처럼 막 날아가!"

용구도 너무 좋아 어쩔 줄을 모르고 있었다. 문득 눈앞에 펼쳐진 엄청난 광경에 용구가 손가락으로 하늘을 가리켰다.

"허엉! 어! 예승아, 저기 봐봐! 저기!"

용구가 가리킨 곳에는 저물어가는 붉은 노을이 아름답게 펼쳐져 있었다. 진홍색으로 물든 하늘은 동화책 안에 있는 그림을 오려 붙인 것처럼 환상적이었다. 그 따뜻한 빛이 온 세상을 붉게 물들이며 모든 것을 감싸 안아주었다.

그 속에는 용구와 예승이도 함께였다.

아름다운 진홍빛에 안긴 채, 용구와 예승이는 망태기 아래를 내려다보았다. 교도관들이 망태기에서 늘어진 밧줄을 잡으려고 필사적으로 뛰는 가운데, 그걸 말리려고 교묘하게 다리를 걸고 태클을 거는 빠박이와 7방 사람들의 모습이 보였다. 용구와 예승이의 눈엔 마치 그들이 자신들의 비행을 축하하기 위해 모인 것처럼 보였다.

손가락질을 하는 관객들도 마찬가지였다. 예승이의 눈엔 마치 그들이 잘 가라고 손 인사를 하는 것처럼 느껴졌다. 아직까지 끝나지 않은 도레미 송은 두 사람을 환송하기 위해 부르는 노래 같았다.

애드벌룬으로 만든 기구가 마침내 교도소의 마지막 담을 향해 날아올랐다. 망루에서 보초를 서던 경비 교도대원이 기구를 보고 화들짝 놀라 눈을 휘둥그레 떴다. 잠시 뒤 상황을 파악한 경비 교도대원이 총을 들었지만, 쏴야 할지 말아야 할지 알 수가 없어 허둥거렸다.

용구와 예승이는 주춤거리는 경비 대원에게 손을 흔들었다.

"아저씨! 안녕하세요!"

"어……, 어!"

예승이의 환한 웃음에 경비 교도대원은 얼떨결에 한 손을 들어 대답하고 말았다. 용구도 따라서 소리쳤다.

"노을이 진짜 아름다워요. 허엉!"

경비 교도대원도 고개를 끄덕였다.

"그, 그렇죠……?"

그는 그렇게 대답하고 나서도 어이가 없었는지 머리를 세차게 흔들었다. 그러다 아차 싶어 망루 아래쪽을 내려다보자 거기엔 소장이 양손을 입가에 대고 뭐라 고래고래 소리를 지르고 있었다. 하지만 워낙 거리가 멀어 무슨 말을 하는지 알아듣기 힘들었다.

그 뒤에선 7번 방 사람들과 민환이 간절한 소망을 담아 기구를 올려다보고 있었다.

"제발……."

민환이 가만히 중얼거렸다. 애드벌룬은 높은 하늘 위를 날아올라 담을 넘어갈 듯, 넘어갈 듯 휘청거리고 있었다. 민환과 7번 방 사람들은 애타는 마음에 두 주먹을 불끈 쥐었다. 주위에선 용구를 끌어내리기 위해 온통 난리였지만, 그들만은 제발 이 동화 같은 탈옥이 성공하길 바랐다.

"제발……!"

이번에는 만범이 중얼거렸다. 방장도, 춘호도, 봉식도, 서 노인까지 모두 그랬다. 하지만 그들의 염원에도 불구하고 애드벌룬은 아슬아슬하게 담에 걸려 퉁, 퉁 소리를 내기만 할 뿐 넘어가질 못하고 있었다.

"제발, 제발, 아……."

마음을 모으고, 두 손을 모으고, 심지어 믿지도 않는 신에게 간절히 기도까지 했건만 그들의 소망은 하늘에 닿지 않았다. 담에 걸린 기구가 점점 힘을 잃어가고 있었다. 퉁, 퉁 소리도 잦아들고 이제는 조금씩 아래로 내려오기 시작했다.

"안 돼……."

방장이 중얼거렸다. 모두의 눈가가 노을처럼 붉게 물들어 있었다.

13. 12월 23일

그날의 난 빛나는 행복에 물들어 있었다.

삼촌들의 간절했던 바람은 물거품이 됐지만 내게는 그날이 결코 슬픈 기억으로 남아 있지 않았다. 나는 망태기 안에서 세상에서 가장 행복한 아이였다. 내 곁엔 그토록 보고 싶었던 아빠가 있었고, 우리는 하늘을 날고 있었으며, 태어나 가장 아름다운 석양을 보고 있었기 때문이다.

나는 그날의 일을 아주 선명히 기억한다. 내겐 아빠와의 모든 시간이 그랬다. 망태기 안에서 고개를 내밀고 노을을 향해 두 손을 뻗은 나를 아빠가 번쩍 안아 목마를 태워주었다. 나는 더 높은 곳으로 올라가 하늘을 바라볼 수 있었다.

새빨간 태양과 그 주위를 감싸고 있는 다홍색의 빛무리, 그리고 온 세상을 붉게 만든 따스한 공기까지.

"예승아……."

아빠가 다정하게 내 이름을 불렀다. 나는 아빠의 머리를 끌어안고 고개 숙여 뺨을 가져다댔다.

"네, 아빠."

"잊지 마."

"어떤 걸요?"

아빠가 조용히 말했다. 나는 가만히 고개를 끄덕였다.

"오늘……, 그리고 아빠……."

아빠의 목소리가 석양 속으로 스며들었다. 내 기억은 거기까지였다. 아빠는 내게 하고 싶은 말이 아주 많았을 텐데, 끝까지 입을 다물었다. 그저 나를 품에 안고 오래도록 숨을 참았다.

하지만 나는 아빠가 하고 싶었던 말들을 모두 알아들은 기분이었다. 아빠의 가슴에 귀를 대고 나를 향해 다정하게 속삭이는 심장 소리를 들었다. 우리는 기구가 교도소 바닥에 내려앉을 때까지 서로를 놓지 않았다. 또 아무 말도 하지 않았다. 교도관 아저씨들이 달려와 우리를 떼어놓고, 삼촌들이 달려와 나를 안아 들 때까지 나는 내내 행복했다.

그리고…… 그날이 왔다.

　　　　　　＊　　　　＊　　　　＊

톡! 톡!

하얀색 손수건 위에 자그마한 손톱 조각들이 하나 둘 떨어졌다. 늦은 밤, 용구는 그의 무릎을 베고 누운 예승의 손톱을 하나하나 정성스럽게 깎는 중이었다. 손톱을 다 깎자 용구는 예승의 손톱이 담긴 하얀 손수건을 곱게 말아 주머니에 집어넣었다.

그것이 그가 가지고 갈 전부였다.

이제 곧 12월 23일이었다. 밤이 지나고 정오가 되면 떠나야 한다는 것을, 용구는 잘 알고 있었다. 그는 예승이 너무 마음 아파할까봐 차마 아무 말도 못 한 채로 마지막 밤을 조용히 맞았다.

예승은 어느새 잠들어 있었다. 용구는 예승이 춥지 않도록 고무장갑에 따뜻한 물을 넣어, 잠이 든 예승의 품에 넣어주었다. 그리곤 잠든 예승을 품에 안고 벽에 기대어 앉았다.

시린 달빛이 방 안에 가득 차 있었다. 물끄러미 예승의 잠든 모습을 내려다보다가 용구는 창문을 향해 고개를 들었다. 하얀 달이 조그만 창문을 가득 메우고 있었다. 언젠가 예승이 저 창문을 바라보며 달님과 별님이 너무 예쁘다고 했던 것이 떠올랐다. 그때처럼 아름다운 달이었다. 그러나 오늘의 달은 그날과는 달리, 차갑게 시린 달님이었다. 용구는 예승을 품에 안은 채, 그 시린 빛을 하염없이 바라보았다.

　영원히 끝나지 않길 바랐던 그 밤은 그렇게 지나갔다.

　무심한 태양이 동편 하늘에서 떠올랐다. 드물게 화창하고 따스한 날이었다. 눈부신 햇살이 처마 끝에 얇게 쌓인 눈을 녹이고 맑은 물방울을 똑똑 떨어뜨렸다.

　이날 아침상에 나온 것은 김이 모락모락 피어오르는 미역국이었다.

　용구는 자신의 몫으로 나온 미역국을 크게 한 입 떠먹고는 환하게 웃었다.

　"와, 맛있다! 예승이도 먹어봐!"

　용구가 떠주는 미역국을 한 입 먹고는 예승이가 눈살을 찌푸렸다.

　"난 아빠가 만든 게 더 맛있어. 헤헤……. 맞다, 다음 달이 아빠 생일이잖아. 1월 18일. 그땐 예승이가 미역국 끓여올게!"

　천진하게 던진 말에 7번 방 사람들이 모두 어깨를 움찔했다. 그들은 알고 있었다. 용구에게는 내일이 없다는 사실을. 오로지 예승이만이 그 사실을 모르고 있을 뿐이었다.

　용구는 그저 좋다며 웃었다. 마지막 식사인 아침상을 놓고는 예승이에게 먹이느라 바빴다. 보다 못한 서 노인이 입맛이 없다며 자신의 식판을 용구에게 내밀었다. 모두의 마음도 그와 다르지 않았다. 하지만 용구는 웃으며 고개를 저을 뿐이었다.

분위기가 가라앉으려던 찰나, 방장이 급하게 등 뒤에서 무언가를 꺼냈다.

"짜잔!"

그것은 초코파이를 모아 만든 생일 케이크였다. 초코파이 한가운데엔 예승이의 나이에 맞춰 여덟 개의 산타클로스 양초가 꽂혀 있었다. 예승이가 우와, 소리를 지르며 눈을 빛냈다. 그러더니 곧 이상하다는 듯 고개를 갸우뚱거렸다.

"내 생일은 내일이에요. 12월 24일!"

그렇게 물을 줄 알았다는 듯 만범이 재빨리 대답했다.

"에이, 내일 같은 날은 친구들하고 놀면서 보내야지. 아빠랑 삼촌하곤 여기서 요로코롬 미리 하는 거야. 미리!"

사실은 용구가 예승이의 생일 파티를 함께할 수 있도록 하루를 앞당긴 것이었다. 다른 사람에겐 그저 단 하루, 시간으로 따지면 고작 스물네 시간만 지나면 돌아올 그 시간이 용구에겐 허락되지 않았기 때문이었다.

"자! 시시…… 시작!"

방장의 구령에 맞춰 모두 노래를 시작했다.

생일 축하합니다. 생일 축하합니다! 예승이의 생일을, 축하합니다!

환하게 웃고 있는 예승이에게 모두 각자 준비한 선물을 내밀었다.

"감사합니다! 감사합니다!"

예승이는 7번 방 사람들이 내미는 선물을 받을 때마다 넙죽넙죽 허리를 숙이며 배꼽인사를 했다. 선물은 대부분 소탈한 것들이었다. 방장이 직접 쓴 편지며 동화책, 공주 그림이 그려진 필통과 과자 따위가 예승이의 품에 들어왔다.

그런데 그중, 커다란 상자가 하나 있었다.

"우와, 크다. 이거 뭐예요?"

예승이는 잔뜩 기대하는 얼굴로 모두를 둘러보았다. 용구는 쑥스러운 얼굴로 웃고 있었고, 방장과 춘호는 뿌듯한 얼굴이었다. 예승이는 아무도 대답해주지 않자 얼른 상자의 포장을 벗기기 시작했다. 그리고 그 안에서 그토록 갖고 싶어 했던 노란색 세일러 문 가방을 발견했다.

반짝이는 에나멜이 예승이의 눈길을 사로잡았다. 예승이는 감출 수 없는 기쁨에 가방을 끌어안고 자리에서 폴짝폴짝 뛰었다.

"우와, 세일러 문 가방이다!"

그리곤 얼른 용구의 얼굴을 바라보았다. 이 선물은 다른 누구도 아닌 아빠 용구의 선물이란 사실을 알았기 때문이다.

"아빠!"

예승이가 활짝 웃자, 용구도 따라 웃었다. 예감이 맞았다.

용구는 얼마 전 방장에게 특별히 부탁해서 예승이를 위해 노란색 세일러 문 가방을 구했던 것이다.

모두가 흐뭇한 얼굴로 그 모습을 바라보는 가운데, 예승이가 갑자기 용구 앞에 서서 두 손을 배꼽에 모았다. 그리고 용구를 향해 넙죽 절을 하며 씩씩하게 외쳤다.

"아빠! 태어나게 해주셔서 감사합니다!"

용구도 해맑은 미소를 지으며 예승이를 바라보았다. 그런데 용구가 아무 말도 없이 예승이만 보고 있자, 방장이 그의 옆구리를 쿡 찔렀다.

"뭐 해. 아빠도 한마디 해줘야지."

그러자 용구가 엉거주춤 자리에서 일어나 예승이를 향해 섰다. 그러더니 우물쭈물 한동안 망설이다가 간신히 떨리는 목소리를 내뱉기 시작했다.

"아……빠 딸로 태어나줘서……."

차마 말을 잇지 못하고 머뭇거리던 용구가 갑자기 꾸벅 고개를 숙였다. 넙죽 절을 하며 예승이가 했던 것과 똑같은 인사를 하는 것이었다. 그리고 최대한 씩씩한 목소리로 소리쳤다.

"……고맙습니다."

하지만 이미 그의 목소리 끝자락엔 견딜 수 없는 울음기가 묻어나 있었다. 그 모습을 지켜보고 있던 모두가 또 한 번 움찔 몸을 떨었다. 순식간에 모두의 눈가에 눈물이 맺혔다. 봉식이 더 이상은 못 참겠는지, 급하게 자리에서 일어났다. 그리곤 화장실 안으로 들어가 버렸다.

"아…… 난, 왜 미역국 냄새만 맡으면 눈이 따갑냐……."

화장실 안에서 연신 훌쩍이는 소리가 들려왔다. 갑자기 방 분위기가 이상해지자 예승이는 서 노인과 춘호, 만범을 차례대로 바라보았다. 모두가 예승이의 눈을 피해 먼 곳을 바라보았다. 방장은 어느새 뒤로 돌아서 있었다. 그의 넓은 등이 가늘게 떨렸다.

방장의 얼굴은 온통 눈물 자국으로 뒤덮여 있었다. 그는 이를 악물고 울음이 소리가 되어 나오지 않도록 온 힘을 다해 견뎠다. 하지만 방바닥에 뚝뚝 떨어지는 눈물을 감출 수는 없었다. 교도소 7번 방에 여섯 사내의 울먹임이 가득 차고 있었다.

"고맙습니다."

용구가 다시 한 번 속삭였다. 그리고 붉어진 눈으로 예승이를 꼭 끌어안았다.

* * *

아쉬운 시간일수록 빨리 지나가기 마련이다. 민환은 보안과장 사무실에 앉아 둥근 벽시계를 바라보았다. 째깍째깍. 초침이 평소보다 몇 배는 더 빨리 움직이는 것 같았다. 숨 막힐 듯 그를 조여오던 괴로움은 어느 정도 가라앉은 뒤였다.

하지만 그보다 무거운 죄책감이 남았다. 예승이를 향한 책임감과 함께.

시계가 11시 59분을 가리켰다. 민환은 뜨거워진 눈을 꾹 감았다. 가슴속을 울렁이는 파도가 가라앉을 때까지 그렇게 한참을 기다렸다. 그러다 간신히 마음을 진정시키고 눈을 뜨니, 시계가 정확히 정오를 가리키고 있었다.

그의 입에서 소리 없는 탄식이 흘러나왔다. 자꾸 보고 다시 봐도 정오였다.

민환은 굳은 얼굴로 자리에서 일어나 모자를 꾹 눌러썼다. 그리고 천천히 보안과장실의 문을 열었다.

문 앞에 김 교도관이 무거운 얼굴로 서 있었다. 그도 차마 노크할 수 없어 내내 망설이고 있던 참이었다. 두 사람은 아무 말 없이 교도소 복도를 걷기 시작했다.

민환과 김 교도관이 7번 방에 도착하자 모두 때가 왔음을 알았다. 방장이 벌떡 일어나 뭐라 할 말이 있어 보이는 얼굴로 입술을 달싹거렸다. 하지만 민환을 보고 반갑게 소리치는 예승이 때문에 어찌할 수가 없었다.

"아저씨!"

예승이가 민환을 향해 손을 흔들었다. 하지만 민환은 그 손짓에 답할 수가 없었다.

제일 먼저 움직인 건 용구였다. 용구는 자리에서 일어나 예승이의 어깨에 세일러 문 가방을 꼼꼼하게 메어주더니 관물함에서 고무신 한 쌍을 꺼냈다. 어제 받은 새 고무신이었다. 그것을 가지런히 바닥에 내려놓고, 용구는 예승이의 손을 잡았다.

용구가 신발을 신는 동안 7번 방 사람들은 차마 그 뒷모습을 지켜보지 못하고 고개를 숙이고 서 있었다.

그러다 고무신을 다 꿰어 신은 용구가 주춤 뒤를 돌아보았다.

7번 방 사람들이 모두 거기에 있었다. 방장과 만범, 춘호, 봉식, 서 노인……. 이곳에 와서 그가 얻은 가족들이었다. 모두가 함께 그린 벽화 앞에 서 있는 그들을 보며 용구는 환하게 웃었다. 티 한 점 없는 밝은 미소였다.

그리곤 처음 들어왔을 때와 마찬가지로 그들을 향해 꾸벅 허리를 굽혔다.

"다녀오겠……, 아니…… 안녕히 계, 아…….."

하지만 뭐라고 인사해야 할지 몰라, 용구는 계속 그렇게 머뭇거렸다. 그러다가 무슨 결심을 했는지 그들 하나하나를 차분히 돌아보며 말했다.

"고맙습니다."

그리고 일일이 허리를 굽혀 인사했다. 아무것도 모르는 예승이도 용구를 따라 꾸벅 인사했다.

"안녕히 계세요."

그 순간, 7번 방 사람들은 모두 무너져 내렸다. 오늘이 용구가 떠나는 날이라는 걸 알지 못하는 예승이를 위해 끝까지 참으려 했건만 소용이 없었다. 한번 터져 나온 눈물은 멈출 줄을 몰랐다. 뚝뚝 떨어지다 못해 줄줄 흘러내려, 오열을 참느라 떨리는 입술 위로 떨어져 내렸다.

"흐윽…… 윽, 으윽!"

"으으, 흐으으……."

예승이는 삼촌들의 태도가 이상하다는 걸 알면서도 왠지 너무나 슬퍼져 견딜 수가 없었다. 예승이는 눈물을 흘리지 않기 위해 고개를 숙이고 발끝만 바라보았다.

모두와 작별 인사를 마친 용구가 천천히 민환과 김 교도관을 향해 몸을 돌렸다. 두 사람의 인도에 따라 방을 나서는 용구의 등에는 7번 방 사람들이 선물한 글과 그림이 한가득 적혀 있었다.

'방장 소양호'

방장이 쓴 비뚤비뚤한 글씨와,

'땅꿀 최춘호'

7번 방 제일의 두뇌 춘호의 달필,

'봉선 아빠 신봉식'

아빠가 되어 한층 철이 든 봉식의 이름,

'행위 예술가 강만범'

질세라 멋들어지게 적어 넣은 만범의 이름 위로,

'최고령 서남용'

서 노인의 약간은 낯선 이름까지.

용구는 7번 방 사람들 모두를 등에 지고 걷고 있었다. 뿐만 아니었다. 예승이가 그려 넣은 한 쌍의 날개와 그 아래 또박또박 쓰여 있는 '사랑해, 천사'. 모두 용구를 위한 선물이었다.

용구는 예승이의 손을 잡고 천천히 사동의 긴 복도를 걸었다. 복도 끝에는 크고 묵직한 철창문이 있었다. 그리고 그 옆엔 갈림길이 양쪽으로 뻗어 있었다. 철창문 너머는 예승이, 갈림길은 용구가 가야 할 길이었다. 용구는 예승이와 함께 앞장서서 복도 양옆으로 도열해 있는 번호 붙은 방문들을 하나하나 지나쳤다.

그가 지나갈 때마다 길게 늘어선 방 창살 사이로 재소자들이 하나 둘씩 손을 내밀었다. 누군가는 용구의 발목을 스치고, 누군가는 바닥을 두드리기도 했다. 예승이의 손을 악수하듯 잡는 이도 있었고, 그 사이로 잘게 찢은 흰 종이를 뿌리기도 했다.

그리고 3번 방 앞을 지날 때였다. 두 눈 가득 눈물이 고인 빠박이와 애꾸가 창살에 붙어 용구와 예승이를 바라보았다.

모두가 같은 마음이었다. 그들은 용구의 마지막 길을 그렇게 함께 하고 있었다.

다정하게 손을 잡고 걸어가는 용구와 예승이의 뒤로 괴로운 얼굴의 민환이 걸음을 옮겼다. 용구의 다리가 휘청거릴 때마다 그는 손을 내밀었다가 거두기를 반복하며 안타까운 한숨을 흘리고 있었다. 그의 옆에 서 있던 김 교도관도 마찬가지였다.

긴 복도의 끝, 용구와 예승이는 어느새 묵직한 철창문 앞에 다다랐다. 그 앞에서 대기하고 있던 정 교도관이 철창문을 열었다.

용구는 바닥에 무릎을 꿇고 앉아 예승이와 눈높이를 맞추었다.

그리고 최대한 밝고 씩씩한 목소리로 말했다.

"다 왔다!"

예승이가 고개를 끄덕이며 아빠 용구를 바라보았다.

"여기서부턴 우리 예승이 혼자 가야 해. 이 옷 입은 사람은 저쪽으로 못 가."

용구가 자신이 입은 죄수복을 가리키며 말하자, 예승이는 촉촉하게 젖은 눈으로 고개를 끄덕였다.

"혼자…… 갈 수 있지? 우리 예승이, 아빠 없이 혼자…… 갈 수 있지?"

예승이가 다시 한 번 씩씩하게 고개를 끄덕였다. 용구의 큰 손이 예승이의 작은 볼을 덮었다. 그는 언젠가와 마찬가지로 다정한 목소리로 속삭였다.

"착하지. 우리 예승이, 아이 착하다……."

예승이는 철문을 넘어간 후, 얼른 다시 돌아서서 용구를 바라보았다.

"아빠?"

이상했다. 용구는 심하게 입술을 떨고 있었다. 지금 당장 바닥에 쓰러져도 이상하지 않을 정도로 다리가 후들거렸다. 하지만 용구는 온 힘을 다해 서 있었다. 그는 누구에게나 바보였지만, 예승이에게만은 멋있는 아빠로 기억되고 싶었다.

한참을 머뭇거리던 정 교도관이 고통스러운 얼굴로 철문을 닫았다. 그리고 열쇠를 걸었다. 예승이는 철창을 붙잡고 용구를 향해 소리쳤다.

"아빠! 나 이제 콩 잘 먹을 거야! 그러니까 걱정하지 마."

용구는 크게 소리 내어 웃었다.

"으하하하! 예승이 착해! 예승이 튼튼한 어린이야!"

"나 세일러 문 가방 메고 공부 잘할 거야! 백 점 많이 받을 거야!"

"와하하하! 예승이 일등! 일등!"

양손으로 엄지를 치켜든 용구가 큰 소리로 예승이가 가장 좋아하는 노래를 부르기 시작했다.

"수없이 많은 별들 중에서……."

세일러 문의 주제가였다. 함박웃음을 터뜨린 예승이도 용구를 따라 노래를 불렀다.

"당신을 만날 수 있는 건……."

"결코 우연이라 할 수 없어……. 허엉!"

신이 나는 노래임에도 두 사람의 하모니는 애절하기만 했다. 민환과 김 교도관, 정 교도관이 고개를 숙였다.

그리고 예승이는 마치 무언가를 예감하기라도 한 것처럼 눈물이 가득한 얼굴로 웃었다. 그리고 용구를 향해 사랑스럽게 손짓했다.

"정의의 이름으로! 아빠를……."

왜인지 모를 울음이 자꾸만 터져 나왔다. 예승이는 크게 숨을 들이켰다.

"용서……하겠다!"

"아……, 아……."

그 순간, 용구가 크게 입을 벌렸다. 무언가 말하고 싶은 듯, 떠듬떠듬 입을 열었지만 말이 되어 나오는 소리는 없었다. 그저 아, 소리만을 반복하다 힘없이 입을 다물었다. 그리고 이내 헤벌쭉, 평소보다 더 천진한 미소로 웃었다.

그러더니 뒤에 서 있던 민환과 김 교도관을 번갈아 바라보며 자랑스레 소리쳤다.

"예승이가 정의의 이름으로 나 용서해줬습니다! 으하하하!"

차마 그 모습을 똑바로 바라볼 수 없었던 민환이 고개를 끄덕였다. 한 번, 두 번 세차게 끄덕였다. 당신은 잘못한 게 없다고 소리쳐 말해주고 싶었지만 그저 고개만 끄덕였다.

이제 그만 가야 할 시간이었다. 이게 마지막이라는 것을 알기에, 용구는 예승이의 얼굴을 보고 또 보았다.

갓 태어난 아기 예승이도, 용구가 없으면 아무것도 못 하던 어린 예승이도, 눈에 넣어도 아프지 않을 정도로 예쁘고 똑똑하던 예승이도, 천사처럼 노래하던 예승이도, 용구는 모두 마음속에 새겨 넣었다.

"예승아! 잘 갈 수 있지? 아아아…… 아빠가 가가…… 같이 못 가도 씩씩하게…… 가, 갈 수 있지?"

떨리는 목소리로 용구가 묻자 예승이는 힘차게 고개를 끄덕였다.

"웅! 예승이 잘 갈 수 있어."

"예승이……."

잠시 서글픈 눈으로 예승이를 바라보던 용구가 쾌활하게 웃으며 손을 흔들었다.

"안녕!"

그 말이 왠지 너무나 마음이 아파 그러지 말라는 듯, 예승이는 고개를 저었다. 그리고 소리쳤다.

"아빠! 메리 크리스마스!"

용구도 따라서 중얼거렸다.

"메리…… 크리스마스……."

그리고 힘차게 돌아섰다.

용구는 행진이라도 하는 것처럼 팔다리를 세게 흔들며 씩씩하게 걸음을 옮겼다. 예승이는 철창을 붙들고 용구의 뒷모습을 애타게 바라보았다. 입술이 떨리고 울음이 터져 나올 것 같았지만 용구가 뒤돌아 손을 마구 흔들 때마다 예승이도 활짝 웃으며 마주 손을 흔들어주었다.

 그렇게 점점 둘 사이의 거리는 멀어져갔다. 이제는 더 이상 볼 수가 없는데 벌써부터 예승이의 얼굴이 희미해지는 것 같아 용구는 돌아보고, 또 돌아보려 했다. 그러나 어느덧 뺨과 턱을 타고 흐르는 눈물에, 차마 우는 얼굴을 예승이에게 보일 수 없어 억지로 이를 악물고 참았다. 걸으면 걸을수록 용구의 얼굴은 고통으로 일그러졌다.

 이제 모퉁이가 코앞이었다. 이 모퉁이를 돌고 나면 용구는 이제 예승이를 두 번 다시 볼 수 없게 된다. 그래도 용구는 돌아보지 않았다. 멋진 모습으로 기억되고 싶어서, 나중에 예승이가 모든 사실을 알게 되었을 때 너무 슬퍼하지 않도록.

 그리고 모퉁이 저편으로 들어서자마자 생살을 찢는 것 같은 아픔에 그만 그 자리에 주저앉아버렸다. 수그러진 어깨 위로 오열이 터져 나왔다.

 "아빠……."

 의연하게 사라진 용구의 뒷모습을 떠올리며, 예승이는 창살을 잡은 손에 힘을 주었다. 도대체 무슨 일인지 불안해 견딜 수가 없었다. 마치 다시는 못 만날 것 같은 느낌에 자꾸만 울음이 나려 했다.

 아빠가 가버린다.

 예승이는 창살을 꽉 쥐고 간절한 마음을 담아 중얼거렸다.

 "하나……. 둘……. 셋!"

이렇게 외치면 마법이라도 되는 듯 언제나 뒤를 돌아보던 용구였다. 하지만 모퉁이 저쪽으로 사라진 용구는 다시 얼굴을 내밀어 주지 않았다. 예승이가 외치면 언제라도, 어디에서도 알아듣고 돌아보던 용구가 가버렸다.

그 순간 예승이는 깨닫고 말았다.

고맙다는 인사, 안녕이라는 말의 의미를. 아침부터 계속 가슴을 짓누르던 묘한 슬픔의 정체를.

이제는 두 번 다시 아빠를 만날 수 없다는 것을.

"아빠! 아빠아아-!"

예승이는 그제야 철창을 붙들고 울부짖었다.

큰 소리로 울음을 터뜨렸다. 용구가 세상에서 제일 무서워하는 예승이의 울음소리였다.

민환과 김 교도관의 부축을 받으며 일어나던 용구의 귓가에, 예승이의 울음소리가 날카롭게 파고들었다. 예승이가 울고 있었다. 용구를 애타게 부르며 울고, 또 울었다.

"예승이가······!"

용구는 본능적으로 김 교도관의 팔을 뿌리쳤다. 그리곤 미친 듯이 모퉁이를 돌아 달리기 시작했다. 쿵쾅쿵쾅 소리를 내며 전력으로 달렸다. 눈앞에서 사랑하는 딸 예승이가 숨이 넘어가도록 울고 있는데 곁에 있어주지 못한다는 것은 아빠 이용구의 사전에 있어서는 안 될 일이었다.

순식간에 철창 앞으로 달려 온 용구가 예승이의 손을 꼭 붙잡았다. 그리고 다정하게 쓰다듬기 시작했다. 하지만 예승이는 울음을 그치지 않았다.
"아빠, 가지 마! 아빠…… 좋은 데 가지 마아! 예승이 두고 가지 마아! 어어엉……."
"예승이! 내 예승이…… 예승이, 내 딸……."
예승이도 고사리 같은 손으로 용구의 손을 더더욱 꽉 움켜쥐었다.
"아빠, 여기서 오래오래 살아도 돼! 예승이가 면회 오면 되잖아! 학교도 혼자 다닐 수 있고, 공부도 잘할게. 삼촌들이랑 사이좋게 지내고, 콩도 다 먹을 거야. 아빠가 예승이 만나러 못 와도 화 안 낼게……. 좋은 데로 가지 마, 아빠……."
용구가 한 손으로 예승이의 얼굴을 쓰다듬었다. 사라질세라 조심조심 얼굴을 쓰다듬어주며 중얼거렸다.
"예승이……, 착한 예승이……. 내 딸 예승이……."
"아빠, 가면 안 돼……. 예승이 두고 가면 안 돼!"
"으응, 아빠 아무 데도 안 가. 아이 착하다…… 우리 예승이."
그렇게 속삭이며 예승을 달래던 용구가 갑자기 돌아섰다. 그리곤 뒤를 따라 달려온 민환과 김 교도관을 향해 미친 듯이 허리를 굽혀 잘못을 빌기 시작했다.
"미안합니다! 미안합니다!"
용구는 목이 터져라 소리쳤다.
"미안합니다! 미안합니다아!"

목소리가 갈라지고, 눈물이 줄줄 흘러내렸다. 용구는 자신이 울고 있는 줄도 모르는 것 같았다.

 민환의 얼굴에 견딜 수 없는 괴로움이 가득 차 있었다. 김 교도관의 얼굴도 마찬가지였다. 그는 일그러진 얼굴을 한 손으로 가리고 솟구치는 눈물을 감췄다. 차마 용구를 바라보지 못하고 고개를 돌린 김 교도관이 어깨를 들썩이며 울음을 참고 있었다.

 용구는 그 자리에 엎드려 누구에겐지 모를 절을 했다. 그리곤 차가운 교도소 바닥에 머리를 짓찧으며 절규하기 시작했다.

 "잘못했습니다! 미안합니다! 살려주세요……. 잘못했습니다, 살려주세요! 미안합니다……, 미안합니다! 잘못했습니다!"

 애타게 머리를 땅에 박으며 절규하는 용구의 목소리가 복도 가득 울려 퍼졌다. 그 뒤에선 예승이가 바닥에 쪼그리고 앉아 숨이 넘어가도록 울고 있었다. 사동 안에 숨죽이고 있던 다른 재소자들도 두 사람의 울음소리를 듣고는 모두 고개를 떨궜다.

 갑자기 내린 함박눈이 창밖으로 소리 없이 내려앉던 날의 일이었다.

에필로그. 사건 번호 97-0223호

1월 18일은 아빠의 생일이었다.

그날, 나는 아주머니의 도움을 받아 난생 처음 미역국을 끓였다. 맛있냐고 묻는 내게 아주머니는 이렇게 맛있는 건 처음 먹어봤다며 입에 침이 마르도록 칭찬을 쏟아 부었다. 나는 이제 막 아홉 살이 되었고, 아직 너무 어려서 맛을 평가할 수는 없었지만 그래도 기뻤다.

그 미역국은 민환 아저씨를 졸라 교도소 삼촌들과 함께 먹었다. 나는 그 안으로 다시 들어갈 수 없었기 때문에 그저 음식을 배달하는 것으로 만족해야 했다. 삼촌들이 너무 기뻐하더라는 교도관 아저씨의 말에 나는 자랑스럽게 어깨를 으쓱거렸다.

아마, 삼촌들은 울음을 터뜨렸을 것이다.

미역국을 만들고, 배달하고, 돌아오는 내내 나는 기분이 좋았다. 민환 아저씨의 차를 타고 세일러 문 노래를 흥얼거렸다. 그리고 이제는 우리 집이 된 아저씨의 집으로 돌아와 자기 전에 일기를 썼다.

오늘은 아빠의 생일입니다. 삼촌들과 함께…….

한 문장을 쓰고 나니 그제야 눈물이 쏟아지기 시작했다. 나는 새 일기장 위에 뚝뚝 떨어진 눈물을 소매로 닦고, 또 닦았다. 그날따라 글씨가 삐뚤빼뚤해 보였다. 그래서 지우고 다시 썼다. 그런데 또 눈물이 났다.

- 오늘은 아빠의 서른네 번째 생일입니다. 하지만 아빠는 영원히 서른세 살입니다. 예승이가 많이 자라서 어른이 되면 친구가 될지도 모릅니다. 아빠, 그래도 예승이…… 알아볼 수 있지?

일기는 어느새 아빠에게 보내는 편지가 되어 있었다. 다 쓰고도 울음을 그치지 못해 엉엉 우는 나를 아주머니가 꼭 안아주었다. 그날은 아주머니와 함께 자야 했다. 울지 않기로 약속했는데 지키지 못했다며 다시 우는 나를, 민환 아저씨는 나보다 더 아픈 눈으로 바라보았다.

그날 밤 꿈에서 아빠는 내 손을 잡고 교도소 7번 방을 나서고 있었다. 그러다 등을 돌려 삼촌들 한 사람, 한 사람에게 모두 허리를 숙여 인사했다. 12월 23일의 모습이었다. 나는 아빠가 인사를 하니까, 얼떨결에 앵무새처럼 똑같은 인사를 하고 있었다.

그때는 삼촌들이 왜 자꾸 우는지 몰라 멀뚱히 쳐다만 봤는데, 이제는 꿈속의 나도 똑같은 얼굴로 울고 있었다.

복도에서도 마찬가지였다. 아빠는 나에게 절대 안녕이란 인사를 하지 않았다. 하지만 그때는 안녕이라고 말했다. 외출할 때 조심하라고 당부하던 사람은 늘 나였는데, 그때는 아빠가 내 손을 잡고 혼자서 가야 한다고 몇 번이나 말했다.

꿈속의 나는 서럽게 울었다. 하지만 아빠를 걱정시키지 않기 위해 계속해서 고개를 끄덕였다.

아빠의 생일에서 하루가 지난 다음 날, 교도소 삼촌들에게서 선물이 왔다. 뒤늦은 아빠의 생일 선물이었다. 어떻게 구했는지 모를 작은 케이크와 촛불이 예쁘게 포장되어 왔다. 나는 민환 아저씨의 손에 들린 케이크를 보고 웃었다.

아빠가 없어도, 나와 삼촌들은 아빠의 생일 파티를 하고 있었다. 그리고 그 파티가 마지막이었다.

나는 아빠의 소원대로 평범하게 자랐다. 민환 아저씨와 아주머니가 새 아빠, 새 엄마가 되었다. 이제는 나를 향해 바보의 딸이라고 놀리는 사람도 없었고, 엄마 없는 애라고 놀리는 아이도 없었다. 학교가 끝나면 학원으로 달려가 피아노를 배우고 노래를 배웠다. 초등학교를 졸업하고 중학교를 졸업하고 고등학교를 나와 대학에 들어갔다.

그렇게 십오 년이란 시간이 무정하게도 흘러갔다.

* * *

"그러므로 본 변호인은…… 억울하게 사형 선고를 받은 피고 이용구의 누명을 씻겨주고자…… 이 자리에 나온 것입니다."

모의 법정 가득 침묵이 맴돌았다.

누구도 감히 목소리를 내지 못했다. 굳은 얼굴의 판사도, 고개를 숙인 검사도, 그때의 재판과는 전혀 상관이 없는 방청객들까지, 모두 입을 다문 채 나를 바라보았다. 가슴을 치고 올라오는 울분을 애써 눌렀지만, 끝내 목소리가 갈라져 나왔다.

나는 고개를 들어 방청석과 배심원석을 바라보았다. 7번방 삼촌들과 나의 두 번째 아빠가 응원의 눈길로 나를 보고 있었다. 모두의 눈가에 깊은 주름이 생기고, 그곳이 붉게 달아올라 있었다. 나는 떨리는 몸을 진정시키기 위해 두 손을 꽉 잡았다.

그리고 천천히, 또박또박 최후의 변론을 했다.

"법의 최후 목적은 정의입니다. 드러난 증거가 명확하다

해도 혹시 있을지 모르는 억울한 단 한 사람의 피고를 위해 끊임없이 의심하고 또 의심해야 합니다. 그들에게도 공평한 규칙이 함께한다는 것, 그 정의를 위해 우리가 있다는 것, 그것이 법이 존재하는 이유이기 때문입니다. 그러므로…… 본 변호인은 피고 이용구의……."

십오 년 전, 그날의 법정에서 그토록 외치고 싶었던 말.

"……무죄를 주장하는 바입니다."

나는 북받쳐 오르는 눈물을 삼키기 위해 크게 심호흡을 했다. 법정 안은 여전히 숙연한 적막에 싸여 있었다.

눈 내리는 12월 23일의 이야기, 나와 아빠의 이야기는 끝이 났다.

판결을 위해 안쪽 방으로 들어간 판사가 돌아오기까지는 긴 시간이 걸리지 않았다. 나는 검사와 함께 일어나 판사를 바라보며 섰다. 심판대 위에 선 판사는 한 손에 망치를 들고 근엄한 목소리로 말했다.

"피고 이용구가 행위 불능자임이 인정되기에 당시 경찰의 교묘한 겁박과 가혹 행위를 통해 피해자 지문을 날인했다는 변호인 측 주장을 받아들인다. 정황상 드러난 증언과 진술로 피고인이 최지영 양을 유괴, 성추행 후 살해했다는 사실을 인정할 만한 증거 역시 부족하다."

판사의 목소리가 다소 부드러워졌다. 그리고 벅찬 기쁨에 달아오른 내 얼굴을 바라보며 말을 이었다.

"인권의 최후 보루여야 할 사법부가 제 역할을 하지 못해 피고인과 같은 억울한 피해자를 낳아온 것에 대해 사법부의 일원으로 깊이 사과드리며, 아직까지 정의는 살아 있다는 걸 세상에 공표할 수 있게 되어 이 또한 기쁘게 생각합니다. 늦게나마 고인이 영면하시기를 진심으로 기원합니다. 본 법정은 피고 이용구에게 사형을 선고한 원심을 파기 환송하고 검찰에 재수사를 촉구하며 피고 이용구에게……."

판사는 오른손의 망치를 들어 올렸다.

"무죄를 선고한다!"

탕! 탕! 탕!

"우와아아아아-!"

친구들이 몰려나와 나를 끌어안았다. 나는 한동안 멍하니 서서, 나를 향해 인자한 미소를 짓고 있는 판사를 바라보았다. 내 귓가엔 동기들의 환호성도, 여기저기서 터지는 플래시 소리도 들리지 않았다.

"만세! 만세! 만세에-!"

뒤쪽에서 삼촌들이 만세 삼창을 하고 있었다. 나의 두 번째 아빠는 안심한 얼굴로 의자에 기대 앉아 가만히 눈을 감고 계셨다.

무죄를 선고한다. 무죄를 선고한다. 무죄를…….

나는 몇 번이나 그 말을 되새겼다.

"아빠……."

친구들에게 둘러싸인 채, 나는 우두커니 서서 눈물을 흘렸다. 이제 됐다고, 그간 마음고생 많았다며 위로하는 친구들의 손길도 느껴지지 않았다. 비록 십오 년 전의 진짜 재판이 아닌 모의법정에 불과했지만, 나는 아빠가 그때 받아야 했던 무죄 판결을 받아냈다.

이 순간을 얼마나 꿈꾸었는지.

밤마다 생각했다. 무죄를 선고받고 기뻐하는 아빠와, 그 품에 안겨 행복하게 웃는 나를.

그러면 우리는 손을 잡고 세일러 문 노래를 부르며 함께 살던 달동네 반지하 방으로 돌아갔을 것이다. 아빠는 보온병을 들고 마트에 나가고, 나는 아빠가 어떻게든 구해준 세일러 문 가방을 메고 학교에 가고.

하염없이 눈물이 흘러 시야가 흐릿했다. 나는 사건 파일 맨 앞에 붙여놓은 아빠의 빛바랜 사진을 어루만졌다. 아빠가 환하게 웃고 있었다. 언제나 나를 향했던 밝은 미소로, 나를 향해 다정하게 말했다.

우리 예승이, 아이 착하다…….

*   *   *

재판을 끝내고 나와서 보니 밖에는 십오 년 전 그날처럼 함박눈이 내리고 있었다. 나는 고개를 들어 뿌연 하늘을 올려다보았다. 눈이 오기 시작하면 어린 나보다 더 기뻐하던 아빠의 모습이 떠올랐다. 그해 겨울, 나의 아침은 언제나 아빠의 눈송이 같은 인사로 시작되었다.

예승아, 밖에 눈 와!

아빠가 그렇게 소리치면 나는 이불 속에서 벌떡 일어나 창문 앞에 달라붙었다. 상을 받치지 않으면 볼 수 없는 높이였기 때문에, 아빠는 언제나 나를 번쩍 안아 들고는 창밖의 하얀 세상을 보여주었다.

행복했다.

내게 아빠의 기억은 온통 행복으로 물들어 있었다.

나는 이 기쁜 소식을 전하기 위해 새 아버지의 차를 타고 7번 방 삼촌들과 함께 아빠가 잠들어 있는 하늘 정원으로 향했다. 내 손엔 모의법정을 끝낸 기념사진이 들려 있었다. 인자한 미소의 판사와 나를 향해 엄지를 치켜세우고 있는 선배 검사, 그리고 친구들과 삼촌들, 새 아버지까지. 우리는 모두 웃고 있었다.

하늘 정원에도 함박눈이 내렸다. 조금씩 쌓이기 시작한 눈을 뽀득뽀득 밟으며 우리는 납골당으로 들어갔다. 건물 안으로 들어서니 천장의 스테인드글라스에서 들어오는 빛이 납골당 안을 환하게 비추고 있었다.

나는 죽 늘어서 있는 납골함들 중에서 〈故 이용구〉라고 쓰인 납골함을 찾아 그 앞에 섰다. 그리고 작은 명패를 손으로 천천히 어루만졌다. 어린 내게 아빠가 해주던 것처럼 다정하게 조심스럽게 쓰다듬었다.

"아이구, 뭐가 이렇게 많아."

방장 삼촌이 슬쩍 뒤에서 고개를 내밀었다. 아빠의 납골함 옆엔 여러 장의 카드와 사진, 그리고 색종이로 만든 꽃이 놓여 있었다. 모두 내가 가져다 놓은 것이었다. 아빠의 생일, 어버이날, 크리스마스는 물론이거니와 졸업식과 입학식 같은 때에도 와서 놓고 간 것들이었다.

"이걸 매년 놓고 간 거야?"

춘호 삼촌이 물었다. 나는 쑥스러운 마음에 그냥 고개만 끄덕였다. 그러자 나의 새 아버지인 민환 아저씨가 다가와 불쑥 말했다.

"매년이 뭡니까. 무슨 일 있을 때마다 왔을걸요. 다 커서는 혼자서도 가더라고……."

"서운하셨어요?"

놀란 내가 짓궂게 웃으며 묻자, 아버지가 피식 미소를 지으셨다. 삼촌들은 납골함 옆에 있는 카드와 사진, 상장 등을 하나씩 꺼내 구경하느라 정신이 없었다.

그리고 나는 그중에서 유난히 오래된 종이 카네이션 한 송이를 꺼냈다.

나는 그것을 아주 정확하게 기억하고 있었다. 아홉 살의

어버이날, 내가 만든 것이었다. 카네이션의 리본에 삐뚤빼뚤한 글씨가 적혀 있었다.

아빠 사랑해요.

방장 삼촌이 내 어깨를 두드리며 말했다.

"예승 아빠 좋겠네……. 이젠 두 발 뻗고 자도 되겠어."

삼촌들 모두 고개를 끄덕였다. 나는 준비해 온 사진을 다시 카네이션과 함께 곱게 넣었다. 주머니에서 꺼낸 새 편지도 함께였다.

"다음엔 남자 친구랑 같이 찍은 사진 넣으면 되겠구만. 영훈이같이 든든한 놈으루다가!"

만범 삼촌이 갑자기 소리쳤다. 나는 쑥스러워 웃었지만 아버지가 엄한 목소리로 말했다.

"그게 무슨 소리야. 아직 일러."

"아이고야. 새 아빠가 더 무섭네."

방장 삼촌이 크게 웃었다. 삼촌들도 아버지도 모두 웃음을 터뜨리며 납골당을 나서고 있었다. 나도 차마 떨어지지 않는 발길을 돌렸다. 그러다 마음속으로 하나 둘 셋을 세고 문득 뒤를 돌아보았다.

납골함 안쪽, 제일 잘 보이는 자리에 아빠의 사진이 나를 보며 웃고 있었다.

— END —